People Hide in Cities

你 的 道 路 是 漫 长 的 ，
　　你 流 浪 的 岁 月 也 很 长 。

人海

万藏

如身

一

D

万人如海
一身藏

People Hide in Cities

独木舟 作品

湖南文艺出版社
HUNAN LITERATURE AND ART PUBLISHING HOUSE

博集天卷
CS-BOOKY

People Hide in Cities

前言

把时间拨回到 2015 年的秋天，在北京二环边的一家医院的住院部里，我每天穿着宽大的、蓝色条纹图案的病号服，站在走廊尽头的栏杆旁边，沉默地看着夕阳从城市的边缘沉下去，这样，一天，一天，再一天。

那个时候，我就在想，孤独真是能把人逼疯啊，等我好了，我要回去把此时心里所想的一切都写下来……没有想到的是，当我真的离开那里，回归日常生活之后，又遇到了这样或那样的事情。

总之，这一拖延，就拖了两年多近三年。

几番四季流转，终于，在第三个秋天，《万人如海一身藏》写完了。

定稿的时候，我仿佛听见第一片金黄的银杏树叶应声落地。

耗时这么久，乍一听还以为这人完成了什么惊世著作（哈哈），其实只是我的一些私人的经历、体验和感受被诚实地记录下来，从这一点上来说，它和《我亦飘零久》的确有些相似，但又有着本质上的区别。

造成这种区别的因素，细数会有很多，但如果规整到一块儿，其实也就只有一个原因罢了：时间。

我在这段空白的时间里做了很多事情，去了一些地方，也迎来了自己三字头的年纪——对很多年轻和年少的人来说，这是人生中一个非常特别、所包含的意味非常复杂的阶段——不管怎么说，都不可以不长大了。

在过去的价值观里，"过了三字头，对于女性来说，有些事情便不一样了"，它仿佛宣告了一件事：一旦跨过某条线，一个女性的生命中将不再有更多的可能性。

那一年的年度总结，我写的标题叫作《我是如何对抗"中年危机"的》。虽然那四个字打了双引号，语气戏谑，但某种程度上它确实体现了我对这件事的态度和思考。

当我平稳地度过那段日子之后，我当然明白了，从前那些说法和看法都是荒诞和错误的。

一个人——一个女人，她三十岁后的年月应该怎样生活，不应由她本身之外的任何意志力所决定。

这些想法，是我从时间的淬炼中所拾得，算不上大智慧，却是从前的我不能抵达的。

随着这个阶段的到来，不可避免地，同龄的朋友越来越少——很奇怪的一件事——他们没有搬家，没有失踪，没有离开你熟悉的城市。你们有彼此的微信和电话，通过微博和朋友圈所展示的内容，你比从前更直观地看见了他们的生活细节，但你就是知道，你永远失去他们了。

曾经的少女和少年们，踏入时间的河流，成为别人的妻子、丈夫、母亲和父亲。

我问自己，在踏入之前，还有什么事情是我想做的、我能做的？

或许到了某一个时间刻度，人就是会感到很荒凉、很无聊，一切好像都没了意义，在茫茫尘世中，渺小的自己多么没有存在感。

　　在草长莺飞、晚风拂面的黄昏，在突然下起大雨的深夜，在从北京飞回长沙的飞机机舱，在三个月一次的例行复查的间隙里，我有时会不期然而然地突然落下眼泪来，旁若无人的样子。

　　好像变得更加细腻脆弱了，但又好像更懂人的一生了。

　　我怀念的并不是青春本身，而是在那个时间段里，你以为自由是永远的，你可以去任何远方。

　　我想再去看一看，我少年时的梦，可以吗？

　　穿越城市和人群，我看见了海洋、森林与沙漠，看见了璀璨繁星和月升日落，我看见了哆啦A梦和哈利·波特。

　　看见了埼玉县的"春日部"车站，看见了夏日尽头最后一枝睡莲，看见了电车上满头银发，妆容一丝不苟的老太太，看见了戴珍珠耳环的少女，看见了柏柏尔族原住民居住的村子和他们烧制塔吉锅的工坊，看见了艾西拉的海边卖烤玉米的年轻男孩……

　　我意识到，生命逐渐衰弱的过程，其实也是它越来越丰厚的过程。

　　在几年前的签售会上，我每到一个城市，都会有读者提问："舟舟，你什么时候再写一本像《我亦飘零久》那样的书？"

　　我心底里始终是感激的，还有些惭愧，但隐约也感到这个问题里有一些值得揉碎了细想的东西。在后来的日子里，我不止一次地琢磨这件事情，为什么读者们对《我亦飘零久》的情感和对我其他的作品会不一样。

　　是不是因为，那不是小说也不是故事，那是一个生命真切的悲喜和温度。

写《我亦飘零久》的时候，我还很青涩，脸上总挂着一种怯怯的恍惚的神情，总担心自己会闯祸，做任何事情都小心翼翼，那是一个生长于小城市的女孩子刚跟世界照面的状态，被命运的大手从背后推了一把，不知道自己想要怎么样，只知道自己不要怎么样。

到了写《万人如海一身藏》的时候，我已经是一个吃过苦、摔过跟头、心冷过又恢复善良的大人，我和命运闹过别扭，生它的气，更生自己的气——为什么一个人都到这个年纪了，还有这么多不切实际的念头和想法？

我一直觉得，写过的文字都会成为梦的背景，每当我想到一生可以拥有这么多温柔清澈的梦，便会一次比一次深刻地感受到写作对于我是多么好的一件事，人会在创作中愈合，在创作中学会节制，也会在创作中找到新生。

这是我在这个阶段交出的答卷，一些关于文字，一些关于人生。

如果说我还有些微小的愿望……就是希望读这本书的人能感受到，字里行间的赤子之心一如从前。

独木舟

2018 年秋

目 录

Contents

第一章

漫游记

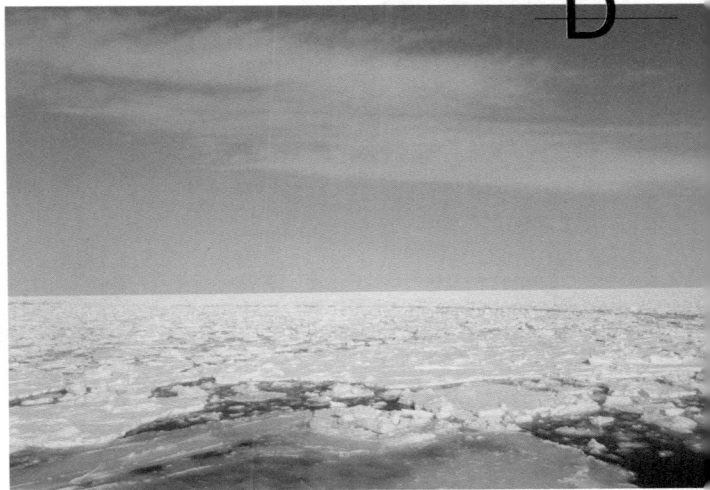

万人如海一身藏

氤氲越南

People Hide in Cities

每个人身体里都有雷达，亲疏远近测得分毫不差，
在"彼此疏远"这件事上，所有人都很默契。

[1]

后来，我每一次去到广州白云机场，都会想起2016年初夏的那个下午。

那天晚上七点整的时候，笨笨的航班还没有落地。尽管我表面一脸平静，但实际上，那不过是一种静态的崩溃。

这和我们原本计划的完全不同。

原计划是这样的：同一天，我从北京飞到广州，笨笨从上海飞到广州，我们会合之后一起出关去越南。我们还说好，先到的人先去过海关，买点吃的和水，最后大家在登机口碰头就行。

这个计划，看似没有一点不对劲的地方。

唯一的问题是：我的签证，在她那里。

我一向自诩出行经验丰富，无论旅行、出差，国内、国外，各种别人想得到想不到的细碎的小东西，我都会准备得妥妥当当。

我记得，正是在密集的签售会期间，我对笨笨发出了"等我忙完，一起去趟越南吧"的提议。

"好的！"她也一副在家憋坏了的样子。

于是我们分工合作：她负责办理我们俩的签证，订机票，找旅馆，做攻略。我负责把我的护照首页拍给她。

签证下来之后，她特意问过我一次："把你的签证寄给你吧？"

"不用了，反正我们俩是一起走的啊。"我自作聪明地想，万一寄丢了还麻烦呢。

"也对，那我们就机场见。"她就这么轻易地被说服了。

回想起来，这场悲剧的伏笔就是在那个时候埋下的吧。

出发那天，我在首都机场办理乘机手续，工作人员说："咦，签证在您朋友那里？不好意思，那您只能到广州办理后续航班的值机了。"

我才意识到计划里有一个那么明显的 bug（缺陷）——太明显了，以至于我不敢相信自己竟然蠢到这么晚才想起来：万一，笨笨坐的那趟航班没有准点到达广州，那，我，该，怎，么，办？

真是怕什么来什么。

起飞前，广播里提醒乘客们关机，我收到的最后一条信息是笨笨发来的："×！我的航班晚点了！"

鬼知道我是以怎样的心情在机舱里度过了三个半小时的。

当我乘坐的航班终于在白云机场落地之后，一开手机便是连续不断的狂振，那是笨笨登机前发给我的一大堆微信，整理得简练一点就是："我原定的航班延误了，但幸好我聪明，就改签啊！""天哪，我改签的这趟航班又延误了。不过没关系，我已经登机了啊。我要起飞了，你等我！"

为了她最后那句"你等我"，我在值机柜台前心神不宁地等了四十分钟，紧张程度不亚于产房外等待妻子生产的丈夫。

理智上，我知道，时间已经来不及了，但情感上我还是更愿意相信她会赶到，就像赫敏和罗恩相信哈利·波特一定会战胜伏地魔那样——我，相信，我的朋友！

七点过十分，我已心如死灰。

"小姐，你朋友的航班还没有到达吗？"好心的工作人员又问了我一遍，"再晚就真的来不及了。"

的确是来不及了。浪费了一张机票不说，还要解决这一晚的住宿。

我叹了口气，一边埋怨自己太愚蠢，一边打开手机里的 App，准备订个靠谱点的酒店。

突然，手机，又开始狂振，嗡嗡嗡，一直振。

"到了！"

"停了停了！"

"马上！"

"我出来了，等我！"

"我朋友到了！"我含着热泪对工作人员说。

对方也被感染了："太好了，叫她快点儿跑，你们的航班只有二十分钟就要登机了！"

几分钟后，笨笨从机场的尽头朝我这边狂奔过来，虽然距离那么远，我还是清清楚楚地看到了她的白眼。

她一边跑一边咳，好像马上就要死掉的样子。

她的手里举着一张纸，无力地挥啊挥——那是我的签证。

工作人员以最快的速度为我办好了值机，又指着安检的方向对我们说："小姐，继续跑，你们还要过海关！"

于是，单人狂奔变成了双人狂奔。平时从来不运动的我们，在登机口停下的时候，都已经濒临死亡。

过了很久，我的呼吸终于平稳了一点，可胸口依然疼得像是要裂开。

是我先开口的："丁笨笨，我们是不是该先叙叙旧？"

她对我做了一个手势，说："我现在不想跟你讲话。"

我不能抑制地笑了起来。

我们已经两年没见了。

[2]

"不管对方在哪里，至少一年见一面吧。"我们曾经的确这样说过，但因为各种各样的问题，我们并没有做到。

于是，我们又说，就算一年见不上一次，两年总要见一次吧？

很多人都遇到过这种事情，异地的友谊远不如异地的爱情来得坚实。

也许其中一个人谈起了恋爱，也许其中一个人忙于工作，也许其中一个人出了国，也许仅仅是因为懒、怕麻烦，所以曾经说过的话也就不算数了。

每个人身体里都有雷达，亲疏远近测得分毫不差，在"彼此疏远"这件事上，所有人都很默契。

无论是我还是笨笨，都有一些自然而然疏远了的朋友。奇怪的是，明明在这方面都很冷淡，可是我们俩的关系却一直很好。

我们也曾有过长长的时间没有联络，但心里一直很确定、很清晰地知道，对方还在那里。

我一直在长沙和北京两地之间切换，而她总是离不开江浙沪地区。

我每年给她寄书，总要重新问一遍收件地址。

她有时在杭州，有时在上海，更多的时候在江苏老家。从那些快递单上，我多少能窥见一点她的生活轨迹。

"你又辞职了吗？"
"是啊。"
总是这么轻描淡写的对话。

她有种特殊的本领，我们都学不来：永远不考虑今晚以后的事情。

最难得的是，她那种轻松感并不是假装出来的，她是真真正正地在畅游人生。

这些年来，她换过很多工作，没有任何一个地方能让她想要天长地久地待下去。我不相信她从来没有遇到过讨厌的同事、傻×的领导，可她从来不说。

她不是隐忍，只是单纯地觉得这些事情不值得说。

对她而言，这些工作都是暂时性的，做得不开心就走，有什么非要坚持的呢？

我不是不知道，一个成熟的人应该给朋友成熟的建议。比如"不要任性，你应该好好考虑自己的未来"，又或者是"成年人的生活都是不容易的，你该长大了"，但我不会跟她说这些。

我希望她能一直这样随性地活下去。

在我们所有人面对现实都要割让出一部分灵魂的情况下，她还能这么有趣、生猛，这显然比"长大"要更加珍贵。

刚毕业的那几年，我们俩经常结伴出去旅行。两个人都很穷，只能去些不怎么需要花钱的地方，坐绿皮火车，吃便宜小吃和方便面，住青年旅社。

回想起来，苦，是有一点苦，但或许是因为太年轻了吧，当时我们只觉得快乐。

两个没有社会经验的傻子，个性却很鲜明，我傲慢，她嚣张，讲起粗口来连男生都听不下去。

在青旅，最受大家欢迎的是长得好看、性格又讨人喜欢的姑娘，其次是拥有其中一样特质的姑娘。

最不招人喜欢的恐怕就是我们这种：从来不主动和别人打招呼，只跟自己的朋友玩，除了向人借打火机时会比较礼貌之外，其他时候都散发着一股"我脾气不好，离我远一点"的气息。

别人出去旅行，要么有艳遇，要么收获很多新朋友，到了分开的时候，手机里一大堆合照。

而我们，出去的时候两个人，回来的时候还是两个人。照片都是单人照，你给我拍一张，我给你拍一张，然后一个人嫌另一个人拍得不好，就生气不拍了。

那些年月里，除了她丢过一次手机之外，我们几乎没遇到过任何挫折，也没遇到过坏人，每次都平平安安地回了家。

我曾经以为，那是因为我们很酷、很厉害，过了一两年，我意识到，其实我们只是运气好。

等到又过了几年，我回想起那时的一切，重新得出一个结论。

没错，当年我们的确运气好，但更重要的是，我们很酷，很厉害。

[3]

去越南的念头，是青春期时埋下的执念。

杜拉斯笔下的西贡，潮湿、缠绵，爱欲中蕴藏着痛。

同名电影里清瘦的白人少女脱下衣服，露出嶙峋的身体，屏幕里的梁家辉用自卑的爱慕，清洗和擦拭她每一寸皮肤。

一条唐人街。

他们在门内大床上发生肌肤之亲，光线从各个方向投进来，门外是市井里的嘈杂声，一扇门隔出两个世界。

那个故事让人喉咙发紧，胸口闷痛。

我们于深夜降落在西贡，它现在叫作胡志明市。

一出机舱，劈头盖脸的热空气让人呼吸不畅，我便知道，旅行箱里那几件长袖衬衣实在带得多余了。

出关和买电话卡都花了不少时间，笨笨的情绪比我预想中的要冷静很多，反而是我一直在叫饿。

出了机场，她说："我在网上看他们说，要坐车牌是×××的车，那是正规出租车公司的车。"她跑来跑去，找到了一辆×××号的车，回头冲我喊："这个，可以的。"

我们的旅馆在一条著名的游客街上。

整条街都是酒吧，每个酒吧都放着震耳欲聋的音乐。欧美面孔们显然是白天睡够了，到了晚上一个个精神好得不得了，眼睛都发着光。

这……我心想，晚上能睡着吗？

一进房间，我知道自己多虑了——房间根本没有窗户，这倒是免除了噪声的干扰。

不知道旅馆出于什么想法，把镜子钉在离天花板只有几厘米的位置，难道说……身高一米九以下的客人不允许照镜子？

浴室看着也比较简陋,笨笨试了一会儿花洒,对我说:"水好冷哦。"

条件是一般般,但比这更糟糕的,我们也不是没住过。
所以,没问题。

十一点多的时候,我们从旅馆里出来,去找吃的。

彼时,我换上了吊带裙,她换上了 T 恤和短裤,两人都穿着人字拖鞋。焦灼退去了,散漫的游客气质显露了出来。

路很窄,她在前面走着,我看着她的背影,感觉好像又回到了我二十四岁、她二十二岁的时候。

那年在西北,我们一站接一站地去到环境更恶劣的地方。不管是谁晚上饿了,另一个人都会陪着一起出去找吃的,我们好像从来没想过安全方面的问题,不知道是太相信自己,还是对对方太有信心。

在西贡,我们又回到了那种松弛的、没心没肺的状态。

在街道的拐角,有一家卖河粉的摊子,老板推着小车,手法熟练。我们抱着试一试的心态要了两碗带汤的河粉,味道好得令人意外。

"你这两年,很少找我啊。"我一边吃一边跟她闲聊。

"你不是生病了吗?"她停了一下,又说,"而且,你现在太忙了。"

不知道为什么,我一直记得她说的这两句话。在那个时刻,我心里是难过的,还有种莫名其妙的愧疚感。

过了很久,我才想到为什么。

我觉得,我的内心深处其实一直都知道,在那个"一年至少要见一次"的约定中,一直是她在迁就我。

如果我想找她，我随时都可以找她。但如果她想约我一起去干点什么，一定要等我做完一件事，再做完一件事，又做完一件事，才能抽出空当来。

我们不在一起的那些时间里，我具体经历了些什么，她并不知道。

但她知道，虽然她还在潇潇洒洒地过着日子，我却早已经不可避免地、沉重地长大了。

[4]

我去过很多次东南亚，也的确拥有不少关于"艰辛"的回忆。

但如果要说"凶险"，也只有在西贡的那个下午。

下过暴雨的午后，我们吃过午饭又回到旅馆房间，空调开到二十摄氏度，一切都是最舒服的状态。

不记得是谁先提起的：我们出来旅行的目的，难道就是躺在旅馆床上玩手机吗？我们年轻时候的热情呢？

她查了一会儿攻略，对我说："有个很大的市场，我看了一下，走路就能到，可以去逛逛。"

"市场啊，卖什么的？"拥有丰富的东南亚旅行经验的我马上提出了疑问。

"不晓得咧，去看看才晓得咯。"她说着话，又翻了个白眼，"不是你说的吗，随便走走也比躺在这里玩手机好。"

电子地图显示，从旅馆出发，步行二十分钟就能到达目的地。

我们各自背了一个小包，分别装了点东西。

"你好了吗？我 OK 了。"

"护照，钱，钥匙，都装好了，走吧。"

我们说说笑笑地出了门，商量着待会儿到了市场要多买点东西，反正越南的东西嘛，很便宜的呀。

对于接下来要发生的事情，我们浑然不觉，丝毫没有嗅到一点危险的气息。

在那件事发生前十分钟，我给笨笨买了个冰激凌。

她一只手举着冰激凌，时不时舔一下高温中融化的奶油，另一只手攥着手机，仔细地看着地图。

我拿着相机"咔嚓咔嚓"随便拍拍街景。

猝不及防，事情就在这个时候发生了。

一辆摩托车从她身边飞快地飙过，车上有两个人。前面的人骑着车，后面的人朝她伸出手来……那一秒钟，笨笨发出了一声响彻整条街的尖叫。

冰激凌掉在了湿漉漉的地上。

我的眼睛并没有看清楚发生了什么，但我全身的鸡皮疙瘩都起来了。

好像有一声，很轻的，什么东西崩断的声音。

街边有些当地人，用一点也不意外的眼神看着我们，嘴里讲着一些当地的语言，指手画脚，脸色平静。

不知道究竟过了多长时间，我的大脑才恢复运转。

"没事吧？"我的声音里有结结实实的惊恐，"抢走了什么？"

她看着地上的冰激凌，过了一会儿才回答我："想抢我手机，我没松手。"

我看见，她那根连接着手机和充电宝的数据线，被硬生生拽断了。

在那样的高温下，我浑身冷汗，双腿发软。不敢回想，如果刚刚被抢的人是我……护照、现金和宾馆的钥匙，全在我的包包里。

"怎么办？"她看着我，"还去不去？"

我冷静下来，想了想：已经走到一半了，还遇到这种倒霉事，我们就这样回旅馆不是更亏？

在那种情形下，我们共同做出了一个艰难的决定：继续走去市场。

那一路走得很艰难，路上每个人看起来都像不怀好意。我四处张望，十足的惊弓之鸟。

实际上，害得我们经历了飞车抢劫的那个市场，根本没什么好逛的——我是说，如果你来自中国的话——那里出售的所有的商品，在中国都能买到。

颜色艳丽的衣服、纱巾、塑料发卡、手工饰品……最多的是椰子糖和水果干。

市场里的欧美游客们倒是兴致盎然，我们很想问他们：Do you know Taobao（你知道淘宝吗）？

我们意兴阑珊地从市场出来，我望着广场四周的宣传画，那是一个旧时代的印记。

这不是杜拉斯的西贡，这是 2016 年的胡志明市，我所想寻觅的东西都无法找到了——这个想法从我的脑子里冒出来，再也摁不回去。

"回去吧，在路上买点水果，我们去旅馆天台上坐坐。"我有点担心被抢的事情会影响到她的心情，"别不开心哦，反正明天我们就要去美奈了。"

"哈，不开心？什么事情不开心？"

她是我认识的自愈能力最强的人。

[5]

在美奈，我们的活动范围因为雨季而受到了严重的限制。

美奈的酒店就在海边。
大概跟季节有关，我们在美奈的时候，根本没怎么看见游客。
一条窄窄的、泥泞的路，两边有很多度假型的酒店，还有一些饭店，貌似生意都不是特别好的样子。
每个饭店都有中文菜单，还配了照片，但给人的感觉都是货不对板。

笨笨说："幸好听你的，带了老干妈。"

我们住的酒店在海边摆了一排躺椅。可是每天都会下好几次雨，椅子差不多时时刻刻都是湿的，所以也没有人真的去躺。
花园里种植着许多热带花卉，我每天都会捡一朵新鲜的鸡蛋花别在鬓角。
我们一直懒洋洋的，除了吃饭，一步也不离开房间，只在其中一天早起去了白沙丘。

接我们的司机，四点多就到了酒店大堂。我没梳头发，笨笨没戴眼镜，像两个疯子。
我们坐在没有玻璃的旧吉普车上冷得发抖，一路上车子发出的噪声震

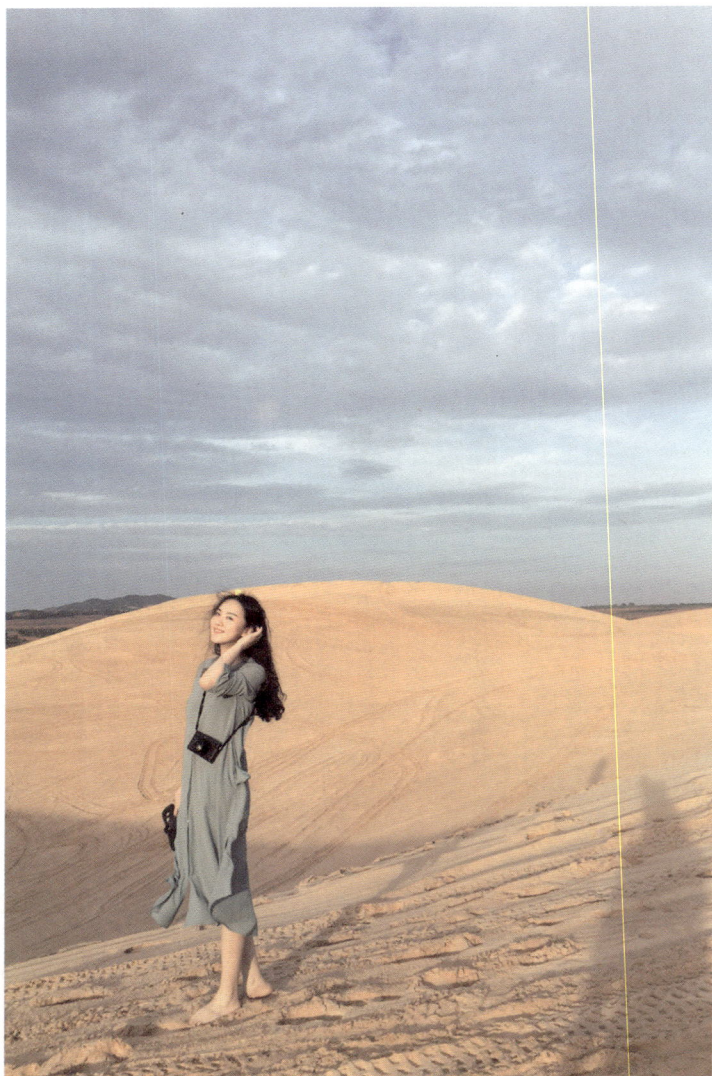

在我们所有人面对现实都要割让出一部分灵魂的情况下，她还能这么有趣、
生猛，这显然比"长大"要更加珍贵。

耳欲聋，谁都没有说话。

远处的天微微亮起的时候，到达白沙丘。

出来得太急，我们一分钱都没有带。

出租沙滩摩托的小哥拼命劝我们坐车上去，我们只能一直说"no money（没钱）"，他看着我们，脸上是有些无奈的神情。

沙丘顶上已经有不少在等待着日出的游客，我们只能抓紧时间往上爬。越往上，风越大，我闭着眼睛，觉得自己下一步就会踏空，然后从几十米高的沙山上滚下去。

她忽然说："我从来没有成功地看过一次日出。"

"啊，真的吗？"我难以置信，"你不是经常出去玩吗？一次都没看到过？"

"没有，神奇吧。"她停下来，选定了位置，"看看和你一起能不能打破这个魔咒吧。"

事实上，那天我们还是没有能够打破魔咒。

云层太厚了，什么也看不到。

正感到有点扫兴的时候，旁边一群美国人忽然扯开一条横幅，开始大声地、有节奏地喊：USA（美国）！USA！

那个小小的沙丘一下子变得生机勃勃，我们对视了一下，莫名地觉得好笑，同时也感觉好像没有那么郁闷了。

离开美奈的那天早晨，我们起得很早，在酒店海边那排躺椅上躺着等日出。

我们好像还是不太甘心就这么走了，好像连能在记忆中做个标记的事件都没有，这未免太叫人扫兴。

我们看到渔船出海，看到晒得黝黑的少年一跃上船，看到船只渐渐远去，仿佛消失在海面。

云层很低，重重地压在海平面上，那后面有一丁点的金色光线——但，也就只有这一丁点。

或许真的是有个魔咒吧，我们还是没能看到日出。

她起身回房间去收拾行李，我一个人在沙滩上待了一会儿，捡了些小贝壳。

当我捧着这把贝壳，直起身子看向大海时——忽然之间，美奈这个地方在我的脑海中有了一个清晰的记忆点。

我少年时生活在湖南的小城，从来没有见过大海。

后来我不断地去到各个地方，看过许许多多的海，这才知道，海和海之间也是不同的。

比如芽庄的海，那是非常热闹非常"娱乐"的海。

游泳的人，潜水的人，玩帆船的人，玩拖拽伞的人。各种各样的人。

在芽庄，我每天都会在酒店的阳台上看着这片海，看很久，但完全没有下去玩一玩的兴致，它不吸引我。

但雨季的美奈的海，将因为它孤独的样子，而被我永远记得。

[6]

有天夜里，我忽然想起，刚到美奈的那天晚上，我在酒店大堂里看到一只很大的蜗牛，大概有我的手掌那么大吧。

它在地上一动不动——但我仔细看了看，它其实是在动的，只是非常缓慢。

等我们洗了澡出去吃饭的时候，它已经不见了。

它后来去哪儿了呢？

[7]

从芽庄折返回到西贡，还是住在之前的旅馆。

笨笨从前台小姐那里找回了她遗失的眼镜，我们都感觉难以置信。（我之前还对她说：别人肯定把你的眼镜扔了，谁知道你会回来啊。）

这件事多多少少挽回了一些我们对西贡的印象分。

旅行结束前的一天，是某种意义上的"贤者时间"。

你既没有兴趣再浪荡下去，也并不渴望回到熟悉的环境中做日常的自己，面对和处理日常的琐碎，仿佛跌入某种时空的裂缝，前面是微弱光亮，身后是万丈深渊。

我想起很久以前，我和Jenny从新德里回国，在机场快线上她突然哭了起来。旁边的人纷纷侧目，但她无法止住眼泪。

在那个瞬间，我心里有种寂灭。

此后很长的时间里，它都未能重新生长出来。

我知道，这个世界上有些人具备了神奇的天赋，能够让自己幸福或者快乐。但我具备的是另一种能力，我好像特别擅长让自己越来越孤独。

在旅馆的天台上坐着，什么事也不做，只是看云。

一幢幢彩色的小房子在蓝天白云底下显得很卡通和小清新，它的野蛮和破败被遮挡起来，这一刹那，西贡仍然是美的。

我和笨笨在那个下午陷入了一种巨大的空虚之中。

很自然地，我们聊起了一些过去认识的人。

她说，谁谁去瑞士了，谁谁结婚了，谁谁开了个店……

这些名字我并不陌生，他们曾经是我们共同的朋友，可是后来我和他们全部失去了联系。我没想到的是，她竟然那么清楚他们的现状。

"我在朋友圈看到的呀。"她也很惊讶，"你没有他们的微信吗？一个都没有啊？"

没有。

"反正你只有S的微信。"

"……嗯，是啦。"

我所有的朋友中，只有笨笨见过S。其他人最多是知道我有过那样一段感情，那样一个人，但这段感情和这个人对于我有着怎样的意义呢，并没有人在乎。

或许也是因为这一点，她和我的关系之中始终有着其他任何人都无法抵达的亲密——只有她，真切地看见过那令我刻骨铭心的创痛。

那年我在北京，谈着安稳平静的恋爱，每天读书写字，看老电影，生活波澜不惊。我以为自己已经把往事都忘干净了。这个时候，我收到了S发来的信息，那是一场大型的活动，他会参加，并且是第一次参加，叫我去看看。

我看到那个名字在手机的屏幕上亮着，又暗下去——我们已经两年多没有联系过，一句话也没有说过——我知道，我一点也没有忘记。

"千山万水，万水千山，去见你，这种事，只有我做得到。"

启程去上海时，这句电影台词一直在我的脑海中反复出现，那是一种很苦情的、悲壮的自我感动。

真正见到面的时候，我看到了乌乌泱泱一大堆人——那时候，我才恍然大悟。

他的好朋友都来了，所有人互相都认识，所有人都知道那是个什么样的环境，他们带着帐篷、羽绒服和军大衣，带着食物和水——除了我。

我，像个二傻子一样，穿着露背的短裙，背着小包，一副要去喝下午茶的样子。

完全弄错了。

原本，我以为我们会有单独相处的机会，我以为那会是一个诗意的时刻：我又长大了两岁，而我依然深爱着你。这么久没见，你好吗？

而现实与我的预想完全不同，他一直被人围着，仅仅在刚照面时对我笑了一下，说："你现在怎么妆化这么浓啊。"

事实上，我只是涂了橘色的口红。

十月的长江边，低温，大风，我在风里一直一直咳嗽，好像要在肺里咳出一个洞来。

那一天，我觉得自己是世界上最蠢的人。

好在，再蠢的人，也会做对那么一两件事情。我在那愚蠢的一天做对的唯一一件事，就是叫上了笨笨和我一起。

天黑下来之后，温度更低了。她去买了一串烤肉，吃完了之后来找我说，走吧，我们回去吧，你会冻死的咯。

我们坐在电车里，一个劲儿地商量回到市里要去吃什么，她一句尖刻的话都没有说。

那种感觉就像是小时候，考得太差了，不敢回去拿试卷给家长签字，旁边有个人对你说"我陪你回去吧"。

我的挫败和狼狈，其实很值得被狠狠地嘲笑一番吧，可她觉得，这没什么。

往后这些年，她提都没有提过。

"我们下次一起去个舒服点的地方吧，香港或者日本都行。好吃好住的，买买东西。"我说，"不然我总感觉我们俩一块儿出来就是为了吃苦的。"

"好滴（的），下次我们就呲呲呲（吃吃吃），买买买。"

她讲话的时候，有很明显的江浙口音，我觉得那是很可爱的一个特征，就像别人一听我说话就知道"噢，湖南人"。

我们回国的航班不是同一趟，她的比我的要晚好几个小时。

我在那天清晨离开旅馆，酒吧街上一个人也没有，在一片清静中，出租车司机帮我把行李放进后备厢，我坐上车，出发了。

我给她发了一条信息："我走啦，你千万不要睡过头误了机啊。"

那个时候，我心里弥漫着一种很久很久没有出现过的东西，叫作忧伤。

[8]

她从西贡回国的过程，比我要艰难得多。

航班延误了很久很久，深夜才到上海，十几个小时之后才能坐高铁回江苏，之后再乘汽车回家。

一直到第二天我才收到她那句"我到家了"的信息。

然后，她关掉了手机，闷头睡了很久很久。

人的一生会认识不计其数的人，这其中有一部分成为我们的熟人。经过时间和价值观的筛选，再留下来的那些就是我们的朋友。

朋友也有很多种，但我们在说这个词的时候，也许我们并不是同一个意思。

她是能够和我一起旅行的朋友，某种意义上是我永远的玩伴。

我比她大两岁，我一直觉得，这个年龄差刚刚好。

如果相差太多，我或许不会把她看作好朋友，而会不由自主地将她划到"妹妹们"的阵营里去。两岁的差距，恰到好处地平衡了我们的友情和话语权。

在她面前，我永远不会成为一个颐指气使或者好为人师的大姐。

有时我会翻她的朋友圈和微博看。她措辞大胆直接，风格辛辣，在社交网络上毫不掩饰自己真实的性情。她偶尔会一个人出去玩，或者是买些自己喜欢的小玩意儿，衣服鞋子口红之类的东西，有时候也骂那些说话不带脑子或者根本就是来者不善的网友。

看着看着，我会有一种很难形容的情绪涌上心头。

是羡慕吗？好像又不够确切。

就像在西贡最后的那个下午，我们的情绪都很低落。

可她的低落像是一个小孩子的样子，有些蠢蠢欲动的怒气，但不知道该怪谁。而我的低落，是成年人的低落，平静、沉默，但暗流涌动。

我也曾想那样活着，只说自己真正想说的话，可以吗？

后来我知道了，不可以。

于是我在长久的不被理解中变得越来越沉默。她和我不同，她从来不要这个世界理解她，她总是自得其乐。

她像是一个更好运的我，特立独行、横冲直撞，胸腔里盛满了爱与愤怒。虽然也有很多现实的烦恼，但依然竭尽所能地活成一个自由的人。

每当我想起她的时候都会有种莫名的感动，那是因为我一直深深地感觉到，我丢失的某些东西，她依然保留着，这让我觉得人生还有一些希望，让我觉得一定有一天，我也能把那些东西重新找回来。

那年在上海，我们一起吃过午饭之后，她把我送到地铁站里，告诉我要怎样去机场，然后自己坐上了反方向的车去高铁站。

我在地铁上突然想起来，给她发了个信息："中午结账之后找的钱，我好像没拿。"

"啊，那怎么搞？"

过了一会儿，我又给她发了一条："哈哈，找到了，拿了拿了。"

"山炮。"

每当我想起她，都是类似于这种的小事情。

我们的青春就像《七龙珠》的前半部分，小悟空和布尔玛满世界地寻找龙珠，结识了很多奇奇怪怪的人。而我们两个粗心大意、迷迷糊糊的女生，也曾经说过一起去看看世界的面貌，并且在这个过程中发生了许多搞笑的情节。

当我年纪越来越大，我很难再找到可以同行的人。大部分老朋友都已经有了自己的家庭，准备要一个孩子或者是换个大点的房子，他们的烦恼和压力变得越来越具体。

而无论是我还是她，好像一直都没有准备好去打开那扇门，通往另一个宇宙。

　　有一年春天，我的抑郁特别严重，差不多毁掉了我整个生活。

　　每天夜里我都不睡觉，通宵写字，那些文字后来以一本书的形式出现在这个世界上，叫作《我亦飘零久》。

　　其中好几篇里都有她的名字，那是她和我一起走过的山山水水，千里迢迢。

　　她看过那些文字在 word 里的样子，在 QQ 上对我说："这个世界上只有你能理解我，你别死。"

　　我们之间从来不说任何煽情的话，我们都觉得那太肉麻了，所以展示给对方的都是自己最粗俗和真实的一面。

　　那或许是我们唯一一次像两个正常的姑娘的对话吧。

　　"你别死。"

　　"好的。"

寒冷之地

洁白的浮冰，蓝色的湖水和猎猎大风，一种极致的冷。
足以令人记住它许多年。

[1]

一切是从 Jenny 在微信上跟我说"我今年的年假腾出来给你了"开始的。

距离我们上次一起旅行，又过去了三年。

2014 年夏天，我们一起从京都去奈良，接着从大阪回国。那是我第一次去日本，什么也不懂，全程靠她带着。她就像专职导游一样包揽了所有琐事：签证、往返机票、住宿、车票和景点。

八月的阳光毒辣，纵然我们每天都仔仔细细涂好几遍防晒霜，还是都不可避免地被晒黑了不止一个色号。我们上午逛景点，下午购物，整个旅程有张有弛，十分轻松快乐。

回想起来，在我和她一起经历的所有旅行中，艳遇这回事是从来没有过的，那些旖旎的传说、浪漫邂逅……我们一桩也没遇上过。

我们的旅途啊，实在是太纯粹了。画风像是枝裕和的电影：两个生活在不同城市的女生，结伴旅行，拍了些游客照，买了一些化妆品和礼物，然后夏天结束了，她们也要回家了。

一场平静的旅行，好像什么也没有发生过，却又实实在在地发生过什么。

关西之旅结束后，我们迅速回到了各自的日常生活。

她进入了平稳的恋爱期，很快结了婚。

而彼时的我，在"青春"这个东西的末梢上，贼心不死地继续折腾：我打包了自己所有家当，往北京寄了两个大箱子，让朋友代为签收，剩下一些零零碎碎的东西分别送给了长沙的朋友，最后退掉了租来的房子。

干完这些事，我就买机票来北京了。

至于到底来干什么，那时候的我其实根本没想好。

来北京以后，我遇到了许多以前想都想不到的事，也机缘巧合地结识了一些新朋友，但无论怎么样，Jenny 终究是我人生中一个具有某种象征意义的特殊的角色。我们之间远没有"闺密"那么亲近，从来不聊心事，平常联络也很少，一年里偶尔会问对方几次"你今年打算去哪儿玩？明年呢？"

随着年龄增长，你会渐渐领悟出一个道理：好朋友不见得能一起旅行，但一起旅行过，回来还能继续做朋友的人，就一定会再次一起旅行。

相信我——在这个人人都有个性的年代，旅伴比真爱还难找。

基于我们都只会在想出去玩的时候才联络对方，于是她给我们的关系下了一个准确的定义——donkey friend——翻译成中文就是：驴友。

去贝加尔湖就是我们的驴友之约。

在排除掉日本（太近）、欧洲（太远）、美国（我被拒签了）、东南亚（两个人都去得太多了）之后，我们终于锁定了目标：贝加尔湖。

查机票时，我发现，从北京飞到伊尔库茨克才三个多小时，比我回长沙的时间才多一个小时。我心想：这么近啊，那分分钟就去了呀。

从那个时候起我们就都掉以轻心了。她出行经验丰富，而我又对她太过放心，于是等我们拖拖拉拉过了双十一准备申请签证时，坏消息传来：我们本来要报的那个团签，满员了。

其间还有个小插曲。

上了六年班，终于熬到能休年假的小琼，突然给我发信息说她想来北京玩。

"你来北京啊，我没时间招待你啊，我最近要出去……"我想了想，觉得自己好残忍啊，于是又补了一句，"你怕冷吗？要不跟我和 Jenny 一起去贝加尔湖？"

年轻人根本不懂什么叫假客气。

"好啊。"她爽快地说。

私下里，我给 Jenny 打电话时说起这件事："你不会觉得麻烦吧？"

"无所谓啦。"她说，"以前带你的时候，我也没嫌过你一句英语不会说嘛。"

为什么要揭人老底？而且，我现在会说了呀！

贝加尔湖小分队成立之后，我们紧急开了一个短暂的会议。以自我检讨开始，以明确分工收尾。

Jenny 的反省是：我没有提前做行程、办签证，大意了大意了。

我的反省是：我没有监督 Jenny 做好行程，配合她办签证，我有罪我有罪。

"姐姐，我给你买了一条棉裤，是修身的，不显胖。"小琼倒是做了一点实际的贡献。

好吧，那就 Jenny 负责行程和签证，我负责采购御寒装备和食品以及换外币，至于小琼……先顺顺利利到北京来跟我会合再说吧。

不得不承认，女生一起出去玩，真的有点麻烦。

好在只用了两天时间，我们就解决掉了所有问题。一切妥当之后，大家相约出发当天的早上七点在首都机场 T2 航站楼 6 号门碰面。

"你应该还能认出我吧？"我问 Jenny。毕竟三年没见了，我心里有点没底。

"试试吧。"

到真正见面的那一刻，她果然第一时间认出了我："作家，你头发蛮油哦。"

我翻了个白眼，是啦，早上起来懒得洗了……再说了，是见你啊，又不是见前男友什么的，洗不洗都无所谓啦。

因为我们办的是团体签，所以必须等整个旅行团集合了才能一起去值机。于是 6 号门那片区域的所有旅行团都被我们牢牢锁定，生怕错过了。

一看到举着小旗子、戴着帽子的一堆人，我就立刻凑过去问："请问你们是去哪里的？"

"摩洛哥。"

…………

咳咳，不好意思，打扰了。

第一次出国旅行的小琼虽然全程少言寡语，面无表情，但从她选座时非要靠窗的位置就能看出来，其实她内心是很亢奋的。而我这种机敏的老人家当然会选择靠走道的位置。

一来是因为去洗手间比较方便，二来也是因为靠窗的位置紫外线太强，伤皮肤。

"你年轻，你不懂。"我翘着兰花指向小琼传授心得，"以前我也不当回事，在西藏晒得炭黑，敷一两个月的面膜就白回来了，那时候新陈代谢快，现在可不比从前啦。"

整机乘客都没有想到，起飞前，突然发现飞机故障，检查加维修就花了两个多小时。

尽管空乘小姐笑容甜美，一杯一杯的矿泉水和橙汁送过来给大家喝，但也抚平不了我们内心的焦虑：Jenny约了一位伊尔库茨克的司机送我们去奥尔洪岛，可我们这样延误下去，到时候他会不会揍我们？

好不容易飞机起飞了，落地了，安安心心排队过边检了，我们又被机场边检的龟速震惊到了。十几二十个乘客排成了两队，硬是花了将近一个小时才全部弄完，而我们三个愚蠢的人啊，还偏偏排在队伍最后面。

我上一次经历这么漫长的边检还是在柬埔寨，等我出去的时候箱子上挂的行李牌都不见了。这么说来，低效竟然令严寒和酷热之间有了莫名其妙的相似之处。

[2]

伊尔库茨克的机场很小，四处弥漫着一种老旧的味道，目光随便扫扫也知道有些年头了。

我们拉着行李从一扇门走出去，还不知道要面对的是一个什么样的地方，就已经看见了那位司机大哥。

他穿一身深色的衣服，戴着毛线帽子，个子很高。手里举着一张A4纸，上面用最大号的字体打印了两个汉字，那是Jenny的中文名字。他脸上的神情很难形容。一种寒冷的平静，又像是被冻住了的疲倦。

他应该等得很累了。

在语言不通的情况下，我们只讲了几句最简单的英语：先是确认身份，接着是不停地为迟到而道歉。

跟我预想的不同，战斗民族的司机大哥脾气并不火暴。他主动把我们的行李箱接过去，大步走向停车场。我们有点慌乱地紧跟在他身后，还来不及好好看一眼伊尔库茨克，就坐上了去奥尔洪岛的汽车。

那辆汽车开在路上一直发出哐当哐当的响声，但这种声音意外地令人感到安心。这种声音就像是在一遍一遍地向你确认：你已在旅途中。

汽车穿过市区，很快上了公路。

视野在顷刻间变得极为开阔，望不到一丁点绿色的荒原之上，蔓延着一种无边无际的萧瑟苍凉。深棕色的土地显现出一种超越想象的沉重和厚实。

我觉得无法记录下自己所看见的，语言和文字在那个时刻都失去了重量。

而我清晰地感觉到，在内心深处，某种不可名状的东西复苏了。

很长一段时间里，车上没有人说话。

司机一直专注于驾驶，身上的烟味从前排飘过来停在我的鼻尖。他偶尔从后视镜里看后方路况，那角度刚好能让我看清他的蓝色眼眸。

说不出原因，他让我想起小时候读过的一些纯文学作品，某些特质很像小说里的男性角色：沉默，粗糙，染满风霜，有机械和灰尘混合在一起的味道。

天色越来越暗，平原与白桦林在公路两旁不断交替着，那画面像过去的老式的俄国电影。有几分钟的时间里，我们扭过头去，扯着脖子用目光追着西沉的落日，除了长长的"哇"之外，说不出别的话来。

那景象瑰丽壮美，遥不可及，火焰般的颜色最后沉没在远处的白桦林里。

汽车在一片漆黑中行驶着，中途司机下车抽了两次烟。

还要多久才能到码头呢……如果是平时，急性子的我可能已经在不停地问这个问题了，奇怪的是，旅行中的我耐性变得非常好。

或许是因为，在那种境况下，时间的流逝已经失去了意义。

我找出耳机来，和小琼一人分了一个耳塞听歌。

孙燕姿的新专辑，我只听了两遍就找到了自己最喜欢的那一首。

我去过的过去
谁同行谁远行
那件风衣叫作回忆
谢谢你曾来临曾离去
陪着我像影子像姓名

温度越来越低，车窗玻璃外蒙着水汽，什么都看不清楚，我伸手一摸，像摸到了冰箱的冷藏室。

不断有噼里啪啦的声音，分辨不清是石子还是冰沙打在车身上。

我从装食品的塑料袋里拿出一盒饼干拆了，跟小琼和Jenny分着吃，很快就吃完了。又拿了两个小面包出来让Jenny拿给司机。

他有点意外的样子，马上说："Thank you（谢谢你）。"

五个小时以后，我们终于到达了码头。

"看样子，我们只能自己坐船过去了。"Jenny永远是旅行团里最沉稳的那一位。

司机示意我们都下车，又把我们的旅行箱全部拎下来。

即便有点语言障碍，但此时我们也已经明白原因了，一定是因为先前耽误的时间太多了，他无法送我们到岛上，只能在这里分开啦。

他把我们领到车牌前，蹲下身去，用简单的单词交代我们说，下船之后，那边会有车接我们，车牌号码是666。

见他指着车牌上的数字重复说"six six six"，我们笑了一会儿，但没法向他解释这个笑点。

语言真是让人感到孤单的东西啊。

"你要回伊尔库茨克吗？"上船之前，Jenny问他。他点点头。

想起他又要独自一人原路返回，开那么长的时间，那么寂寞的路途，尽管知道这是他的工作，但心里还是觉得很不是滋味，于是我们把零食袋里的所有面包拿出来送给他。

直到我们拖着箱子站到了船的甲板上，他的车灯还亮着。我冲他挥了挥手，大声喊"bye-bye"。

连接船和地面的木板慢慢升起来，他把车掉头，开走，很快消失在黑夜里。

贝加尔湖的夜晚，就在我们眼前。

[3]

从上船到登上奥尔洪岛，其实只花了二十分钟左右的时间，但这短短的二十分钟对我们来说真的很难熬，冷得刻骨铭心。

随着船慢慢离岸，码头渐渐远去，我们什么也看不见了。

"为什么船舱的门打不开？"我使劲拉了一下门把手，心里有点惊慌，"不可能吧！我们要一直站在甲板上吗？"

我不相信，我觉得这个情况不合逻辑。

气温这么低，风这么大，他们不可能让游客就这么傻站着吧？这不是客船吗？

我一边这么想，一边围着船舱打转，看见一扇门我就把脸凑到玻璃上看看，但无论怎么看，里面都不像是欢迎游客进去的样子。

相对于执拗的我，我的队友显然很早就认命了，她们一直缩在船舱边上一个风较小的地方，叫我："你过来躲躲啦。"但我真的不想这么轻易就放弃（真的太冷了），我还想再努力一次！

于是我又跑到甲板另外一侧去看情况，好心的船员小哥大概是觉得我太蠢了，也不忍心看我再折腾了，就把门上挂着的一块牌子翻过来给我看，让我彻底死了心。

那块牌子用中文写着四个字：非公勿入。

好吧，也许这就是命运吧。

天地之间像一个巨大的冷冻库，我很后悔登机前没有把小琼给我买的修身棉裤背在包里，现在开箱子显然是来不及了，我的老寒腿遇到了前所未有的挑战，膝盖都不会弯了。

"我们不是有暖宝宝吗！"我突然想起来了！

对哦，对哦，小琼连忙从书包里掏出一大包暖宝宝，来，快贴上，能救命呢。

根本没有用！别说发热，连贴都贴不牢，风一吹就掉。

日本暖宝宝 vs 西伯利亚寒风，后者终究在这场比拼中证明了自己的不可战胜。

我们站在湖边，言语匮乏，怔怔地望着湖面，阳光穿透云层
投落在湖水上，远处有星星点点的金色。

忍忍吧，上岸就好了，到了旅馆里我们就能喝热水，吃泡面，就能过上幸福快乐的生活了。我们互相安慰着。

船员养的一条黑狗仿佛也很同情我们的处境，跑到我的身边来，紧紧挨着我的双腿，让我在寒风中感受到了些许温暖。

在不知不觉中，船越来越接近码头。一束强烈的白色光线从船上照向岸边，尽管还隔着那么远的距离，眼尖的我还是迅速看见了岸边停着的一辆白色的汽车。

"那个，肯定就是666！"

好开心啊，令人热泪盈眶的 six six six，我们的苦难终于要结束了！

果然没有错。

船一停稳，木板刚放好，就看见岸上那位穿着迷彩服的司机大哥冲我们招手，很是胸有成竹的样子。我猜想，或许是他的同事告诉了他"三个中国女性，穿得跟企鹅似的，还有三个大箱子，可能你要帮忙拎一下哟"。

再见了船员小哥，再见了黑色狗子，有缘的话也许我们回去的时候还会坐上这班船吧，我想，那个时候的我们一定不会再像今夜这么狼狈。

我拖着箱子跑向白色汽车，强光从身后照在碎石子路上，满地雪白。裹在我身上的寒气似乎也在这奔跑中飘飘扬扬，融进了贝加尔湖的湖水里。

"明天我们去北线一日游，司机早上会来接我们。"在旅馆的餐厅里，Jenny 坐在我对面等着吃现成的食物，"还是今天这位司机。"

我正在往一盒方便小火锅里挤着红油，旁边摆着一碗正在泡的酸辣粉丝。

再等一会儿就可以吃晚餐了，虽然时间已经是晚上十点。

这么多年过去了，我们的默契依然还在。从前在印度的时候也是她负责对外沟通所有事项，我负责后勤工作。

我一直很怀念当年在拉贾斯坦邦用电热杯煮 mini（迷你）包装的速食面的日子，那时我们想尽一切办法苦中作乐，后来也曾兴致勃勃地和别人说起过那些经历，但往往说到一半就自动停下来了。

大概是因为我从对方的反应中感觉到了某种疏离。他们没有切身体会过，并不能够了解你说的那些事到底有什么意义。

奥尔洪岛上的旅馆大部分都是独立式的小木屋。据说也有酒店，但不知道条件如何。

我们住的这家很显然是家庭旅馆，前台和餐厅在一块儿，是公共活动区域，提供免费的热水、茶包和速溶咖啡。洗手间和浴室都是单独的木头房子，从我们住的房间走过去也要一两分钟。

我没有想到，在这么冷的地方竟然也有冰柜。（看起来似乎很多余。）

旅馆的美少女服务员说，如果我们有需要冷藏的食物可以放在冰柜里。

为什么不直接放在室外呢？我一边这么想着，一边又在心里赞叹美少女深邃的脸部轮廓和一双长腿。

想起在意大利和英国看到过的那些年轻的白人姑娘，青春盎然、活力无限的样子，仿佛身体里蓄满了能量。而大多亚裔的女生，即便是在注意自己的形象到近乎苛刻的日本，最多也只是让人想感叹说"太会穿了，太会打扮了，太会搭配了"。

"她们有人种优势啊。"Jenny 撇撇嘴说，"你还记得我们在京都住民宿的时候，有两个白人女生和我们一起在镜子那儿化妆，人家涂点防晒霜，随便刷两下睫毛膏就走了，我们要化全套，还要打什么鼻影。"

我回忆起当时的情形，的确有点心酸："打了也没用，还是一张平脸啊。"

"不过我们黄种人比较耐老啦。"Jenny说，"大部分欧美女生上了一点年纪以后就胖得不行了。"

"但人家身上再胖，脸还是小呀。"一直没作声的小琼开口就一剑封喉。

我们东方人好像都对小脸有种很深的执念。

等我们吃完晚餐，前台已经没有人了。主人家全体都在柜台里面的房间，我们也不好意思进去借洗洁精。

算了，去厕所那边看看吧，也许会有清洗用品呢？

泡过酸辣粉丝的碗和吃过小火锅的筷子……天知道这个世界上还有没有比红油更难洗的东西。实在找不到洗洁精，我只好用厕所里的洗手液来试试，差不多挤了小半瓶洗手液吧，但基本没什么作用。

就在这个关键的时候，Jenny还来添乱："作家，你把这个拿出来，扔到垃圾桶里。"

她指的是方便火锅下层的发热包！！！

更匪夷所思的是，在那一秒钟，我的脑袋也进水了——我竟然真的用手去捏它。

"啊！我 ×！"我完全是自然反应地尖叫，"要死啊！烫死我了！"

晚了，手指已经烫红了。

"怎么会这样呢。"Jenny脸上明显有种"幸好我没有自己动手"的庆幸，"我以为吃完火锅，加热包就死了。"

我深深地看了她一眼，在此之前，我心里一直当她是知识女性来着。

房间是三人间，面积很小，贴着三面墙分别摆了三张一米二左右的单人床。三个人都把行李箱打开摊在地上，这下连落脚的地方都没了。

每个人的箱子里都带了一个保温杯和一盒方便火锅。

累了一整天，终于要去洗澡了，我们一人抱了一大团换洗衣服，披着羽绒服去淋浴间。那种感觉很像是回到了学生时代，几个女生一起生活。

我有点恍惚——毕竟我的学生时代也已经过去将近十年了。

她们都回房间之后，我独自在室外待了一会儿。

奇怪的是，尽管外面已经是零下七摄氏度，可我一点也没感觉冷。

空气很干净，没有杂质，周围也没有几盏灯，但抬头望去还是看不见几颗星星。寂寂天地间，仿佛只剩下我一个人和围着我打转的旅馆里养的那两只狗。

大概是那种冷空气催醒了记忆里的某些沉淀。在那短短的几分钟时间里，我想起了一些以前的事情——那些从我的日常生活中淡去的人和场景，那些我已经很久不曾踏上的土地。

他们在哪里呢？过着什么样的生活呢？

我没有自恋到以为他们也会在某个深夜突然想起我，稍微动动脑子，也知道那是不可能的事情。

我们甚至连微信都已经不发了。

也许他们都忘了吧，不过，我记得就好。

[4]

"冷让世界变得透彻。"

坐在北线一日游的汽车上，我在备忘录上写下这样一句话。

在奥尔洪岛，天黑得不算早，于是我们起得也比较晚，在旅馆餐厅里十分从容地吃完了昨晚预订的早餐。几张pancake（烙饼），还有几块像蜂巢蛋糕一样的饼。我喝了咖啡，她们喝了牛奶。

穿迷彩服的司机大哥准时到旅馆来接我们，脸上依然笑眯眯的。"666"停在旅馆门外。

"我们先去看萨满岩石。"Jenny说，"看不懂也没关系，是他们这里很著名的景点。"

就这样出发了。

我从来没有见过那么颠簸的路，在一个特别陡的地方，小琼"砰"的一声直接从座位上摔了下去，发出了很大的动静。

我们吓了一跳，紧接着就对她施以无情的嘲笑。

坦白说，无论是以前的新藏线还是后来上大吉岭，我总以为那就是颠簸的极限了，而奥尔洪岛上的路又刷新了我的认知，尤其是进入树林之后，每隔几分钟就会有一个接近90度的坡，除了他们本地人，谁也开不了。

司机大哥神色自如，每到一个景点就把我们放下，然后站在山坡上看着我们像二傻子一样跑过去拍照。

贝加尔湖的旅游旺季其实是在湖面结冰以后，我们来得太早了。

"这个时候来蛮好的。"我说这句话是真心的，"旺季人太多，拍照还要找角度。那次我去越南的海边，周围全是人，拍出来的照片简直找不到自己。"

路程快过半的时候，我们终于来到了贝加尔湖的湖边。

太早了，我说过，我们来得太早了，还没有蓝冰。

尽管如此，眼前的景象还是美不胜收，洁白的浮冰，蓝色的湖水和猎猎大风，一种极致的冷。足以令人记住它许多年。

湖边的风太大了，像是要把人从外到内通通吹干净一样。走去湖边的路全都结了冰，你必须要很小心才不会滑倒。而我每踏出一步，都能听到脚下薄冰碎裂的声音，很清脆，细不可闻。

虽然曾有过很多想象，也在照片上看见过很多次——但当这一切真实地呈现在眼前时，我内心依然是震动的。

我们站在湖边，言语匮乏，怔怔地望着湖面，阳光穿透云层投落在湖水上，远处有星星点点的金色。

我们只能不断地重复着说："好美，太美了。"

那个瞬间，我想起了什么呢？

后来我在 Instagram（照片墙）上发了一张自己站在湖边的照片，是小琼站在山坡上给我拍的。从那个高度看下去有种奇异的孤独感：无边无际的苍茫的巨大白色里，只有一个黑色的身影。

看到贝加尔湖上的冰，我想起很多年前第一次去西藏，看见纳木错，看见羊湖，还有班公湖。就算是在盛夏时节，湖水也是冰凉刺骨的。

我想起当时爱着的那个人，他指着湖对面跟我讲，那边就是印度。

就在一年后，我真的去了印度。

从二十岁到三十岁，这十年里，我没有结婚，也没有发财，但要说遗憾，我觉得几乎没有。

在七年的时间里，我深深地明白了爱。

不仅是一个人对另一个人单纯的爱慕，更是这情感能量中蕴含着的自

我完善和自我救赎。

[5]

坐车的时候，我们一路上都听到车尾有乒乒乓乓的声音。直到中午，我们才知道那是司机大哥带的锅碗瓢盆。

在树林里，他把车停下，回头跟我们讲了几句英语。他大概并不确信我们能够听懂，于是又撸起衣袖，露出手表，用手指在表盘上画了一个圈。

"他让我们下去活动一个小时对吧？"我猜测着。

"是的，他要给我们煮鱼汤了。"Jenny 说。

早上出发时我就问过她这个问题：我们中午吃什么？

当时她说"司机会给我们煮"的时候，我完全没想到她是认真的。

树林里已经停了好几辆车，是别的游客团。他们的司机已经生好了火，架着吊锅，鱼汤正在烧得黑漆漆的铁锅里沸腾。

我们遵照司机的指示，先去周围溜达一会儿。不远处的山顶上有一个观景台，穿着五颜六色冲锋衣的游客全都聚集在那里。于是我们也慢慢走了过去，没想到那里的风刮得比湖边还要猛，风景也不如湖边，我们看了一会儿就觉得没什么意思了。

"我们下去吧，看看他们怎么煮鱼汤。"我说。

在湖南，要煮一锅好鱼汤是有些讲究的，光是去腥的配料就有一大堆：料酒、生姜、葱，还有我来北京以后很少能买到的紫苏。

买鱼要买现杀的，死太久的鱼肯定不新鲜。把鱼清理干净之后，要在鱼身上划几刀，拿料酒腌，拿盐细细抹一层。煮之前还要用油先煎过。为了把汤熬白，要先用大火煮开，再转小火慢慢煮，之后还可以根据自己的口味再加些辣椒和豆腐之类的。

说实话，我原本对这一餐没抱太大希望——这里毕竟不是做菜的环境。

但事实令人感到很意外。这锅鱼汤的滋味竟然挺不错。我猜想是不是因为他长年累月给游客煮鱼汤，于是已经掌握了其中的秘诀？

生长在湖里的鱼本身并没有强烈的腥味，鱼身被切成了一块一块的。汤煮开了之后，司机大哥用大铁勺撇了沫，往汤里加入了葱段和洋葱。又煮了好一会儿之后，他舀了一点点汤，尝了尝味道。

我蹲下去和他一起守着那锅鱼汤，画面一时有点魔幻。

大概是因为他穿着迷彩服吧，树林、积雪、焦土和那充满了年代感的篝火与吊锅，我们像是置身于《兄弟连》某一集的场景中。望着眼前阵阵白汽，我觉得喝完鱼汤我们就要去作战了。

开餐前，司机大哥示意我们去旁边的木头亭子里坐着等。一张年久失修的木头桌子和两条木头长凳，凳子晃得厉害，我们一坐下就不敢乱动了，但这也并不影响心情。

我们的神情都有些跃跃欲试，与其说是对鱼汤有所期待，不如说是对这种新奇的经历感到兴奋。

他从车里拿出来一张很大的彩色台布铺在桌面上，又给我们每人分了一只不锈钢的碗和勺子，接着就去把铁锅拎了过来，与此同时，另一位司机开始煮起了属于他们的鱼汤。

刚分完汤，我们还没喝，桌上又多了两袋面包。

小琼说："这个叫列巴，我查过。"

那是两种不同口感的"列巴"。一个完全没有味道，另一个要怎么形容呢，像是涂了留兰香药膏的甜甜圈，每一口都像是生吞牙膏。它们的共同点是冻得太硬了，很难咬，不喝汤的话也很难吞咽。

好在鱼汤滚烫而鲜美，喝了几口，马上暖和起来。鱼肉也比想象中要好吃，味道有点像秋刀鱼。

午餐结束之后，司机大哥从热水壶里给我们每人倒了一杯热乎乎的红茶，这可真是太让人惊喜了。像是回到了学生时代，和一群朋友去郊区野餐。

我们明天就要离开这里了吗？当我意识到这件事的时候，有点难以置信，似乎内心里那个逃避型的人格又冒出来了。

大概许多人都有一个疯狂的念头：我想离开我的生活，去到一种浪漫而永无止境的路途。

而这个念头通常只能维持几秒钟。

一路上手机都没有信号，左上角的"无服务"已经持续了一整天，在这种被迫的"隔绝"里，我邂逅了某种意义上的宁静。

眼看旅馆越来越近，我有些意犹未尽。

我原本想说"下次我们找机会再一起来吧，等湖水全冻上的时候，我们再一起来看蓝冰吧"，但最终我什么也没有讲。

每当我有这种愿望的时候，我都知道，在它的背后其实裹藏着一些悲观的东西。

年轻的时候就已经明白了。

在我们的一生中，许多事情的机会，其实只有那么屈指可数的一两次而已。

[6]

旅馆的附近有一家小超市，我们在那里买过酸奶和冰激凌。

离开奥尔洪岛之前，我喝掉了最后一瓶酸奶。

而那个冰激凌甜筒却一直留在了旅馆的冰柜里，最后它会被谁吃掉呢？
还是会被当作来历不明的食物给扔掉呢？

就连一个冰激凌，也无法预知自己的命运。

[7]

等到我们真正有机会看清伊尔库茨克的面目时，已经进入了回家的倒计时。

从奥尔洪岛原路返回伊尔库茨克，跟来时的路一样，风景也没有什么变化。五个多小时的车程中，整车的游客都很安静。路边偶尔会出现一个伸手招车的人，有时是老太太，有时是年轻的男人。

一旦看到他们，司机就会很自然地把车停下，让他们坐上副驾驶，将他们送去目的地，这其中充满了游客所不能懂的默契。

其中一个亚裔面孔的搭车人惊到了我们，在那么冷的天气里，他竟然只穿了一件短袖 T 恤。更怪异的是，他等车的地方，既没有房屋，也没有商铺，只有光秃秃的几棵树和广阔的荒野。

对此，我和 Jenny 交换了一个心照不宣的眼神：鬼知道他为什么会出现在这种地方。

也许就是在那个时候，我脑海中又闪现出自己一直很想写的一篇小说，标题就叫"此刻不必问要去哪里"。

它在我的脑子里已经酝酿很久了，半年，还是一年？我甚至连女主角的名字都在某个早晨想到了，可是我一直没有动手把它写出来。

为什么？

明摆着的原因是我懒散了，不知道是因为年纪的关系还是因为生过一场大病，我内心的激情减淡了——但这也说不过去，所有成熟的作家都明白，持续的长久的写作绝对不可能只依靠激情。

我隐隐约约知道那个真正的答案。

在三字头的第一年里，我将大部分的时间花在了旅行上。虽然年轻时我也很喜欢出去玩，但我清晰地知晓这其中的区别。我是在用这种方式对抗着自己那过早出现的"中年危机"。

比起抒发，我知道这个阶段的自己更需要的是积蓄和沉淀。

车子进入市区之后，周围慢慢热闹了起来。

同车的其他乘客一批一批地下了车，他们住的酒店基本都集中在某一个区域，到最后车上就只剩下司机和我们三个人。

出发之前，Jenny反反复复跟司机确认我们要去的地址，就怕他半路把我们放下。（在印度时发生过这种情况。）那是她在App上订的房间。虽然离城区的中心有一段距离，但是胜在比酒店有人情味和生活气息。我们都计划好了，反正有厨房啊，我们可以自己做饭吃。

出发那天，飞机餐盒里的几盒黄油我们都没有动，后来被我收进了随身拎着的食品袋里。从去到回，我一路上都没有丢掉它们。

它们终将派上用场，我坚信这一点。

"你看一下。"Jenny 把房东的头像照片点击放大给我看，"我们要住的就是这个老大爷的房子，他会在楼下跟我们接头。"

很明显，那是一张夏天拍的照片，胖胖的老大爷穿着彩色的短袖衣服，一脸和善的笑容。问题是：我是个欧美脸脸盲呀！光凭这么小一张照片，我怎么认得出来？在我眼里，满大街的老大爷都长这样。

神奇的事情很快发生了。

司机到地方把我们放下，收了车费，绝尘而去之后，我慌里慌张地到处看，生怕自己的目光遗漏掉房东大爷。

而 Jenny 不知道是凭借自己什么样的天赋，竟然迅速地在那栋房子的拐角处和老大爷相认了！

小琼这个话不多的马屁精适时出场了："不愧是我们的老师！"

我们跟着房东上了二楼，楼道很像小时候住过的老式居民楼。

刚一进门，我们的靴子和旅行箱上的雪立刻化成了水，把干净的玄关地板弄得很脏。我们迟疑着要不要继续往里走，都有点不知所措。

房东笑了笑，拿了三双一次性拖鞋给我们，然后像每一个热情的房东一样带着我们满屋子转，介绍着：这是浴室 blah blah（等等，之类的），这是厨房 blah blah，这是卧室，这是储藏间，里面有多余的被子和折叠床 blah blah……

他并不是很擅长讲英语，有些卡壳的地方，会用手势示意 Jenny 等等——然后不慌不忙地打开翻译软件，现学现用——最后他把我们叫到一张城市地图前，用手指大概画了几个路线，都是伊尔库茨克的标志性建筑和景点。

我并没有很认真地记那些路线，反正我们有 Jenny 嘛，不行我们还有电子地图嘛，我的注意力完全被餐桌上的一个娃娃吸引了。

铺天盖地的雪，铺天盖地的白，我希望自己还能有年轻时的眼神——
容颜老了没有关系，眼睛还是清亮的就好。

看到它的第一眼，我认为那一定是俄罗斯套娃的布偶版：一个典型的俄罗斯女娃造型，配色花哨艳丽，张开双臂，还有算得上比例失调的大裙摆……

好好看啊，好有特色啊，我想拥有它！

Jenny说："这是个茶壶套。"

她拎起那个娃娃，下面果然有一个茶壶，原来那个大裙摆是用来给茶壶保温的。这下我更觉得一定要拥有它了。

我暗暗有些激动，各位朋友，回想一下，我们有多少年没有见到这么传统朴素的东西了？

为了买到茶壶套，我们在 check in（登记入住）之后连饭都没顾得上吃就出发了，在雪地里步行近半小时之后，我们到达了房东说的那个商店。

在伊尔库茨克，我时常有种恍惚感——像是在空间里看到了时间。

这个城市的建筑风格跟我国北方的一些城市十分相像，气候也是相像的，就连路上行人的穿着打扮也相似，只是长相上有明显的区别。于是我就像是在时间的缝隙里看到了一个更早期的中国，这种亲切感是我在其他国家旅行时都没有感受过的。

我们买茶壶套的那个商店，很像我童年记忆中的百货大楼或者供销社。和现代化的商场里极尽奢华之能事，用最大的面积摆最少的商品的陈列方式完全相反——所有的货物都摆在外面，似乎根本就不需要一个额外的仓库。

卖的东西也像 20 世纪 90 年代的，各种拼色的俄罗斯套娃（我终于看到了真正的套娃），俄罗斯套娃的冰箱贴，俄罗斯套娃的明信片，俄罗斯套娃的围裙、微波炉手套和桌布，还有一些俄罗斯革命领袖的纪念品。

柜台里有几个年长的俄罗斯女性围在一起聊天，充满了百无聊赖只等打烊的气氛。

我想她们肯定也很意外——谁能想到呢，就在下班前，竟然来了三个中国大客户。

我们一人买了一个茶壶套，又买了几个冰箱贴。根本不会做饭的小琼竟然在最后关头决定再买一条围裙。

"你就是这样爱乱花钱才攒不下钱来的，知道吧？"我说。

"可是我不知道以后还有没有机会来啊，当个纪念吧。"她语速慢慢的，说出的这句话让我由衷地伤感了一下。

晚餐是我做的。

在餐桌上，我们喝掉了一瓶起泡酒。酒和蔬菜都是在附近超市买的，那瓶酒折算成人民币才二十多块钱，这个价格让我们想买更多，怕喝不掉最后就作罢了。

我们轻轻地碰了一下酒杯，并没有说什么助兴的话，但那清脆的声音里包含了许多。

敬伊尔库茨克。敬茶壶套。敬贝加尔湖。

敬冰天雪地和我们悲喜交加的人生。

[8]

东西伯利亚——这个名词，光是念一念，也觉得余味悠长。

很多年前，我第一次听到北京开通了直达莫斯科的火车这个消息，直到今天我还记得自己那时的憧憬和期待。

我想过要去坐那列火车，哪怕要花上一个礼拜的时间也没有关系，因为那个时候的我就像今天的小琼一样懵懂、没有经验却有着无数的好奇心。

过去了这么久，我终究是没有做成这件事，是因为缺乏某种机缘吗，还是直接承认自己太过散漫呢?

　　总之我后来去了很多别的地方,对于这件事,我依然有些遗憾——但终究是没有那么执着了。

　　离开的前一天,我们迎着纷纷扬扬的落雪去看一个教堂,它在白茫茫里极不真切,像一个幻境,又像某种神迹。我举起相机,却不知道这影像的边界应该在哪里。

　　大方无隅,大象无形。

　　那天我拍出来的照片都像是已经经过了精细的后期处理,透亮、干净、洁白。我穿着黑色的羽绒服在一个脚印也没有的雪地里摆着笨拙的姿势,内心很久没有感到那样轻盈过。

　　铺天盖地的雪,铺天盖地的白,我希望自己还能有年轻时的眼神——容颜老了没有关系,眼睛还是清亮的就好。

　　在时间无声的流逝里,我终将找到自己对抗虚无的方法。

　　于大江大海之间,在这个巨大的蓝色星球上,在炽烈和苦寒的切换之中,我的惶恐一定会被抚平。

　　到那个时候,我又可以出发了。

在我们的一生中，许多事情的机会，其实只有那么屈指可数
的一两次而已。

魔幻英伦

懂得一期一会的要义，是我对命运最诚挚的感激。

伦敦

[1]

天蒙蒙亮的时候，我们便已经到达了机场。

十月初的北京，残留着盛夏的余温，人们都穿得不多。

上飞机后，一直往里走，路过头等舱、商务舱、超级经济舱，终于在经济舱里找到了我们的位置。

空间非常逼仄，我的位子靠窗，塞上耳机，叮嘱坐在中间的朋友："你上厕所的话叫我一起，别让走廊边儿的小孩起来两次。"然后我头一歪，迅速睡着了。

中间发了两次飞机餐，小小的机舱里弥漫着浓烈的食物的气味，大多数人都在睡觉，一片昏沉。

有时觉得，长途飞行就是某种意义上的与世隔绝。

在这个密闭的狭小空间里，你被迫切断了自己的一切社会属性，你和你的手机一起被关机，等待重启。

从北京出发到伦敦降落，整个航程是十个小时。而英国和中国的时差为七小时，于是在飞行了一个漫长的白天之后，我们走出机舱时，外面仍然是白天。

新鲜的空气令人神清气爽，可我的大脑还是处于一种错乱状态。

年轻时坐一夜火车，挺着脖子也能睡着，到早上依然精神抖擞。那时候我并不知道这其实是生命的能量，更不知道这种能量会随着时间慢慢消减。

过海关时，发生了一个小插曲。

眼看快轮到我们了，朋友严肃地、小声地跟我讲："待会儿你不要乱说话哈，都到了这儿了，别因为说错话过不去，会很麻烦的。"

我心领神会："嗯嗯，你放心吧！"

倒霉的朋友，万万没有想到，我虽然答应得好好的，可真正轮到我们时，还是出状况了！

给我们办理入关的是一位白头发的英国叔叔，问了朋友几个问题，朋友也对答如流。气氛和乐而友好。

本以为这就完事了，没想到，英国叔叔又看向我："你以前来过英国吗？"

极度瞌睡加上本来英语就不流畅的我，虽然脑子里第一反应是"不，这是我第一次来贵国"，可是一张嘴就是"Yes（没错）"。

我话音还没落，英国叔叔立刻双目射出精光，十分警觉的模样："嗯？你以前来过？"看他那个架势，只要我再说错一个单词，他马上就要把我们的护照扣下了！

事后，朋友说自己"那一瞬间死的心都有了"，恨不得掐死我……好在当时他还分得清轻重缓急，先向英国叔叔解释："先生，不好意思，她是学日语的，英语不是很好，误解了你的意思。我们都是第一次来英国。"

啊……

英国大叔眼睛又亮了一下："Wow（哇），你会讲日语呀。"

"是的，一点点而已。"我回答，心里还在琢磨是不是要给人家表演几句，同时，我感觉到朋友的眼神像刀片一样在剐我。

过了海关，朋友擦了擦冷汗，埋怨我说："以后你没有把握就不要说了啦。"

我可不认同哦："那怎么行，语言不就是越说才越进步嘛。"

搭地铁去市区时，刚好卡在了伦敦的下班时间，那个拥挤的程度一点也不逊于令人闻风丧胆的北京晚高峰。一眼看过去，车厢里什么肤色、什么年纪的人都有。大多数人都低着头看手机，也有绅士装扮的男子站着读英文报纸。

电车驶入市区，夜色中的伦敦映在车窗玻璃上。

漫长的旅程，这不过是刚刚开始。

从地铁站出来，发现外面天已经完全黑了。又走了十几分钟，就在我觉得自己马上要冻死或者饿死的时候，电子地图显示，我们已经到达目的地：Alison 的公寓。

以前也住过一些家庭式旅馆，但都是独立空间，而这次不一样。

Alison 出租的只是一个房间，这意味着我们要在同一个空间里生活好几天，我想多少会有点互相干扰吧。

嗯，确实是有点忐忑的……一边这样想着，一边就看到电梯门开了。

在公寓门口，我第一次见到 Alison。

她显然已经不太年轻了，笑起来的时候，皱纹和笑容一起在脸上荡开。

她介绍我们看房间，然后一一解释："这是卫生间和浴室，这是客厅……这是厨房，餐具你们可以随意使用，冰箱里有牛奶、果汁和蜂蜜，你们可以自己拿。"

客厅也是共享的，摆着餐桌椅子，一架钢琴，一张拐角沙发。

一位胖胖的老先生从沙发上起来，笑着和我们握手，我很自然地以为这是 Alison 的丈夫，但并不是，只是她的好朋友而已。

那就是我们的初次见面，只是礼貌地稍微寒暄几句，并无多话，大家都很克制热情。

我们把行李放好，出门觅食，在冷风中穿过了两三条街，终于看到了一家还没打烊的餐厅，走进去才发现原来是专门卖各种啤酒的，还搭配着一些薯条薯片之类的零食。

因为实在是太累了，也懒得换地方了，就索性一人要了一大罐啤酒、一份薯条，越喝嘴里越苦，还要互相鼓励："我们在倒时差呢，一定要坚持到平时睡觉的点啊。"

坐在街边的长椅上吹了一会儿风。

在伦敦的第一个夜晚，陌生又很平静。

[2]

同一个季节，伦敦比北京冷得多。

早上稍微开一点儿窗户，就能闻到空气里"冷"的气味。我想起自己出发之前，在英国留学的小妹妹们都给我留言说"这边好冷，你要多带点厚衣服啊"，而我似乎根本没有真正理解她们说的话。

箱子里最厚的两件衣服是一件卫衣和一件兔毛的开衫……不敢相信我竟然还带了一条白色的蕾丝裤子，能露出整个脚踝的那种。

我默默地关上箱子，什么话也不想说。

在那样一个清冷的早晨，我急需一杯热咖啡。

就在此时，我看到了街角的 Regency cafe。

看起来，它好像是整条街上唯一可以吃到早餐的地方。门口有一群西装革履的人在排队，而当我们准备站在队尾一起排的时候，神奇的事情发生了：服务生推开玻璃门，排队的人们"唰"的一下全进到餐厅去了。

我心里轻轻地"呀"了一声，不明白怎么瞬间多出了这么多空位子来。

在很久以后，我还能清楚地记起那家店里面的样子。

装潢简洁，透出一种复古的时髦，像是从 20 世纪 80 年代起就没有改变过。桌椅是最简单的样式。白色瓷砖墙壁上贴着几张旧杂志的画报，其中一位画报模特是凯特·莫斯，照片的拍摄背景正是这家咖啡店。

粗粗看过去，客人仿佛都是本地人，状态松弛，店内几乎没有游客面孔——除了我们。

我们似乎是误打误撞地找到了一家地道的老店。

点餐台里的女士嗓门大得惊人，厨房每出一份餐，她就以响彻云霄的声音冲着店内大声喊道："吐司、培根、煎蛋、西红柿！"然后相应的客人就跑到柜台取餐。

西红柿对半切开，切面稍微煎过，有一点点焦黑，非常好吃。

黑咖啡香浓，一杯回魂。

不久之后，旅行即将结束，我在梳理旅程的时候发现，关于"吃"的回忆，乏善可陈。就像大家说过的那样，英国的确不是一个以美食著称的国家——尤其是对我们擅长烹调的中国人来说。

或许是因为我很年轻的时候一直在穷游，而那些经验到今天依然能够帮助我最快地适应任何地方。可惜朋友在第三天就撑不住了，一直恳求我："舟舟，求求你把你箱子里的方便火锅拿出来吧！"

"不行啊，那个是要带去爱丁堡吃的呀。我说了要带三个吧，你还嫌占地方。"

…………

"算了，明天早上继续去 Regency 吧。"

住在伦敦的日子，Regency cafe 在某种程度上成了我们的精神支柱和一种习惯。每天早晨我们都会花一点时间去那里吃一份早餐，坐一会儿，然后再马不停蹄地去各个景点。

收银的女士一天一天中气十足，精神抖擞，好像暗地里掌握了某种不得了的独门武功。

坦白讲，这家咖啡店的早餐其实没多少花样，来来去去就是那几种食物搭配成不同的套餐。如果有朋友看了我写的文字，按图索骥找过去吃一顿，也许会说："不过如此啊，根本不值得天天去啊。"

是的，它的味道绝对没有达到让人惊艳、恋恋不舍的程度，但食物都是现做的，带着铁板的温度，比起连锁快餐店里陈列在冰柜里的三明治、番茄汤和各种沙拉，"趁热吃"是让人感动的。在我们的饮食文化里，无论多好吃的东西，一旦放凉了，味道就打了折扣。

还有那种有点迷幻的气氛，你坐在那里仿佛坐在老电影里：每一个早晨都是悠闲的，没有什么非要赶着去做的事，周围的人也和你一样慢悠悠地吃着早餐，跟朋友聊聊天或是一个人安静地看报纸……

那个场景，就像我们平时说的"生活的样子"，但你知道，真正的生活根本不是那个样子。

[3]

在去英国之前，朋友就问过我："如果只能选一个景点，你最想去哪里？"

简直好笑。

"这还用问？当然是大英博物馆。"

大英博物馆，又名不列颠博物馆，是世界上规模最大、历史最悠久的四大博物馆之一，再对历史不关心的人也听过它的名字。

当我站在博物馆门口，抬头望着这座巨大的白色建筑时，心里有种说不清楚来由的敬畏感：我来了，终于。

也许是因为它实在太著名了吧，盛名总是会给人造成一些压力，尤其是这盛名之中又包含着那样沉重而复杂的意义。

以前去罗马和佛罗伦萨观光时，也参观过不少著名的教堂、美术馆和各种文艺圣地。那些建筑宏伟壮观、美轮美奂，从文艺复兴时期保存下来的各种艺术作品也令人惊叹不已……但说到底，那终究只是作为一个异国游客的感受。

你很难在短时间里了解清楚那些历史、宗教和艺术的脉络，而你也并不会因此而感到有多强烈的遗憾，你看完米开朗琪罗的画，出去转个身，只想赶快去买一支 Gelato（冰激凌）。

但大英博物馆和它里面的文物藏品……那不一样。那不是独属于某一个国家、某一段历史和文化的，更不局限于某一种传承。

它们原本就来自世界，属于全人类。

"我最想去中国馆。"我暗促促地有点兴奋，对朋友说，"看到自己国家的东西应该会感到很亲切吧。"

可是，我做梦也没有想到——当我好不容易来到了大英博物馆，在我三十岁高龄的这个秋天——各位游客——中国馆，闭馆喽！

既然看不了中国馆，那就去看埃及馆吧。

我原本有点担心会不会看不懂啊，注释不仅是全英文，而且是海量的专业术语，光是查词典都能累死（以我对自己的了解，我大概查二三十个单词就要不高兴了），这个担心很快就解决了，因为服务台有多种语言的讲解器可以租。

走进埃及陈列馆，我倒吸一口气，脑子里闪过的第一个念头是：大不列颠哇，你们这是把埃及整个都搬空了吧！

埃及文物馆分为木乃伊和埃及建筑两个馆，是大英博物馆里最大，也最有名，最吸引人的专题陈列馆之一。

根据资料显示：埃及陈列馆内有大型的人兽石雕、庙宇建筑、木乃伊、碑文壁画、镌石器皿及各种首饰，展品的年代可上溯到五千多年以前，藏品数量更是多达十万多件。

我沿着文物编号一路看过去，既觉得震撼，又觉得害怕。

玻璃柜中无数具木乃伊、各种出土文物和它们所代表的璀璨的人类文明，我们这些现代人根本无法想象，它们在战火中经历了怎样的浩劫，又

你在时间的观照里明白了什么是不朽、什么是须臾。

沧海桑田，人生如蜉蝣。

是被如何带到了这里。

被誉为大英博物馆镇馆之宝的罗塞塔石碑，安静地陈列在玻璃柜中，上面密密麻麻地刻着三种文字：古埃及象形文字、埃及草书和希腊文。

游客们把玻璃柜围得水泄不通，一拨人散去，另一拨人很快又围了上来。

"罗塞塔石碑最先其实是法国人挖到的，后来英军打败了拿破仑，这块石头就被英国抢了，双方争夺过它的所有权，最后还是英国赢了。"朋友对照着资料，将大意翻译给我听。

"难道埃及就没想过要回去吗？"

"要过呀。希腊也想把帕提侬神庙特农神庙要回去，经常搞抗议，那可是希腊的国宝啊，但是英国都不还。"

"……"

走到一楼，阳光从高处的窗口照进来，细小的灰尘在光线里飞舞着，那道光落在拉美西斯二世的巨型雕像上，他的面孔一半在明亮中一半在阴影里，有一种似笑非笑的神情。

而他的周围，到处都是穿得五颜六色的现代都市人，不同肤色，讲不同的语言，那是现代文明的样子。

我静静地站在一个角落里看着这一切，眼前的画面散发出奇怪的割裂感，仿佛跌入一种时空的错乱中。

在有着千百年历史的文物面前，我真真切切地感受到一种虚妄，一种突如其来的、由心而生的"空"，你在时间的观照里明白了什么是不朽、什么是须臾。

沧海桑田，人生如蜉蝣。

在几个小时的时间里，我只看了三四个馆——还是以走马观花的速度。如果想要认真细致地逛遍大英博物馆，大概需要花上完完整整好几天吧。

傍晚时，我独自在罗素公园里待了一会儿，内心感觉安宁。

隔着一条街的距离望向大英博物馆，清晰地知道，这是一个值得一来再来的地方。

花丛里有一枝开过头的粉白色花朵，马上就要掉落的样子。

那是我在这一年见到的最后一枝月季。

[4]

去肯辛顿宫的路上经过海德公园，在公园里走了二十分钟就完全爱上了它，甚至觉得去不去肯辛顿宫都不是那么要紧了。

金发的女生在公园里跑步，身材紧致，线条流畅，真是"一丝赘肉也无"，连打死也不肯运动的我都想换上运动鞋，跟着跑个几公里，可见那里的气氛有多好。

空气很新鲜，有大片柔软的草坪和不计其数的大树，已经是秋天的尾声，遍地都是金黄的银杏叶子，让人感觉实在太适合铺上一张野餐垫，坐下来喝杯咖啡，吃份三明治，装模作样地谈谈电影或者文学，顺便观赏不远处的湖面上悠闲自得的天鹅。

在一张长椅上坐下，我心神恍惚，思绪飞往久远以前。

第一次看见"海德公园"这个词，是在亦舒的《寂寞鸽子》里。

男主角爱慕一名女子，但那偏偏是自己未婚妻的亲姐姐。他知道这份情感有悖道德，于是只能压抑在心里。

可是爱情这回事……你从左边捂住了，它就会从右边满溢出来，费尽心机也无法掩盖。小说中也一样：男主角的心思，姐姐感觉到了，妹妹也感觉到了——就在那对男女商量着要向她坦白时，妹妹先出手了——"我已经有身孕，是双胞胎"。

情势急转直下，这场仗根本没的打。

美人姐姐黯然远去，男主角同未婚妻结婚，不久后孩子出世。

他在这段婚姻里始终心不在焉，三魂七魄有一缕无法归位，后来妻子提出离婚，并将姐姐的去向告知他："她在伦敦。"

男主角飞过小半个地球去到伦敦，找到那个地址，美人却不在家。笔锋一转，美人在海德公园写生——这便是我第一次知道世界上有这样一个地方。

小说中描述得十分凄清。

在湖边，男主角凝望着佳人背影，心里无限感慨，如鲠在喉，却终究没有上前惊扰她，转身离去了。

这是整篇小说中我最喜欢，印象也最深刻的一个情景。

经历过爱情的人才知道，往前那一步是容易的，转身这个动作才最难。

师太以极其聪明的方式，写出了欲言又止的深情。

老家的书柜里至今摆放着几十本亦舒的旧版小说。现在想起来很不可思议，我那时并没有零用钱，家里也没有人支持我看课外书籍，这些书是怎么来的？

一开始应该是从早餐钱里抠，后来有了一些稿费，可以大大方方买自己喜欢的书，再偷偷摸摸带回家。

我的学生时代，互联网还很遥远，最让我们感觉幸福的事情就是可以看自己想看的书和漫画。尽管你隐约地知道那似乎不太好，知道那是"不务正业"，但同龄女生在一起聊天，都会说些仿佛是赌气的话：等长大了，

花丛里有一枝开过头的粉白色花朵，马上就要掉落的样子。

那是我在这一年见到的最后一枝月季。

要买一套属于自己的房子，要有专门的书房，摆巨大的书柜，要不被任何人限制地看所有自己想看的书。

那时候我们当然想不到，十几二十年过去了，世界涌现出了千万种比书要好玩得多的东西。

没有人再干涉我们读书的自由，我们却不再爱看书了。

拿起手机就是一天，抬头望窗，西边的天空已是残阳似血。

每当我读亦舒的书，就会想起在十几岁的时候，一切都很贫乏，眼中的世界还是纯白的，而舌尖第一次触到那种香甜的滋味，你永远也不会忘记。

她以极其浅显易懂的文字，写女性一生中最深刻沉重的真理。

她倡导女性要坚强，自尊自重，经济独立，认真工作，切勿怨天尤人，撒泼打滚，把自己弄成一摊烂泥。

TVB 的剧里爱说"做人最重要的是开心"，但亦舒告诉我们"做人最要紧的是姿态好看""莫像小捞女找到户头"。

捞女是指抛弃尊严，用肉体换取金钱的女子。用词极其狠毒是不是？但直白易懂，令人过目难忘。

她教我们认清人生中残酷的那些部分。社会是丛林，处处都有陷阱，怎么办？不怕，你看她怎么讲：一件事情看起来好得不似真的，那它的确不是真的。

她从来不粉饰经济的重要性，笔下那些出身于中产家庭的女主角总是有好学历、好家世、好品位，但她同时把一个女生的好教养说给你听：真正的淑女，从不炫耀她拥有的一切，不告诉别人她读过什么书，去过什么地方，有多少件衣服，买过什么珠宝，因为她没有自卑感。

跟年少时也爱读亦舒的女朋友聊天，我们说，今时今日养成这么冷漠刁钻又刻薄的性情，只怕多少是受了她的影响。

但她当真只有清醒吗？也并非如此，看她写少女心事的句子："我真寂寞，我寂寞得希望有人二十四小时陪着我，向我说我爱听的话，同我做我爱做的事，永不休止地爱护我忍耐我。"如此精准传神地表达出渴望被人爱护的小女生的心情。

我们也都有过那样的阶段，只是随着时间而成长，生活的狂风暴雨兜头而来，脸皮磨厚了，心磨硬了，那些娇滴滴的话语自然也说不出口了。

她也坦白指给你看生命的困境，男友或是丈夫变心怎么办，除了"杀死他，吃掉他的肉，骨头埋在后园里"之外，你还有其他选择——"请他走，再见珍重，不送不送，然后振作地过生活"。

不自救，人难救。

轻描淡写，却自有乾坤。

我最爱的那本小说《圆舞》，读了一百遍有没有？成年后去长沙生活，一直带着，后来来北京，打包行李时把它和一整套《哈利·波特》都装进箱子里。

书页已经发黄，纸张变得又薄又脆，像19世纪的东西。尽管每一个段落都烂熟于心，可每隔一段时间还是想翻一翻，看一看。

这是文字的魔力，也是亦舒的魔力。

渐渐地，她书中的价值观和人生观于现在的思潮来说，好像显得有一点老派了。

比如她爱说，最美的女子是"美而不自知"，认为那是最高级别的美女，不滥用自身得天独厚的优势。

而在如今，你绝对见不到任何一个漂亮姑娘是不知道自己漂亮的，换而言之，我们这个时代的美人，从小就明白美貌是优势，不需要任何人提醒。

亦舒推崇的着装风格，是白衬衣卡其裤子，戴一只中性手表，利落大方，穿名牌要挑没有 logo（标志）的款式，最好把几万块的东西像几百块的东西那样对待。

而到了读图时代，网络上充斥着各种真真假假的名牌照片，像一种甜美而虚幻的梦。

她笔下最招人喜欢的男生，并不是长相英俊，而是衣着干净整齐，品行端正纯良，正直，有头脑，在自己的专业领域里有建树的男性。

那仿佛也是很久之前的标准了，当代社会最看重的是男子的财富，抑或皮囊。

自然而然，我们这些在成长过程中受她教导的人，不知不觉都成了"老派人"。

老派人有哪些毛病呢，太过内敛，有点迂腐，豁不出去。我们过分在乎"尊严"，又吝啬于真实性情的流露。

很多年里，我读过不少才情艳绝的女作家的书，也有波澜壮阔的故事，但是亦舒的始终是最好读的，文字简洁通顺，架构直来直去，背景通常都是现代社会……无论何时何地，随手拿起一本都能读下去。

她从不灌鸡汤，不洒狗血，笔法克制，有时甚至不近人情。

她的小说，是一粒沙。

一粒沙里，可观世界。

我少年时代生活在市井小城里，关于真实的人性的东西看得太多，也感受得很深。

而亦舒的小说，是完全不同于我生长环境的另一个天地，是一个电光幻影般的绮丽世界。那个世界对于我的影响，不是创作上的，不是激励我将来要成为一个写作的人，而是告知我：女性的一生充满了诸多难以预测的磨难，唯有孕育出一个完整而坚强的人格，才能够承受这些。

年岁越大，你越知道，真实世界是复杂的，任何人的教导都不足以完全应对你面对的问题和苦恼，只有你自己内心的坚守，是风雨飘摇中的锚。

我在多年后看到的海德公园，丝毫没有辜负我少年时代的想象，它实实在在是那样一个人间好去处。

站在湖边，风吹过来，我几乎真的以为，这里曾经有过那样一个故事。

这个世界上，真的有过那样一段感情。

[5]

再过多少年，我都会记得 Alison 带我去见识的那个夜晚。

在伦敦的倒数第二个晚上，暴走了一整天的我和朋友百无聊赖地坐在公寓客厅里，我打开相机下载照片，每张都十几兆，同一个场景拍了无数张：闭眼的、咧嘴的、头发飞起来全盖在脸上的……

下载完一看，我差点气死："怎么把我拍成这个鬼样子哦，又矮又胖。"

"你本来就长这个样子啊。"

晚一点的时候，Alison 回来了。

这是我们第二次照面，除了入住那天之外，平时根本见不到。

这种感觉有点微妙，明明同住一个屋檐下，却好像有着各自的结界。我最初以为的那些互相干扰和影响，一点也没有出现。

和许多美好的事情即将发生时一样，开头总是伴随着一点意想不到。

Alison 从厨房里出来，手里捧着一杯热茶，她没有像平时一样直接回自己房间，而是来到客厅里，在我身边坐下来。

"你们这几天玩得怎么样？"她微笑着问我们。

这样近距离地看她，我确信 Alison 的确是阿姨辈的人了，但气质和体态都非常好，背脊挺得笔直，笑容也很亲切温柔。

我把手机放在一边，回答她："挺好的。我们去了大英博物馆、西敏寺和肯辛顿宫、丘吉尔纪念馆，还去了海德公园和摄政公园……"

我像报菜名一样把几天以来的行程从头到尾数了一遍，她一边听一边笑，心情大概有点像我平时在微博上看到别人说"舟舟，我去长沙玩啦，去了太平街、橘子洲、天心阁、解放西路"。

Alison 身上有一种很亲和的东西，让你不害怕靠近她，也不抗拒她靠近你。

在后来聊天的过程中，我脑中慢慢拼凑出了一个更立体的 Alison。

她原本和孩子一起住在乡下，后来孩子也有了孩子。按照我们东方人的说法就是三世同堂，共叙天伦了，但她并不想过那样的生活，于是一个人来到伦敦，租下了这套公寓，独自生活。公寓地段很好，租金也贵，为了减轻一点房租负担，她便隔出了一个房间来做 airbnb（爱彼迎）。

"我偶尔会回乡下去帮他们照看孩子。"她解释，又说，"但是长期生活在一起就不必了。我有我自己的人生。"

"我喜欢音乐，在这里我有很多兴趣一致、志同道合的朋友，我们一起听音乐，聚会，你看到这个了吗？"她指了指我第一天就注意到的那架钢琴，"我还在学钢琴。"

聊到后来，越来越松弛，我也说了一些过去的旅行经历和对其他地方的观感，像是香港、柬埔寨、印度、日本之类。

Alison边听边感慨地说："你们东方人，太勤奋了，假期那么少那么短，每天都在忙工作。"

这种感触，不了解东方文化的西方人是讲不出来的。

让我想起曾经在柬埔寨遇到的那对瑞典夫妻，听说我们只能待一周，他们露出了非常吃惊又很遗憾的表情——遇到我们的时候，他们已经待了六周，并且还将继续待下去。

临睡前，我在房间门口发现了一张A4纸，上面是Alison的手写留言。

大意是：听你们讲了那么多关于中国的有意思的事情，我也想带你们看看不一样的伦敦。明天晚上我会和一些朋友去一家爵士乐酒馆，如果你们有兴趣，可以一起去。车费由我来付，不要担心。

末了，还很贴心地附上了那家酒馆的facebook（脸书）页面。

经过短暂的商议之后，我们给Alison回了信儿：明晚见。

那是我们在伦敦的最后一个晚上。

Alison穿了黑色连身裙，身形消瘦，红色的发卡别在耳边像一朵红色的花儿。

我们坐车一路路过市区，路过伦敦塔桥，又路过了几条街，终于在一个不起眼的院子门口停下来。一扇破旧的铁门，很难想象得到它后面藏着一家爵士乐酒馆。

我们到得很早，只有几个客人三三两两地坐着，乐手们慢慢悠悠地做开场准备。我们找了一张位置偏角落的桌子坐下，Alison给我买了一杯鸡尾酒，那味道喝起来像橙汁。

陆陆续续来了三四位和她年纪相仿的先生，Alison给我们互相做介绍："这是我的朋友。"又转向他们，"这两个年轻人来自中国，是我家的租客。"

"J——O——J——O"，我在音乐声中不得不提高自己的音量，把名字拼给他们听。

很奇怪，每当这种时刻，我总会想起多年前。那时候我没有英文名，青年旅社里的欧美男生每天听到Jenny叫"舟舟"就跟着起哄，叫我"Jojo"，从此之后我无论去到哪里，都会用它作为我的标记。

对我来说，再也没有比这更合适、更有意义的英文名了。

它是一个开始，一个标志。就像《千与千寻》中千寻无意中进到另一个世界，被汤婆婆改名为"千"，而如果她忘掉自己本来的名字，就无法回去自己的世界。

第一首歌的音乐奏起的时候，我简直不知道发生了什么事。

眼前这个完全没有装修可言的小酒馆，像是突然被一只看不见的手揭开了神秘纱幔，"唰"的一下，流淌出了金色的光。

除了我们之外，所有人都起身去舞池里跳起舞来——我瞪大了双眼——这些人刚刚坐在那里的时候，是那么平常的样子，你怎么能够想到就在几分钟以后，他们完全变换成另外的样子——肢体如此灵活，姿态如此轻盈，无论身材胖瘦，每一个人都像是专业的舞蹈演员。

一位年纪足以被称为"老爷爷"的男士，长相像漫画里的人物一样卡通，一时之间没有舞伴，竟然走过来向我伸出手。

"Sorry……"我连连摆手加摇头，一直往角落里缩，只差没有直接告诉他：我不会跳舞！我是一只笨熊！

被拒绝的老爷爷也并不生气，耸耸肩，笑嘻嘻地又去找下一位女士。

一位腰肢并不纤细的女生，穿着短短的上衣，完全不在乎露腰，和一位挺帅的小哥在逼仄的小小空间默契十足地你进我退，配合得天衣无缝。

她眯起眼睛、身心沉醉的样子，我很多年以后还能够清楚地想起来。

一曲完毕，大家休息一会儿，擦擦汗，喝杯酒。Alison 说："这些人里，没有谁是为了性，或者想要挑逗谁来这里，大家都是单纯地喜欢音乐。"

很快音乐响起，人们又组成了新的拍档继续跳舞，制造出一种欢乐永远不会停歇的气氛。

我望着这家小酒馆，内心有种莫名的感激，贯穿了整个夜晚。

好些年前，我和某人谈恋爱，过着近乎遗世独立的生活。他工作的时候，我一个人在阁楼上看电影，《午夜巴黎》《午夜巴塞罗那》，还有《爱在罗马》，年轻的我不止一次地被电影中的美、浪漫和自由所打动。

"我也想过那样的生活，让我去看看那个流光溢彩的世界，给我一天或者一个夜晚也好。"

不曾想到，多年以后，我坐在伦敦一个僻静院子的酒馆里，听乐手演奏着我完全不了解的爵士乐，看着眼前这群鲜活、热情的陌生人，这一幕就像是伍迪·艾伦的电影的真实呈现。

他们跳了整个晚上，在昏暗中，每个人闪着光亮。

接近午夜，音乐终于停了，无论大家怎么喊"encore（再来一首）"，乐手都只是一边收拾乐器一边笑着说"周六再见吧"。

我们起身，与 Allison 的朋友一一告别。那个邀请过我的老爷爷特地过来对我说"さよなら（再见）"，我愣了一下，赶紧笑着说："我来自中国。"

"下次再来，要一起跳舞哦。"有人笑着说。

Alison 送给我的 CD 和她写的那张留言条，我一并收进了文件夹里，

珍而重之。像对待从前那些来自山川湖海的明信片，那些车票、门票和游乐券。

懂得一期一会的要义，是我对命运最诚挚的感激。

我知道，这种体会，并不会让人在两三天后还觉得"啊，好想再来一次"。

但五年后，十年后，甚至更久，你开着车在某个路口等着红灯，又或者是在厨房里洗一只餐盘，在那些平庸的时刻，你的脑子里会突然清晰地浮现这一切。

你会记得，我曾经有过那样一个夜晚，看到过世界的另一种面貌。

科茨沃德

[1]

离开伦敦，我们开车去往乡村。

在自驾的大部分时间里，我都适应着"无聊"，或者说，我都在学习如何与"无聊"共处。

在租车公司取钥匙时，我和朋友已经商量好了，第一天，由我来开，他负责看地图。

对于这个决定，朋友一直很忐忑，反反复复地问我："舟，你能开右舵吗？不行就换我开吧。"

有什么不行的呢？虽然以前没有开过右舵，但说到底，只是把平常的驾驶习惯反过来啊——这么想的话，就好像是突然到了一个镜像的世界里。

在一种不能说破的紧张感里，我硬着头皮出发了。

上了高速公路之后，真正见识到了英国人开车的生猛。我明明已经开到时速 70 多英里（1 英里约等于 1.6 公里）了，却还是被旁边的车一辆接一辆不断地超过。

过了一段时间，心里的紧张感完全消失了。我发现，他们虽然速度快，但非常文明，没有一辆车来回乱窜，变道之前都会打转向灯，也不乱摁喇叭。

参观温莎城堡是我们当天唯一的行程，对我这种并不深刻了解英国皇室历史的外国游客来说，乐趣也只限于拍几张纪念照罢了。

最难受的是，我的感冒越来越严重，头昏眼花，手里时时刻刻都攥着擦鼻涕的纸巾，

在城堡附近的一条街道上随意进了一家意大利餐厅，点了比萨和一些小吃，我没有胃口，只好一直喝水。

也许是感冒所引发的恍惚，我双目失焦地望向餐厅里的其他客人，有一种错乱感。

这是什么地方？这些人又是谁？我为什么会在此时此地和他们坐在同一家餐厅里……诸如此类，若有似无的情绪就像是"无聊"的衍生品，既没有意义，又确实存在。

等到了科茨沃德，我对于"无聊"的体会就变得更加深而清晰。

被称为英国最美的小镇之一的科茨沃德，有着典型英式田园风光，很多地方都像是《彼得兔》里的场景：造型卡通的乡村小屋，狭窄的乡间小路，许多高而粗壮的大树底下仿佛真的藏着兔子洞，而彼得兔和它的兄弟姊妹们就住在里面。

我握着方向盘，全神贯注地看着道路，车子在狭窄的乡间小道上磕磕绊绊地行驶着。入夜以后，很多树木茂盛的地方都没有路灯，完全看不清路况。偶尔遇到对向有来车时，我只能竭尽所能将车贴近道路的左侧，一边抱怨着"太窄了，太黑了"，一边提心吊胆地听着灌木枝条打在车窗玻璃上的声响。

　　那些噼里啪啦的声响在夜晚听起来显得有些恐怖，让人生怕会惊扰到藏匿在黑暗中的怪物或是野兽。

　　在一个周日的下午，我从唯一还在营业的超市里买了小土豆、番茄、酸奶和培根，发觉街上几乎所有的商店都关门了，橱窗里礼貌而不失距离感地挂着"闭店"的牌子。

　　那是下午三点半，路上的车和行人都很稀少，像一部科幻电影。建筑大多是石头的颜色，一条不知道该叫小溪还是小河的水流从镇子上穿过，水面上有不少成对的野鸭。

　　我从未有过一刻那么清晰地感觉到时间失去了它的流动性，仿佛连血液的速度都放慢了很多，望向街道尽头，整条街都弥漫着一种窒息感。

　　这种窒息感并非来自语言的隔绝，而是来自没有人间烟火的气息。

　　不知为何，明明有那么多人居住在这里，这里却那样寂静。我突然意识到，无聊如果到了极致，也就发生出来一种独特的哲学。

　　"如果让我在这里住上一两年，我觉得会有两种结果。要么我会写出很厉害的作品，要么我会抑郁复发。"

　　很长时间以后，当我静静地坐在某个与科茨沃德毫不相干的地方，当风吹起来，我闭上眼睛，似乎还能看到 M40 号高速公路，灰色的道路一直延伸到灰色的天边。

道路两边的风景没有任何惊艳之处，以至于我连一个具体的画面都回忆不起来，而只有一种朦胧的、大概的想象，伴随着树林里风的呼啸声。

而那些坑坑洼洼、狭窄得只能容下一辆车的乡间小路，更像是没有终点。如果你愿意的话，就能在那巨大的灰绿色里一直开下去，在一呼一吸之间，会闻到类似于南方家乡的那种潮湿的气味。

在那个场景里，你不会衰老，也不再有爱恨，你忘记了日常，也忘记了爱人。你的眼前只有一部无声的公路电影，没有一句台词，而事实上却又比那更加无聊。

[2]

在科茨沃德住的小房子特别有趣。

房主 Judy 一家是很典型的欧美中产家庭，家中有两个孩子，男孩是老大，金发女孩是妹妹。

他们一家人住一幢独立屋，相隔几米有一间车库。车库的阁楼被改造过，很聪明地将非常有限的空间变成了麻雀虽小五脏俱全的客房，包含了卧室、餐厅、浴室和厨房，而且没有一点浪费的面积，每个角落都派上了用场。

从进门那一刻起，我就被两扇天窗牢牢吸引了。此后的几天，阴雨绵绵的下午，我便用随身携带的小音箱放点音乐，躺在床上，怔怔地看着雨水从玻璃上流下去的痕迹；安静回忆起那些尘封在岁月缝隙中的旧人旧事。

很多年前我第一次去大理，住的客栈也有一扇小小的天窗，夜晚的某个时分，角度刚好能够看见月亮高悬于夜空，短短的片刻，床头一片明月光，那景象我至今不忘。

有天早晨，我早起做早餐。

人与物品的关系不应当只是如此，而是可以更厚重、更长久，
是它们使无形的时间成为有形的。

煎好鸡蛋和番茄，眼看还剩下几个小土豆，觉得就这么浪费也不好，正好手边有盐和黑胡椒，就决定切成小块煎一煎，做个椒盐小土豆吃。

这是个很容易做的小吃，前几分钟，一切都很正常，就在快要出锅时——我身体里湖南人的基因觉醒了——按照一贯的烹调习惯，我拿起了水壶，往高温的锅里倒了一点点水。

天知道那一刻发生了什么——

浇在热锅上的水"哎"地一升，化作一团白汽，触动了头顶上的烟雾报警器！就在我的正上方，突然警铃声大作！我永远也忘不了那个尖厉刺耳的声音，把我完全吓傻了，感觉过了好久，我连动都不敢动一下。

留学生小妹曾经跟我聊起，欧美人家的厨房大多没有明火，一般都是使用电磁炉和烤箱，所以她们做饭时都会很小心，生怕油烟引起火警警报，而消防车一旦出动，就会弄得你倾家荡产。

记得我当时还傻呵呵地问："很贵吗？大概要多少钱哦？"

"可能要几千美元吧。"

几千美元……

我心里飞快地动起来，换算成人民币……就是几万块。

"完了！"

我一只手握着锅铲，一只手撑住橱柜，恨不能当场昏厥！不敢相信，为了不浪费这几英镑的小土豆，我可能要付出几万块的代价！

朋友从浴室里跑出来，牙刷还拿在手上，神色比我还要惊慌："怎么了？你干什么了？"

我说不出话来。

"先把锅端开，电磁炉关掉。等警报器停了应该就没事了。"

我感觉自己都快哭了："消防车不会来吧？"

"应该不会，肯定是要确定起火了才出警的，你只是炒个菜而已啊，没事的。"

事实证明确实是虚惊一场，不要说消防车，就连 Judy 都没有被惊动，但我这个土包子还是花了很长时间才缓过神来，那种感觉很像是小时候做错了事情，不知道要遭到什么样的惩罚。

说起来，我也不知道是生自己的气，还是生小土豆的气——那盘很香的小土豆，到最后我一口也没吃。

离开 Judy 家的那天，我怀着歉意把房间的每个角落都收拾了一遍，尤其是厨房区域，简直达到了专业保洁的程度。那是一个工作日，他们一家人都没有在家，于是我也就没能当面和他们告别，说一句谢谢，或是表达出"我很喜欢你家这个小房子，希望有机会还能再来做客"。

在那之后不久的一天，我们坐在去往爱丁堡的火车上，我正在看报纸上的新闻：石黑一雄获得了诺贝尔文学奖。他接受采访时说："那是一个特别的日子，我太太终于决定了她要染什么颜色的头发。"

朋友忽然对我说："Judy 夸你了。"

我一愣，什么？

"Judy 写了房主评价，说你是非常棒的租客，走的时候把房子打扫得非常干净，餐桌上连一个茶杯印都没有。"

我笑了一下，心里有些难为情，又不知道说什么好，唯一能够肯定的是：在相当长的一段时间里，我都不想做椒盐小土豆了。

牛津

去牛津大学的那天，正是我感冒最严重的时候。

在停车场停好车之后，一看时间，已经快十一点钟。我一边打喷嚏一边给老歪发微信："我到了。"她很快就回我说："偶（我）在来牛津的火车上啦，你先去逛一下吧。"

这个自称"老歪"的家伙，其实年轻得要命，是个在英国留学的1996年生的小姑娘，之前得知我要去英国旅行，就在微信上跟我相约到时候一定要见个面。

我跟她讲，方便的话就见，不过你不要勉强哦。话虽这样说，但我心里觉得大概率是见不上了，因为她上学的地方根本不在我的旅程区域里嘛。

我没有想到，就算是这样，她还是执意要跑一趟。

她的学校在约克郡附近，到牛津要坐五个多小时的火车，为了赶来和我见面，她当天早上不到六点就出发了。

一个人长时间地浸淫在社会里，做很多事情便会计算成本。试想一下，仅仅为了和一个人见个面、吃顿饭，就要在难得的休息日耗费这么长的时间、这么多精力，实在有点不划算，而且也没有必要非这次见不可嘛……人们总会觉得，这次见不到，还有下次，机会多的是。

这样权衡一番，自然也就选择放弃了。

那是成年人的处事方法，理性、节制但也冰冷。少年的心性不是这样看待得失的。

义无反顾、勇往直前这一类的词语，天然就只属于热血的少年和女孩。

我一边等她一边闲逛，碰巧在一片空地遇到了跳蚤集市，卖什么的都有。

横着一排摊子卖小吃，有中国的包子饺子、日本的章鱼小丸子、印度的饼和一些我分辨不出国籍的食物。另外一排摊子卖的是手工制品、二手家具和 19 世纪流传下来的旧物件。

在一位老人的摊子上，我看中了好几样小东西。他或许是从我的眼神中看到了贪婪吧，把其他客人都抛在一边，非常热情地给我介绍每一样货品："这个盘子，是黄铜的，来自印度。这个胸针是 1950 年的，这个首饰盒是 1970 年的，来自瑞士，背后有发条，可以当音乐盒……你听。"

他转动发条，示范给我看，果然有音乐声从盒子里流淌出来。

"太厉害啊。"我发自肺腑地惊叹着，"这几样都请给我吧。"

与其说是这些小玩意儿吸引人，倒不如说，是它们所承载的故事吸引人。

1950 年的胸针，年纪比我母亲还要大，不知道它在过去一甲子的时间里曾有过怎样的际遇。我珍而重之地收下它们，像收集着时间在这个世界上留下的痕迹。

我们生活的这个时代，工业和科技都已经达到了很高的水准，似乎一切都可以量产了，购物也随着互联网的发展而变得极为简便，坐在家里动动手指头就可以下好单，等着快递员送货上门。东西用坏了，直接扔掉，很少有人还愿意动手修修补补。

但我总认为，人与物品的关系不应当只是如此，而是可以更厚重、更长久，是它们使无形的时间成为有形的。

又逛到一个卖手工首饰的摊子，摊主是一对年轻人，男生有浓密的胡子，女孩一直笑嘻嘻的，摊子上所有的饰品都是他们自己手工制作的。我挑了一对形似小茶杯的耳坠，两只不完全对称，充满手作淳朴粗糙的趣味。

付钱的时候才发现，他们没有零钱包，硬币都装在一只厚袜子里，一拿出来，那只袜子就哗啦哗啦响。

终于，收到老歪的信息："老葛，我到餐厅了。"

那是一家川菜餐厅，老歪问了一圈朋友打听到的地方。我猜她是看我在伦敦时一直没吃好，又把自己冻感冒了，便想带我吃点合胃口的饭菜。

我在初时就被这种细微和善意所打动。

真正见到面时，我有点惊讶："我是不是见过你啊！"

"我参加过你的签售会啊。"她笑嘻嘻的，讲话有点 NL 不分，典型的南方孩子的口音，"还去了两场咧。"

"我给你带了点东西。"她说。

接下来有几分钟的时间，一直是她在说话，我听着听着，整个人都听蒙了。

她不是带了"点东西"，简直是带了一个家。

她身旁的椅子上堆着满满的两个大纸袋，她从里面把东西一样一样拿给我看："这是我在玛莎百货给你买的零食，都是我自己吃过觉得最好吃的，你开车累了可以吃。这个保温壶是给你喝热水的，英国卖的都是冰水，你感冒了要喝热水。这个是我上次回国带来的纸巾，给你擦鼻涕，这个纸比英国的纸软……这两双长袜子也是上次回去买的，均码的，你肯定能穿……"又换了一个纸袋，继续说，"我把我最大号的加拿大鹅给你背来了，你不是要去爱丁堡吗，那边好冷好冷的，你身上穿的这个衣服不行，会冷死……感冒药我也给你带来了，是我们中国的，英国这边买药不方便，上次我身体不舒服去看医生，医生带我做了一套体操哈哈……对了，我带了一次性纸杯，你现在就泡一包冲剂喝了吧。"

她絮絮叨叨，一直讲话，显然是有点紧张，完全无视我的瞠目结舌。

　　而我在那个时刻，尽管心里非常非常感动，但更深切的却是一种自我怀疑——我觉得，自己何德何能呢？凭什么呢？我有什么不一样的地方值得一个小姑娘大早起床，拎着这么多东西，坐五个多小时的火车来见我？

　　我是什么人？我做过什么了不起的事吗——并没有。

　　我不过是幸运而已。

　　"谢谢你啊，谢谢。"我说了好几遍，知道远远不够，但已经词穷。

　　感冒冲剂很快发挥效用，在饭桌上我已经开始发晕。

　　或许是安眠的成分作祟，下午我完全在恍惚中度过，头重脚轻，迈出的每一步都像踩在厚厚的棉花上，也因此让我对那天的牛津之行有了一种不真实的感觉。

　　我们花了很长时间才找到了牛津的基督教会学院，那是"哈利·波特"系列电影里一个重要的拍摄地。在电影中，每年霍格沃茨开学的时候，全校师生都会在宴会厅聆听邓布利多校长的开学致辞，然后一边用餐一边看分院帽给新一届的学生分派学院，而基督教会学院就是这一场景的取景地。

　　跟电影中恢宏魔幻的宴会厅相比，实景显得要小很多，也简朴得多。然而周围有一些准备充分的哈迷，穿着格兰芬多的袍子，手里握着魔杖，当他们一出现，礼堂里的气氛立刻就不一样了。

　　我有点气自己。

　　好几年前我去日本旅行，在大阪的环球影城，"哈利·波特"馆刚刚开馆，我本想买一套格兰芬多的袍子，却又因为转念想到"这种衣服平时也不能穿，有点浪费啊"而放弃了。

　　成为无趣的实用主义者之后，人生果然少了很多浪漫。

短短的一个下午，我们在一家咖啡馆里喝完咖啡，到了该告别的时候。天色已经阴沉，她也要赶火车回学校去。

我取了车，想送她去火车站，没想到刚开出停车场就堵住了，窄窄的一条车道堵得水泄不通。

"车太多了，怎么办呢……"我着急得不得了，生怕错过她的火车。

"我自己过去吧，很近的，跑一跑就到了。"她说完，背上包，推开车门跳了下去，"下次再坐老葛开的车吧。"

我坐在驾驶座上，看着她的背影很快就被车流挡住，继而消失于道路尽头，那画面让我想到矫健的小鹿消失于森林深处。

见她之前，我本来预计自己会问她一些老生常谈的问题，比如"一个人常年在国外待着，有没有觉得孤单过"，但感受过她的活泼天真之后，我便知道，这个问题对她来说是多余的。

她不是成熟，也不是那种让人想用"懂事"之类的词语形容的姑娘，而是一种更高级的状态——她拥有那种能令自己快乐、丰盛的能量。

在爱丁堡，我们又见了一次。

她依然坐了很长时间的火车，又找了一家中餐厅带我吃中国菜。我穿着她的羽绒服，一起逛古董商店。我挑了一枚孔雀石的胸针，有细小破损，价格依然不菲。

商店的老先生讲，这是天然的孔雀石，19世纪制成，如今市面上已经绝迹。现代的孔雀石大多是人工制造的，就算还有少量天然的，成色也不可能比得上这个。

"好看吗？"我问老歪，"衬不衬我？"

"好看的！"她坚定地点点头，"是写着老葛名字的东西。"

下着雨的黄昏，爱丁堡古城更添神秘感。我们穿过一条长长的坡，到了车站门口。她显然比上次放松多了，不再拒绝我送她。

"羽绒服等我离开爱丁堡的时候，寄给你吧。"我说。

"哎呀，不要紧的，怎么都行，随便。"她还是笑嘻嘻的，这么贵的衣服，却很不当回事的样子，好像也没想过我会据为己有。

"你好好读书哦。下次再见就要等你回国啦。"我竟然有一点惆怅，是那种和好朋友分别的心情，而不仅当她是一个可爱的小妹妹，"要是在北京转机，就多待两天，可以住我家，还可以坐我开的车，上次只坐了五分钟呢。"

"好呀，要得。"

话已说尽，我想了想，说："老歪，抱一下吧。"

在我两年前的签售会上，她就想要一个拥抱，但后面排队的人太多了，这个总为别人着想的小姑娘便没有提出任何要求，安静地离开了。我也并不认为一个拥抱能够回馈她对我的好、善良和远超出她这个年龄的细心关照，但在彼时彼刻，我觉得，也没有更好的方式了。

后来的无数日子，我们经常隔着七个小时的时差聊天，我每去一个地方旅行都会拍一张固定pose的照片发给她，渐渐地，这成为我们之间的默契。

一直到很久以后，我在微博上关注了她，才看到她在很久以前给我发过私信。看时间，是在我生病期间，她在私信里问我："葛婉仪，我可以来看望你吗？我真的好爱你，你一定要好好的，好好的。"

"一定要听医生的话啊。"

配了很多流泪的小表情。

我时常会想起她，但跟想起我的闺密们不同，并非是女子间的亲密与相惜，而是一种对生命的美好愿景的感激，像是感激我也曾经拥有过的年轻、纯净、澄澈和自由。

爱丁堡

[1]

到爱丁堡的第一天，我就对朋友说："想想罗琳曾经常年生活在这里，也就不难理解为什么她能写出《哈利·波特》来了。"

彼时，我们拖着沉重的旅行箱顺着老城区坑坑洼洼的石头路一直走上坡，中间有好几次，我实在拖不动了，便提议停下来休息一下。

在这休息的间隙里，我看见夜幕无声降临于古堡，一个影影绰绰的魔幻世界便出现在了我的眼前。

离开科茨沃德之前，我特意去了一趟格洛斯特大教堂。

一个阴天的下午，小镇上人很少，教堂有一部分被围起来做修缮，路不太好走。进去之后，看到了电影中那条熟悉的长廊——心里即时有了震动，但这不是最震动的。

最难忘的是，一群小学生模样的孩子，由两位女老师带领着。老师正在耐心地给他们讲解着什么，其中一位老师手臂上扣着一只雪白的猫头鹰玩偶。

"那是海德薇啊。"我轻声说。

朋友一时之间没有反应过来。

"海德薇是哈利·波特的猫头鹰……"我想说的话还有很多，想了想，

又咽了下去。毕竟，在很久以前我就已经知道，这一生，我是等不到猫头鹰给我送信来了。

自伦敦的国王十字车站起，我仿佛开启了一趟巡礼之旅。

你很清楚，自己永远也不可能成为霍格沃茨的学生了，但你还是会想，哪怕去看看也好。看一看你少年时代做过的梦，是平凡人生里的自我救赎。

九又四分之三站台是全世界"哈迷"心中一切故事的起点，是关于霍格沃茨的梦的开始和还原。它位于国王十字车站的一个角落，无论什么时候都有一群不同发色不同肤色的人在排队，等着和半截嵌入墙壁的行李车合影。

我默默地排在队伍里，心里有一点点焦急——离上车的时间越来越近了。

排在我前面的是一位亚裔面孔的年轻女生，我们用眼神互相试探了一会儿，她带着一点疑问问我："你是中国人吧？"

"是啊。"

闲聊了两句，她听说我马上就要去赶火车了，便好心地提出让我排在她前面先拍，我连连推辞："不用了，你也排了很久了。"

她笑着说："没关系，我晚上才去机场，你先拍吧。"

经常为生活中这些不经意的良善所感动，尽管施与者本身或许并不记得这些微不足道的小事。只有接受过这些温柔，才理解温柔地对待别人是多好的事情。

直到我二十多岁，才拥有第一套完整的"哈利·波特"系列书籍，距离我第一次知道这个故事，已经过去了十几年。

这个伟大的系列中，我看的第一本是《哈利·波特与密室》。上初二的时候，和我住在同一个院子里的一个女孩子把这本书借给我，某种意义上，她是将一个新的世界给了我。

她零花钱很充足，在阅读方面家里管得也不太严，所以经常能买一些自己感兴趣的课外书，同时也惠及了我。

我们同级而不同班，在我印象中，小学时期的她在整个年级的好学生里也排得上号，老师说她是"将来要上清华北大的苗子"。相熟之后，我一度非常羡慕她——不是因为她成绩好，而是因为她可以看自己想看的书。

她家里的复杂情况，我是到很久以后才知道的。

小地方，家家户户都认识，邻里之间的闲谈或多或少会扯出一些家长里短的是非。我从那些闲谈中得知，她父母一早离异，妈妈去了外省做生意，很少回来。爸爸另组家庭，后母也不是什么恶人，但少年时期经历过心理创伤的孩子，终归是要比旁人敏感一些。

在成长过程中，她又被检查出遗传了父亲的某种慢性病，虽然不致命，但还是在很大程度上影响了她的健康和学习。

上高中之后，她的名字再也没有出现在年级前列里。

我猜想，那些年月里，她内心一定饱受折磨，除了身体原因之外，还有外界这些变化所带来的失落。

零花钱还是充足的，课外书也照样买，自己看完就借我看。那时候我已经不敢说羡慕她了，就算再不懂事，我也明白那些钱里有怎样的含义，亲人们无非是希望这个小孩能过得好一点、开心一点——如果零花钱能让她买点开心，那就多给一点。

我不知道是否因为我们身世有些相似之处，她对我一直很友好。上高中时，有段日子，我为了赚点零花钱去网吧写东西，每天都会去收一些空的矿泉水瓶，自己班收完了就去其他班收。现在想来，这也不是什么羞耻的事情，但在当时的环境里，还是有许多同学不理解，也认为很丢人。

她是极少数觉得这完全不是个事的人，甚至会提前用塑料袋装好自己班上的空瓶子，等我下课去拿。

我年少时，悟性和天资都不高，未曾真正懂得这些事情里面所包含的意义。我更加不明白，一个人在世间闯荡，能够获得别人的慈悲，不是一件理所当然的事，更不是常有的事。

往后的时间里，我们长大成人，走入了各自更深远的命运中。我离开了家乡，越飘越远，与许许多多从小一起长大的人都失去了联络，当然也包括她。

再听到有关于她的任何消息，也都只是从我妈妈的口中：她身体越来越差，哪里也去不了，现在跟爷爷奶奶住在一起，有段时间差点都不行了。三十来岁，从来没有谈过恋爱，自己大概也没想结婚……

说起她，妈妈总是很怜悯的语气："是个命不好的妹子，比你还苦得多。"

我总沉默，心里有极大的不忍和惭愧，即便是在我自己生过一场大病之后，仍觉得我所受之苦难不能与她相比。

我每次回湖南，都会问问她的情况，得知她还是坚强地生活着，便觉得既难过又安慰，但也仅止于此，并不愿做任何事情去打扰她。

我拍完照片，离开那个站台，坐上火车，在被列车穿过的风声中，感到十几年前的往事在脑海中纷至沓来。

我问自己，我们的生命中难道只有那些重要的人吗？只有骨肉亲情、求之不得的爱人、一起哭过笑过讲过别人很多坏话的闺密……这些人吗？

那些只是清浅地参与过你人生的人，那些没有在你心上凿出一个血窟窿的人，没有让你痛过、伤心过，却把《哈利·波特》借给你看的人，每

天上学之前在你家楼下等你一起，你收空瓶子时不讥笑你、不鄙视你的人，那些在你第一次出国，一句英语也不会讲的时候，去机场接你的人，那些在你生病时，在网上留言对你说"葛婉仪，请好好活着"的人……他们也存在于你的人生之中——不常被想起——却真实地存在着。

回忆的容量再怎么有限，也应当有他们一些空间。

当我终于能够领悟这一切，我便看见，年少的她，站在我家楼下，仰起头冲着我家的窗户喊："葛——婉——仪，上学去不？"

然后我伸出头去，回答她："我——就——下——来。"

[2]

"你去洗手间看了吗？满墙都是涂鸦和签名。"

大象咖啡馆位于马歇尔大街，隔着老远就能看见它醒目的橙色招牌。因为 J.K. 罗琳曾在这里写作而闻名于世，每天的游客都络绎不绝。

下午三点多，咖啡馆里比较好的位置早已经坐满了人，我们只能在正对着窗口的一张桌子前坐下来。阳光强烈得让人无法睁开眼睛，拍出来的照片都很难看，为了躲避强光，我不得不把身体扭成一个很不舒服的姿势。

朋友和老歪都比我先去洗手间，出来之后，很是新奇的样子，让我进去看看。

我把咖啡喝完，又坐了一会儿，终于起身去了洗手间。

好些年前，我和喜欢的人一起吃饭，他知道我喜欢《哈利·波特》，便跟我讲，你有机会去爱丁堡的话，要去一下大象咖啡馆，咖啡馆本身倒是没什么意思，但洗手间的墙壁上都被《哈利·波特》的书迷涂涂写写地画满了，那个还蛮有意思的。

说那些话的时候，他已经从英国回来很久了。我们在北京的一个餐厅吃午饭，饭点已过，餐厅里只剩下稀稀拉拉两三桌客人。

"你很喜欢旅行吧，以后要是有时间，我们可以一块儿出去玩。"他笑了笑，又说，"不过你太忙了。"

事实上，我远远没有他忙。

不知道为什么，我们之间说过的话明明很多，刻骨铭心的也不是没有，到后来我几乎全都忘了，却还记得这桩不值一提的小事。

我当时在想些什么呢，大概是很羡慕吧，羡慕他的经历，也羡慕他的精英身份和与之匹配的聪敏、果决和自信。我知道自己是永远没有办法像他那样从容应对任何事情的，他越鼓励我，我就越怯懦。

我们一度那样亲近，无话不说，到后来却完全割断了联络，有时开车经过他公司附近，我都会特意绕远一些，像是害怕惊扰某种平静。无论新年、节日、对方生日，我们都吝于表达祝福，我知道，这种反常其实显得更加刻意，仿佛是要故意掩饰些什么。

当你经历的事情越多，对人生的理解也就越深刻，你就会明白，有时候，两个人之间并没有矛盾，更没有仇恨，但也只能自然而然地退出对方的人生——当你欲进不能进的时候，便只好往后退，退得越远越好。

我只在某个深夜里收到过他一条信息，只有三个字，是我的名字。

即便他没有明说，我也知道，他在那个时候承受着很大的压力，我猜想或许在期待着我能回点什么宽慰他的话，只言片语也好，但我深知言语和文字在某些时刻根本苍白无力。

于是我什么也没有说，却又忍不住哭了很久。心里有种酸涩的疼痛，不知道是为了他还是为了自己，那种悲伤就像是生离死别。

即便这样，也已经过去好久了。

我站在那个狭小的空间里，看着被涂画得五颜六色，似乎已经没有一点空余的四面墙和咖啡馆，有一种奇妙的感觉，像是被一种无法言说的感动紧紧包裹住。

我当然知道，人会老，也会变，也许我们现在都已经变成了对方不喜欢的样子。

可是当我想到，那个人也曾经来过这个咖啡馆，坐在我不知道的某一桌——也许正好那么巧，就是我坐的那一桌，我知道他也在隔壁的洗手间里看到过同样五彩缤纷的涂鸦和签名，当我的目光擦拭着这一切，仿若是过去的我们，隔着时空重逢。

就像我在很早以前就接受了"我只是个平凡的麻瓜"一样，我也接受了和某些人无声无息地分别。

哈利·波特有他想要守护和捍卫的世界，麻瓜也有麻瓜自己的仗要打。

生命原本就充满了无可奈何，很多时候，你也不知道可以指责谁。

在爱丁堡的最后一个下午，我去百货商场买了件黑色的羽绒服，换下了老歪借给我穿的那件，然后在错综复杂的老城区里找寻了好半天，终于找到寄包裹的地方。

工作人员看了看羽绒服的体积，找了一只空纸盒给我，让我把衣服塞进去，用胶带封箱之后，又让我把收件人的姓名地址写在纸箱上。

"这样就可以了吗？"

"是的。"

我有些难以置信，但也无法再做更多，只好给老歪发信息说，收到的时候一定要告诉我啊，我好怕寄丢了。

回国的那天清早，我把房子打扫干净，扔掉垃圾，还有一些时间。忽然很想逛逛楼下那家二手商店。

店主是一位白胡子老先生，看我一直在店门口溜达，很想去里面逛逛的样子，便提前打开门让我进去了。我给自己挑了两枚旧胸针，又给两个闺密挑了两枚，结账时想跟老先生讲讲价，他笑着跟我说："事实上，这家店是我妻子的，我只是帮她照看着而已，如果我再给你算便宜的话，我今天就没有晚饭了。"

我笑了好久，面对这么可爱的回答，好像也不应该再为难老先生了。

回到北京之后相当长的一段时间里，我的生物钟一直没有调整好，经常在半夜醒来，心里也始终有些细若游丝的牵念，让我觉得旅行还有一些未完结的部分。

直到一个半月后，收到老歪的信息："老葛，我收到大鹅啦！"

那个时刻，北京已经是深秋，我站在小区簌簌掉落的金黄色银杏叶中，终于清楚地感觉到：这趟旅程，结束了。

生命原本就充满了无可奈何，很多时候，
你也不知道可以指责谁。

东京飘游

People Hide in Cities

所有的声响都化为静音，楼宇之间似乎已经被人和现代化的一切塞满了，
可是闭上眼睛，你什么也听不见，仿佛一无所有，空寂而荒芜。

[1]

一个地方,如果你去的次数足够多,你可能反而会不知道该怎么讲述它。就像你在最爱一个人的时候,半夜醒来,会突然记不得他的脸。

在我动完第二次手术醒来的那个清早,L送早餐来病房给我,是前一天晚上去餐厅里打包的鸭油烧卖和牛奶山药粥。忍着伤口的剧痛和全麻过后的晕眩,我竟然全吃完了。

"胃口还是蛮好的啊。"他说。

"三十多个小时没吃饭没喝水咯。"我示意他扶我起来走走,稍微活动一下,"麻药还没代谢干净,头好疼。"

早上六点多,住院部走廊里一个人也没有,清洁工刚刚拖过地,大理石地面光滑得让人不敢迈大步子。玻璃窗外,是刚从睡梦中苏醒的北京,空气里还没有太多杂质,很清透,也很温柔。

他问我:"你出院以后想做什么?"

我看着三环的方向,国贸那几栋楼真高,看起来像是擦着天空一般,心里忽然涌上一股莫名的委屈:"我想去旅行。"

"想去哪儿?"

"想去一个没有危险的,距离近一点的,不用坐十几二十个小时长途飞机的地方，想去一个吃得好、住得好，还能逛逛街买买小东西，拍点好看的照片的地方。"

在说完这句话之后的瞬间，"东京"这个地名，已经准确地出现在我脑海中，它符合我预设的一切标准。

它就是那个答案。

而等我真正去东京时，已经是两个多月以后了。

在这期间，伤口的表皮虽然已经愈合，但里面还是隐隐作痛。为了洗头方便一点，我把头发剪短到了前所未有的长度，心里很不舍得，但没有办法。

这趟旅行，很大程度上其实是我想安慰自己。

在羽田机场落地，走出机舱，看到停机坪里有一架飞机，机身布满了巨大的 hello kitty 图案，我虽然并不喜欢 kitty，但看到的那一刻还是忍不住轻轻地"哇"了一声，觉得非常新奇。

那是一个雨天，天色阴沉，我们拖着箱子坐机场快线去品川，坐了半个多小时之后，L 跟我讲："我们坐反了……"

只好下车，换到对面站台，重新等车。

奇怪的是，从前最急性子的我，遇到这种事情竟然没有着急，也不觉得生气，一场病好像带走了我一部分的坏脾气。

等车的间隙，我去车站的小便利店里买了乌龙茶和明太子饭团，惊讶地发现那个像冰柜一样的小箱子里，上半部分的饮品都是冰的，下面两排的竟然是热的。

喝下温热的乌龙茶，感觉像一只温柔的手轻抚过饥饿的胃，我坐在木头长椅上耐心地等着下一班电车，雨水从车站的屋檐上落下来，那个画面无比地安静。

回想起来，我正是这样从一点一滴的细枝末节里慢慢地认识了东京。

头几次去，都是住在新宿站附近的哥斯拉酒店，它位于著名的新宿歌舞伎町附近，大楼的外观有一只巨型哥斯拉模型。地图上显示，从 JR 新宿站出来步行十分钟左右就到，我想当然地认为，那一定很好找。

关键就在于，你一定要从车站正确的出口出去。

我永远也不会忘记自己第一次走在 JR 新宿车站里时的情形，好像一下子回到了十八岁——从来没有出过远门，没有见过花花世界，那种"轰隆"一声，狭窄的视野被炸出一片天的感觉，又回到我的身体里。

我从来，从来，没有在一个车站里看到过那么多人——更没有见过的是，那么多人，却一点也不乱——每个人都走在自己应在的轨迹里，像一个巨大的机器设定好的精细零件。

我顺着人潮不停地兜来转去，绕疯了也没找出个方向来。它的复杂程度超过我过去去过的所有车站的总和。你必须紧紧地跟着指路标志走，每一个岔口都不能够掉以轻心，否则你就会陷入一种"我是不是永远都要被困在这里了"的惶恐。

"新宿站共有 178 个出口，是世界上出口数量最多、换乘最复杂的车站。"

后来查资料时看到这句话，我立刻就想起了自己拖着箱子在车站里转圈圈的窘迫模样。

比这件事印象更深的，是我那天穿了一双新的白色球鞋，在雨天走了那么久以后，鞋底竟然还是白的。

看得见的"干净"和看不见的"秩序"是我对于东京最初的印象。

白天，即便是在人流量最大的车站站台前，也能看到所有乘客都依次排着队，没有拥挤和推搡，更没有无礼的插队。从佝偻得直不起腰来的老先生老太太到戴着圆圆黄帽子的小学生，无一例外。

他们恪守着的某种无形的纪律，令我们这些外族人感到即便不能理解，也应当遵循。

夜晚的时候，在只有两三个人、一两辆车的路口，红绿灯也没有失去它的意义，无论是行人还是车辆，都会等到绿灯亮起才行动。

我曾对此感到不解。

如果仅仅是单独个体的道德操守要达到这个程度，似乎也并不稀奇，但他们是如何做到将这些行为推广成为一种社会共识的呢？

和在日本生活了近二十年的朋友聊到这个，他笑着说，你别看日本人平时西装革履，彬彬有礼，讲话轻声细语，其实这个民族是很压抑的。你晚上去居酒屋看看，很多上班族，脱了外套，一边喝酒一边哇哇大叫，醉得站都站不稳。

"我知道了。"我想起来了，"就像《蜡笔小新》里新酱的爸爸野原广志一样嘛。"

朋友哈哈大笑："你还看《蜡笔小新》啊？"

他们未必能够理解，我在一切都闭塞的年纪，漫画、电影和音乐，是我贫乏生活里的一扇扇窗户，通过它们，我的目光才能投射到自己房间以外的世界。

听港乐长大的人，到东京旅行，不可能不去新宿二丁目感受一下"满街脚步突然静了，满天柏树突然没有动摇"。

1997 年，林夕为年轻的杨千嬅写了《再见二丁目》，这首歌很快成为她的成名曲和代表作，直到现在依然是传唱度最高的粤语歌之一。

原来过得很快乐，只我一人未发觉。

如能忘掉渴望，岁月长，衣裳薄。

这几句歌词，在初时听我根本领悟不到什么。想来也正常，没有爱过，没有失落过，没有自我解困过，如何能明白情歌里的百转千回和患得患失。

在用随身听播放卡带的 20 世纪，我也不过是小小女孩，只是单纯地喜欢杨千嬅而已，至于二丁目是什么，自己以后去不去得了东京——根本没有想过。

等到很多很多年后，某个下午，音乐播放器自动放到这首歌。已经听过千百次的歌词，就像水落石出一样，在我的认知里彰显出它的深意来。

我坐在椅子上，安静地听完它，久久不能回神，像是被一道闪电劈中。

我只去过一次新宿二丁目，是在我第一次去东京的第一个晚上。吃过晚餐之后，我对 L 提出说去那里走一走。

他问我："你知道那里是什么地方吧？"

"啊？我不知道啊。"

"噢，没关系，去看看就知道了。"

到了那里，我明白了。

一条声色浮动的街，全是酒吧，每个酒吧的人都很多。好些化着浓妆的男生，穿着性感的露背裙站在街边抽烟，跟人聊天，没有丝毫扭捏，是非常松弛又自然的样子。

路过其中一家酒吧，门口站了二三十位男士，他们握着酒瓶子，欢笑，拍肩，姿态亲密，充满动人的快乐的气氛。

"我们走吧。"我说，"来看过，感受过，以后再听《再见二丁目》，我的脑子里就会有画面了。"

[2]

很久以前，看《迷失东京》。

那时的斯嘉丽·约翰逊还不是漫威宇宙里身手敏捷的黑寡妇，不满十九岁的她青春逼人，饱满的少女容颜，脸上总是一种若有所思的游离感，独自坐在酒店玻璃窗前，寂寥的气氛从屏幕里面漫溢出来，她撑着透明的塑料伞走在下着雨的东京街头——

我就是在那个时候觉得，如果有机会去东京的话，我也要去买一把透明的伞。

整个东京都，我最先熟悉的地方，就是新宿，而最快认识它的方式，就是买东西。

同样是以购物圣地为人所知，银座的高级奢华同时意味着价格昂贵，涩谷和原宿的夸张另类又只适合个性张扬的年轻人，与它们相比，新宿的优势是它包罗万象的丰富性：简直涵盖了从低到高、从吃到用的所有消费需求。

"以前签证没放这么开的时候，国内的游客来日本都是跟团，导游会把一整团的人都带到银座去买东西。"朋友说，"现在都很方便了，很多商店和药妆都支持使用微信和支付宝付款，还有中文导购，国内的年轻人过来玩基本已经没有障碍。"

我表示赞同："新宿还是最好逛的，什么都有，丰俭由人。"

贵妇们爱去的伊势丹，从服装到珠宝都是最高端的品牌，每个彩妆和护肤品专柜都配有会讲中文的柜员；性价比高、风格多变、适合年轻女孩消费的LUMINE（百货大楼名称）就有三家，可以从1逛到2再逛到EST；爱好文艺清淡和独立设计、讨厌人多的小资女性们通常会选择NEW WOMEN，购物之前，要先在一层的Blue bottle coffee（蓝瓶咖啡）排队买一杯手冲咖啡。

如果这不够尽兴，新宿还有满大街的杂货店、药妆店和中古店……很难有女生抵抗得了这些。

东京或许是这个世界上最擅长引诱物欲的城市。比起欧洲那种故意端着的老式矜持和傲慢，它以一种最现代、最直接也最体贴的方式呈现给你看：所有你能想到的、你没想到的，这里都有。

有很多次，我自己买的东西加上帮闺密、朋友们带的东西，多到箱子根本关不上，我一边哀号着"这可怎么弄回国去啊"，一边跑去买了两只可折叠的行李袋，没想到装完之后发现空间还有富余，鬼使神差一般，又接着出去买了一轮。

我自己也不清楚，究竟是为什么——心里有一只饕餮被唤醒了。

你知道，你真正需要的并没有那么多，可是你想要的，实在是太多了。

除了新宿之外，最常去的另一个热闹的地方是涩谷。因为换乘很方便，所以经常会跟女朋友们约在涩谷车站碰面，一起去LOFT看看手账周边、卡通胸针之类的小女生喜欢的玩意儿。

每一次逛文具店，买花花绿绿的胶带、贴纸，颜色美得像颜料一样的钢笔墨水，我感觉都像是在弥补少年时代的自己。

涩谷给我的感觉，就像一个放大了很多倍的三里屯，无论白天夜晚都熙熙攘攘，密不透风。涩谷站前著名的三角路口，永远有外国游客站在车站二楼架着相机，等着绿灯亮起时拍下数百人从三条人行道分别过马路的盛况。

那是由"人"构成的森林，待的时间长了，会感觉喘不上气来，莫名地难过。

买东西当然是痛快的，但当物欲退潮之后，理性重新归位，还是会感到自责和空虚，这些情绪和金钱无关。

只是当你处在一个似乎什么都有，什么都能给你的地方，到最后反而会有一种可能，就是你什么也不想要了。

这个过程好像是某种意义上的修行：如果你不试着去探入，就永远也不会知道心里那个黑洞要塞多少东西才能够感到满足，而当你真正尝试过去填满它，才会知道，它永远也不可能被填满。

平安夜的晚上，在新宿的粉色灯光秀里，我坐在广场的石凳上，脚边是已经重得拎不起来的购物纸袋，我突然想明白了这个东西——它就是这么矛盾而实际地扎根在我的个性里。不管我如何找理由开解，说是童年匮乏也好，说是生过病吃过苦，所以要加倍补偿自己也好——那个时刻，我认识到——企图用物质填补的空虚，最终也将会被物质反噬。

过多的攫取，其实是一种无声的自我消耗。因为这件事情里没有灵魂，完全没有，一丁点，都没有。

只有一次，我去一家中古店帮朋友找一款二手包，出来的时候，发现外面突然下雨了。

我没有伞，于是拉紧了外套，一头栽进雨中。

那是一个周末的下午，涩谷依然是人声鼎沸、车水马龙的涩谷，但眼前却是一副冷色调的画面，它被笼罩在烟雨蒙蒙的青灰色里。

比天还要厚重的孤独，蔓延在每一条街道，飘浮在每一把透明雨伞的

伞尖上。三角路口的任何一边都站满了人，层层叠叠的人，那么多年轻鲜活、美丽的女生，那样多色彩缤纷的巨幅广告牌，凝成了一场奢靡而华丽的幻觉。

所有的声响都化为静音，楼宇之间似乎已经被人和现代化的一切塞满了，可是闭上眼睛，你什么也听不见，仿佛一无所有，空寂而荒芜。

这种冰冷的热闹，只在东京能感觉到。

绿灯亮起，我汇入三角路口的人海里，就像走进了虚无里。

那是我第一次真正意义上感觉到"万人如海一身藏"是什么意思，就像一滴水消失于雨水，一个人的虚无消失于世间更大的虚无，孤独感紧紧裹住我，像一件扯不下来的雨衣，在那个瞬间，没来由地，我想要大哭一场。

在那个湿漉漉的场景里，我感到有一种无形的力量托住了我。

那是来自神的拥抱。

[3]

在东京，有几个地方是我每次都必须去的。如果时间很紧，宁可放弃发掘新乐趣，也要从这几处里面挑两三个去看看。

吉祥寺

第一次只是路过，为了去三鹰的吉卜力美术馆，中午在吉祥寺休息一会儿，找地方吃午饭。有别于东京市区的喧闹嘈杂，这里街道和商店都是小小的、窄窄的，很安静，周围连一个大声说话的人都没有。

地名也让人喜欢，吉祥寺，听起来就很祥瑞。

后来我在无意中看到了一个日剧，叫《只有吉祥寺是想住的街道吗》。

很轻松的一个剧集，不用动脑子，特别适合一个人吃饭的时候看。两位胖胖的女生扮演租房中介，每集都有不同的客人上门，表示自己想住在吉祥寺周围，然后她们就会问：是吗？只有吉祥寺是想住的地方吗？

接下来，她们会带客人去别的地方看看房子，找找好吃的，彼此随意地聊聊天，租客们把自己的故事讲出来，有些很沮丧，有些很温馨，有些又很好笑。故事一讲完，她们就能很确切地知道要推荐哪里的房子给客人了。

总的来说，虽然剧名里有吉祥寺，但主旨其实是"东京值得居住的地方太多了"。

每次去都有一些收获。

初冬的早晨，在一家木艺小店门口看老板做木工活儿，又轻又巧，我看得入了神，直到老板抬起头，很不好意思地一边鞠躬一边笑，我才想起要进去看看。

在他家挑了三个很精巧的木头花器，只比手指粗一圈，木头里嵌入非常薄的玻璃圆管，很适合用来养纤细的水培植物，都是手工制作而成。

我把它们带回北京，剪了三枝绿萝插在里面。

还在一家二手店里淘到一件中性夹克，像是从两件夹克上分别裁了一半拼成一件，左边是藏青色，右边是苔藓绿。

店主是位很精神的老先生，脊背挺得笔直，身上有种辛勤工作了一生的尊严感，英语讲得很流利。听我说来自中国，他笑着讲："我去过上海。"

临走时，他给了我一张卡片，上面写着这小店的 Instagram 账号。

自由之丘

原本只是常去逛逛杂货店的一站，因为带妈妈去一家名为古桑庵的茶室喝过茶，所以自由之丘成为人生里一个特别的注脚。

那是一个五月的下午，离母亲节还有几天时间。跟着电子地图，我顺利地找到了古桑庵。

从外观上看，它像是一座小小的庙宇，门口竖立着一块木牌，上面写着店名，从木头的颜色看来，时间已经不短了。往里走便是一个典型的日式庭院，面积不大，松紧有度，栽了一棵枫树，周围辅以吊兰和竹芋之类的小型盆栽。

我们去的时候正逢客满，穿着和服的女招待示意我们在门口的木凳上等待。过了几分钟，又有一对年轻的韩国情侣进来，在我们旁边坐下。

妈妈说："我蛮喜欢这个地方。"

没有等太久便轮到我们进去，在门口脱下鞋子，整整齐齐放好。茶室里客人很多，尽管略显局促，但每一桌之间都拉开了一定的距离，确保客人们互不影响。

我们的位置靠窗，竹帘放到一半的位置，刚好遮住阳光而又不妨碍观赏庭院的园艺，细节之处的妥帖让人印象深刻。

菜单上有四组套餐，都是简单的日语。我自己要了日式抹茶和小丸子，给妈妈要了抹茶和红豆大福。

时至今日，我已经记不得我们当时聊了些什么，只记得那个小小的院子，那张小小的方桌，我们盘腿而坐，看向院子里那棵长满新绿的枫树。

"等到秋天的时候，叶子就全红了，到时候我们再来吧。"我说。

"你自己来就要得了咯，带我来又要多花钱，我来一次就可以啦。"

一生中，爱情来来去去，朋友聚聚散散，而妈妈永远是妈妈。

这是我唯一能够想起来的我们的对话——在那样文艺幽静的环境中，我们说的也不过是这样平淡的家常。

更深沉或是更有水准的对话，大概永远也不会发生在我们之间，

一个从十几岁开始就和文字结缘的人，写过那么多小说，编排过那么多角色的故事，我经常会想：一个人的命运到底是怎么一回事？

如果我不是妈妈的女儿，而是另外什么人的孩子，想必人生一定和现在完全不一样吧。但会是哪种不一样呢，更好还是更坏，会是一个优秀的、杰出的人吗？还是比现在更糊涂，更没出息呢？

而这一切都无从知道了。

在那之后很久，有一次我从湖南回北京，在飞机上读是枝裕和的《步履不停》，当初看电影时我还差点因为太过平淡而中途关掉，可是文字的版本却令我深切地浸入了像海一样深的悲伤。

她每次见到我都要担心我的牙齿。有一次过年回家，我睡到一半的时候，还因为被母亲撬开嘴巴而吓醒过。当时母亲一边在枕头旁俯视我，一边笑着说，就是想看看你有没有蛀牙而已啦。

"要去看牙齿哦。"

并肩站在站牌等公交车的母亲又重复着同样的对话。从昨天起已经是第二次了。

记得当母亲住院时，我去探望她，她反而还担心起我的牙齿。
....
当我无法再跟她继续对话时，忽然灵光乍现，把嘴巴张得大大的，凑

近病床上的母亲。

"我最近好像有蛀牙呢。"

听到这个的母亲忽然恢复正常似的皱起眉头。

"要快去看牙医啊。等到非拔不可才去就太迟了。一颗牙齿蛀掉的话，隔壁那颗也很快就不行了。"

母亲把以前对我说过的话一字不漏又说了一遍。

在小说里，母亲叮嘱一定要去看牙齿这个情节反复穿插着，从回家到送别，一直到母亲病重，躺在病床上，神志不清之际，仍然记挂着这样微小的一件事。

年少时读书，记忆最深的通常都是关于爱情的部分，尤其是那些双方最后没有能够在一起，天各一方两两相望的爱情。可是随着年纪增长，读到亲人之间的互相不理解、两代人的观念的冲突与隔阂，和终将面临的生离死别，我往往会难以抑制悲伤。

这一切大概是因为，我早已经能够接受爱情里的分别，却始终没有勇气面对后者。

那些生命中被刻意回避的事，数十年如鲠在喉的事，无数次想书写却无从落笔的事，随着你的经历、你的痛苦和挫败，渐渐凸显出了它们独有的意义。

你真的以为，你和死亡之间的屏障仅仅是疾病和时间吗？

一位比我年长的朋友曾跟我讲："父母是挡在我们和死亡之间的一座高山，等他们走了，就轮到我们了。"

再过一阵子，对，明年母亲的忌日，我想一家四口去那个看得到海的墓地……然后想起母亲，可能会哭，也可能会笑吧。

在飞机上读到书的最后一页，我一直强忍着的泪水终究还是流淌下来，难以相信，竟然用这样清淡小调的文字，写出了生命中至沉至痛的事情。细腻平静之中暗含汹涌。

我想，等到很多很多年后，我也成了一个老太太，下雨天会关节疼，每个月都要染一次白头发，手机的字号要调到最大，每天晚上都要用热水泡脚，也许有儿女也许没有，我可能还会养花草，但或许不会再想去环游世界了，说不定也已经忘了年轻时看过的沙漠、大海和银河，但到了那个时候，我肯定还会记得自由之丘。

还会记得，那个五月的下午，我穿着泛旧的蓝色的裙子，妈妈穿着白衬衣和苔藓绿色的裤子。

还会记得，我们坐在古桑庵的窗边，喝滚烫的抹茶，说了很多家长里短。

一生中，爱情来来去去，朋友聚聚散散，而妈妈永远是妈妈。

代官山——中目黑

要从哪里说起，关于代官山。

有一年，我和面面一起去香港短途旅行，住在铜锣湾的一家酒店。
某天晚上，吃完甜品回来，我说："我先去冲个澡。"
走进浴室之后，我打开手机里的音乐播放器，搜索杨千嬅——既然到了香港，当然要听粤语歌——随便点了列表中的一首。
花洒的热水淋下来，浴室里回荡着歌声，一直单曲循环。

泪光装饰夜晚
路灯点缀感叹

列车之上看彼此失散

你面孔早已刻进代官山

…………

月半弯

淡如逝水一般映照我愿望

你样子

反照优美湖水未及捞获

下辈子

顺从回忆牵引走进老地方

你是否

同样身处月色之中像我漂泊

不明白为什么，当我洗完澡，站在镜子前准备贴一张面膜时，忽然怔住了——刚刚听得不够清晰的歌词，一字一句从手机里流淌出来。

那是我第一次听到，代官山。

后来跟 L 说起。

"你知道代官山吗？"

"知道啊，在东京，那里有个很有名的书店叫茑屋书店，号称全球最美书店之一，你想去玩吗？"

我说不出话来。

那是一种没有缘由的伤感，明明是一个从来没有去过的地方，却让我感觉到已经认识它很久很久了。

从涩谷步行到代官山是一段很近的路程，只需要十几分钟，穿过安静的猿乐町，很快就到了。

虽然距离很近，但代官山有着明显区别于涩谷的气质，人很少，很幽静，少见高楼建筑，街道也窄窄的，到处都种满了树和植物。很多场景都像是日式漫画的背景。车站前有一辆卖纸杯咖啡的面包车，很卡通，老先生一个人既做咖啡又收钱，递给我咖啡时还附赠了一张积点卡。

以后每次来这里都可以买上一杯，我心里这样想，把积点卡收进了护照夹。

事实上，后来我每次去代官山都没有再买过老爷爷的咖啡，有时候是喝不下，有时候是拎了很多东西，腾不出手来。好几年过去了，他和他的小面包车一直都在那里，那张积点卡也一直在我的护照夹里，每次看到它，我都会想起那个晴朗的下午，我在代官山所遇到的一切。

代官山的茑屋书店，曾被评为全球最美书店之一。去那里之前，我查过一些资料，看了不少照片，但它实际上比所有照片拍出来的都要美。

除了书籍和画册之外，它还出售咖啡、电影光碟和唱片等各种商品。三座相连的玻璃建筑，在傍晚时会亮起灯，如果你隔着一些距离看，会觉得那三个散发着暖黄色灯光的玻璃罐就像梦境一样。

中间那座建筑的二楼是自习室，去过一次之后我就爱上了那里，比起普通的咖啡馆，它更像是提供咖啡和餐食的图书室。有段时间我经常带电脑过去写东西。那张长桌旁有很多我这样的人，设计师，作者，还有写论文的学生，我们所有人的电脑电源都插在一个通用的格子里，既方便又互不打扰，从来没有人大声喧哗，更不会有小朋友跑来跑去。

见过一位先生，头发花白，穿成套西装，很斯文的样子，在桌前读英文书，时不时会停下来用电子辞典查单词。

那是我见过的气氛最好的书店——或许不应该叫书店，更确切地说，那是一座文化的综合体。

尽管茑屋书店是这么美好，但整个代官山，留给我最深记忆的还不是它。

代官山是东横线上小小的一站，只有标志"各停"的电车才会在这一站停留。从车站的中央口出来，走过一条短街，会看见一条长长的坡，坡上有一家餐厅，就是 SPRING VALLEY BREWERY。

我第一次去代官山的那天下午，误打误撞走了进去，学着旁边桌的客人点了这家店的招牌推荐：彩虹啤酒。

在那之前的一两年时间，因为生病住院和长期服药的关系，我平时完全不沾酒，有时朋友们聚会，想起我的情况特殊，也从来没人硬灌我。

而那个下午，一切都太完美了，空气里仿佛含有令人快活的因子，随着呼吸一起进入我体内，让我觉得，如果不喝一点，实在是辜负了人间的美。

六杯颜色不同的啤酒，搭配六碟小小的点心和果子，一路喝过去，渐渐微醺，想笑又有点想哭，想唱歌，还想看海。

一种非常复杂的情绪充盈在心间，细细咀嚼过后，可以确认，就是那种"微小而确定的幸福"。

离开的时候，我脸上滚烫，照了照镜子，看到自己满脸通红。

走了几步，抬头看到夕阳，一条粉红色的云彩高悬在代官山的天空。不知怎的，我忽然决定脱掉鞋子，拿在手上，赤脚走下那条长长的坡。

岁月静好，说的大概就是这样的时刻吧。在平常的生活中太过稀缺，漫长的一生中也只有偶尔那么几次机会能获得一二。

那趟旅行过后，我经常会去代官山住上十天半个月，某种意义上，像是一种报答：感谢你在我大病初愈的时候给了我那样美好的一切，以至于我想不断地重温，再重温。

有一次，我从代官山散步走到中目黑，在一家面店门口排队等着吃晚餐，排在我前面的还有一位女士。

招待小哥出来跟我们讲了一堆，大意是：现在位置很紧张，如果两位

人生就是这样，要多去自己喜欢的地方啊。

不介意拼桌的话，可以一起进来，如果不愿意拼桌，就按顺序进。

那位女士问我，你觉得可以吗？

我想了想，觉得没什么问题。

我们对坐着，一直不说话就显得很奇怪。为了打破尴尬，她主动跟我聊天，先讲日语，发觉我日语不好，又换成英语，聊了几分钟之后，她才想起来问我："你来自哪里？"

这位已经在日本生活了三十年的华人大姐，讲普通话的语速要慢过讲日语，偶尔有些词语卡住了，想几秒钟，又接着说。

"我也是中国人，每次回去都觉得变化好大。"

"你衣服很好看啊，在这里买的吗？很配你，脸圆圆的，很可爱。"

大姐很大方，一直都是她在说，我间歇回句话。后来气氛渐渐变得很感性，她忽然问我："你喜欢东京吗？"

"喜欢。"我说。

"那你要多来啊，喜欢哪里就要多去。"她像是说给我听，又像是在说给她自己，"人生就是这样，要多去自己喜欢的地方啊。"

我想说什么，又觉得词不达意，只能拼命地点了几下头表示赞同。

吃碗面，她坚持要把我的那份一起付掉，我再三推阻，她仍然坚持："我们很有缘分，让我请你吧，也没多少钱。你喜欢这里，我也高兴。"

听起来没什么逻辑的几句话，我不仅听懂了，还觉得很感动。

那是一个神奇的夜晚，我们在车站前合了张影，然后分别走向方向相反的两个站台。在那之后，我没有再见过她，却始终记得她请我吃的那碗面，还有她说那句话时认真的神情。

"人生就是这样，要多去自己喜欢的地方啊。"

[4]

旧年的最后一天，我在清澄白河车站等面面。

我比她先到二十多分钟，空出来的这一小段时间，我独自在周围走了走。

虽然是节日，但街头巷尾都冷冷清清，透出一种"我们过节啦，就不招待啦"的信息。店铺本来就很少，营业的就更少了，只有 24 小时便利店一如既往地开着。很显然，清澄白河并不是一个商业街区。走了三四条街，算算时间，她也该到了，便原路折返车站，仍然不见几个人影，安静得不似现实。

为什么要约在这里呢？大概是因为我们都觉得，有些地方，光是听到地名就很想去看看啊。

但事实上，除了 Blue bottle coffee 和清澄庭园之外，确实没什么地方好去了。我们喝完咖啡，走了一会儿，不记得是谁提议的："哆啦 A 梦展好像还没结束，要不，去六本木看看？"

我和 Jenny 一起去大阪的那年，刚好遇上藤子·F·不二雄诞辰八十周年的纪念展。我们两个人都很兴奋，也都找不到展厅，转了好几圈之后，迫于无奈，只好在路上随手抓了一个年轻妹妹来问路。

那位日本姑娘不太会讲英语，我们俩又听不懂日语，大家指手画脚讲了半天还是没有沟通成功。在我们决定放弃的时候，她忽然做了个动作，让我们跟着她走，就这样一直把我们带到展厅门口，她才离去。一路上不管我们怎么红着脸说谢谢，她都只是很温柔地笑笑，仿佛那只是一件不足挂齿的事。

那张八十周年纪念展的门票我收藏至今，还有那位陌生姑娘和善的笑容。

我记得，在展厅里有一尊小小的铜像，是哆啦A梦和它的小伙伴们坐在时光机上和藤子先生握手的造型，我看了一会儿，不明白自己为什么哭了。

我还记得，那天我在朋友圈里写了一段很煽情的话：伟大的作品未必都是沉重的，也未必要包含深刻的哲思，最重要的是它是否能安慰人的心灵。因为您，我那不快乐的童年有了一些温暖和光亮，而今天，我可以说，我见到了童年的梦。

过了几年，我又特意去了趟川崎的藤子·F·不二雄博物馆，和许多看着才七八岁的小朋友一起排队参观。拍照区有"如果电话亭""任意门"和野比一群人经常玩游戏的空地，像模像样地堆着三根水泥空管。

"每个喜欢哆啦A梦的人都会想到这里来吧。"坐在餐厅里，我点了一份"记忆面包"，小时候做梦都希望考试之前能吃几块。等服务生端上来才发现，原来是用巧克力酱在烤过的吐司上写了数学公式，虽然做法很简单，却也觉得很有趣。

到了Tokyo（东京）2017哆啦A梦展，已经是我第三次特意去探望哆啦A梦。进入森美术馆之前，我很想当然地认为"我应该不会再被震撼了吧"。

怀着这个有点愚蠢的念头，我走了进去，入口处的四面墙都用了一眼就能认出来的"哆啦A梦蓝"，从天花板上垂吊着竹蜻蜓和任意门的模型，利用光影在墙壁上投射出相应的形状。

转过去便是第一个展厅，只看到很多人站在那幅巨大的、把哆啦A梦与村上隆的代表作《花》融合在一起的画前，有几秒钟的时间，我的呼吸都停滞了，嘴唇做出了一个无声的"哇"。

"哆啦A梦，这次玩得有点大哦。"我说。

面面也在旁边发出轻声的惊叹："虽然哆啦A梦不是我的本命，但我今天也难逃买一堆周边的命运了。"

展览的主题是"创造你的哆啦Ａ梦"，艺术家们可以用自己擅长的表现方式和不同的材质来呈现出一个和以往不同的哆啦Ａ梦，这就意味着它可以不再是一个传统的蓝色的猫形机器人形象。

越往里面走，我越为自己先前那一点小得意感到汗颜，内心的小世界被震撼得天翻地覆。

除了村上隆之外，这次展览还邀请了很多厉害的艺术家，像是在我国也拥有很高知名度的奈良美智、非常受女孩子欢迎的蜷川实花等等，都献出了超出想象的创意。每一个作品都有自己独特的展示方式，有的是画（画的风格也各有特点），有的是短片，有的是真人融合在动画里唱歌，还有用哆啦Ａ梦手稿做成的礼服裙……我们一直惊叹着，直到参观完，走到周边销售区，又被琳琅满目的周边商品震撼了。

你从来没有一次性见到过那么多想买的东西，好像是把你童年时能想到的所有快乐都翻了成千上万倍放在你的面前。

我都想用日剧里的语气说："能做哆啦Ａ梦君的粉丝，我真是，太幸福了啊。"

在那个气氛里，走着，走着，我却想起了一件很久远的事情。

1997年，有一阵子家里不大太平，于是妈妈给我办了跨市的转学，让我寄居在外婆家。我每个月会有一笔早餐钱，这钱也是算着给的，真的只够吃早餐而已。我省了一段时间，省出了一点富余，在某个礼拜天，偷偷去书店买了两册漫画。

那是国内最早版本的哆啦Ａ梦，当然，那时他还叫机器猫小叮当，定价3.6元。这个版本到现在差不多快绝迹了，只有旧书网上勉强能找到几本。

我至今还记得，这两本漫画被外婆发现后，她把我大骂一顿，又把所有大人都叫来再骂一顿，包括我妈在内的全体大人对我进行围剿。要不是天生骨头硬，我真的想不出来自己是怎么挺过去的。

"早就说了不能把钱放到她手上，给她钱她就买些这种屁弹琴的书。"

"正经书就不好好读，看些这个东西。"

"你自己说你自己说，这些书有什么用？"

在情急之下，我胡乱编了个理由："这个是开拓思维的书，你们自己翻嘛，里面都是搞发明的小故事。"

我倒是没哭，喜欢机器猫，这有什么好哭的。

转学生很难融进新集体，寄人篱下的生活环境又让我每天放学都不愿意回去。世界于我，是一幅看不到尽头的长卷。我经常故意在放学路上拖时间，选最远的路走，好像这样也算是一种抵抗的方式。

我并没有觉得那两本漫画成了我的精神支柱，它们实在不足以承受这么重大的意义。我只是觉得，在那段灰色的日子里，它们是我的两个朋友，陪伴着我，安慰着我，让难过的日子变得稍微好过一些。

我的精神支柱是我心里知道：终有一天自己会长大成人，再也不用受这种委屈，也不用再害怕任何人。可即便如此，我也绝对没有想到，长大是这么好的一件事。

长大以后，我可以看所有自己喜欢的漫画，可以把每一套都买回来收着，可以买一大堆喜欢的玩偶和贴纸，管它幼不幼稚，我还可以来东京旅行，去藤子先生的老家和森美术馆看哆啦A梦的展览。

当我再回忆起这件事的时候，我才意识到，当年在情急之中编造的谎言其实是一句最坦诚的实话：它就是一本开拓思维的书，让小小孩童也领略到了想象力的美和能量。

那么，是不是可以说，我也曾经创造过"我的哆啦A梦"？

别人能不能理解都不重要，只要我自己知道，这个蓝色的猫形机器人曾经带来多少憧憬和幻想。

在一个又一个荒凉的童年里，我们都曾经盼望着自己的抽屉里会出现奇迹，哆啦Ａ梦会带着满口袋的宝贝来到你身边。它会拿出记忆面包帮你对付考试，会拿出任意门让你去任何你想去的地方，会给你那个能把所有东西都放大的手电筒让你吃上巨大的铜锣烧，会拿出如果电话亭让你实现心愿，会让你戴上竹蜻蜓在空中飞，还会用云朵制造机为你建造云上王国。

而最让人想哭的，大概就是，你可以坐时光机去你想去的任何过去或未来。

长大以后才明白，现实比任何一个大人都强悍。这充满了失望的一生，总有几桩难以释怀的事和一两个错失的人，除了时光机，我们没有任何办法弥补这些遗憾。

对它的喜爱，是一块从很小时候就含在嘴里的糖，一直甜到了今天。

夜晚，站在52楼的玻璃窗前望向东京的璀璨灯火，我们静静凝视着那个画面，都陷入了失语。再没有一个时刻比它更衬得起黄伟文写过的歌词：琼楼玉宇倒了阵形，来营造这绝世的风景。

心里有个小小的声音：哆啦Ａ梦，请再威风一百年！

[5]

每当我想起东京，总有一种飘浮在半空中的感觉，好像一切都是轻盈的，透明的，同时也是清淡的，像日料，又像轻小说。

在我去过的所有地方，它的故事是最少的。故事来自戏剧性，戏剧性往往来自失序，可惜东京从不失序。

我在东京遇上过三次小地震，前两次都发生在半夜。睡在酒店的床上，忽然感到床像船一样晃荡起来，酒店广播很快响起，用日语英语中文和韩语轮流播报通知：刚刚发生了轻微地震，请各位住客不要惊慌……酒店电梯暂停使用。

我弹起来，赶紧扒到窗口看外面的状况，借着路灯的光，很清楚地看见路面上只有几个零星的路人，而且明显不是避灾的样子，走得很从容。

过了一会儿，广播又响了一次："各位住客，现在一切恢复正常，电梯恢复使用……给您造成的不便，我们深表歉意。"

自始至终，我没有听见门外有任何大的动静，更没有人哭喊尖叫。

最后那次也是发生在晚上，我逛了一天街，坐在沙发上清点胶带，突然之间，整栋楼都在晃，沙发像被一只巨大的手端起来荡秋千。一两分钟的时间里，我思考了一下要不要跑，可是很快，又平息了。

朋友说："日本从古至今都是一个先天不足的国家，资源很少，火山地震频发，所以在建筑抗震方面经验很丰富，我们隔三岔五就要被震一震，早就习惯了。"

和东京本身一样，东京人也有一种冷漠的气质。每个人都只专注于自己，即便是从商店里，你只买了两卷胶带也会帮你仔细包装的店员身上，你也可以很清楚地认识到，这里面有足够的专业性，但没有人情。

但时间久了，我又觉得这也不是不能理解，比如那些一听你说英语就表示不能接待的餐厅，刚开始你还会觉得有点生气，到后来你会明白，他们是不希望因为沟通问题而影响客人的用餐体验。

唯有一次，我记忆极深。

或许是从小看漫画和动画片的缘故，我对日本的花火大会一直很感兴趣。小丸子穿着浴衣和小玉一起去夏日祭，用纸网捞金鱼的画面，是许多女孩心里关于夏天的浪漫幻想。

　　我去看花火大会的那天，非常热，可是为了实现小时候的心愿，我还是怀着捂出痱子也在所不惜的决心弄了一套浴衣穿着去坐屋形船。

　　下午四点发船，一个小时后在隅田川停船。整船人都在期待着天黑后的花火，谁也预想不到，忽然之间，下起雨来了。

　　船上只有我们一桌中国人，吃不惯船上提供的冷便当，一边喝啤酒一边面面相觑。那位带小孩一起来的年轻妈妈说："我在家的时候特意查了过去五年的烟火大会，都是晴天，偏偏今天下雨，我们的运气也太差了。"

　　她说完，我们都自嘲地笑了。

　　在这场持续了四五个小时的雨中，第一枚烟花升空了，金色的焰火无声绽放又无声地熄灭，伴随着丝丝缕缕青烟，消逝在隅田川上。

　　有些不甘心的人，或是穿上雨衣或是撑着伞爬到船顶平台上去看，即便如此，看完回来也还是不可避免地淋湿了。

　　到了后半段，我终于忍不住也爬到了船顶上，看看周围，除了我之外，其他人都打了伞。

　　算了，随便拍两张照片就下去，好歹也要对得起自己辛辛苦苦来一趟啊，我心里这么想着，忽然，头顶上多了一把透明雨伞。我回头一看，是一位根本不认识的日本女孩，一张年轻而柔润的脸。她笑了笑，好像为自己的莽撞感到害羞。

　　我连忙说谢谢，并表示我淋点雨没关系。

　　她一步也没有退，仍然带着那种羞涩的笑，用手指我的浴衣，又指我的相机，叫我不用客气。

　　那一瞬间，我感到自己不应再推辞了。

按照他们的习惯，我朝她微微地鞠了个躬，直到我下去之前，我们一直共撑着那把伞。

那年的隅田川花火大会不及我想象中一半瑰丽盛大，比起长沙前些年每个周末在橘子洲头燃放的烟花逊色许多，再加上七八个小时的等待时间和淅淅沥沥的雨，对我来说，那原本是糟糕透顶的一天。

幸好有这个善良的陌生女孩，她的举动，挽救了一些东西——或许连我自己也说不清楚是什么。后来我整理那天的照片，发现连一张她的清晰正脸都没有，只有一张别人帮我们拍的侧面照：我穿着紫阳花图案的浴衣，她撑着透明雨伞。两个国籍不同语言不通的女生，站在伞下，仰头看着同一个方向，期待着下一朵绚烂的烟花。

茫茫
北海道

夜幕垂下，整个小镇安静得仿佛连语言都是多余的……像是人生
中那些重大事件与重大事件之间的过渡期，日复一日只有平淡，
不管多努力地去寻觅，也很难找到一两个闪光的记忆点。

小樽的雪

[1]

在一片苍茫的白色里，飞机降落在了札幌的新千岁机场。

离农历新年还有不到一个礼拜的时间，同机的许多乘客都是拖家带口有老有小的一大家子，让人想起粤语片里总爱说的那句话：一家人最紧要系（是）齐齐整整。

去换 JR pass（日本铁路通票）时又碰到一堆同胞，队伍排得很长很长，有些人手里握着几十本护照，说是导游吧，仔细看又觉得不像，队伍里的每个人都抻着脖子往前探——好像这样就真能快一点似的，一种熟悉的焦虑伴随着大家的叹气声不断从小小隔间里溢出来。

"你先排着队，我去买点吃的。"我跟 L 说。

等我从便利店转了一圈回来，队伍一点也没动过。我把饮料递给 L，自己找了张凳子坐着等。

我前脚刚坐下，后脚就看见一个戴眼镜的姑娘抱着一沓调查问卷冲我走了过来，她胸口挂了个实习牌子，开口讲话是典型的台湾女生的口音，温柔软糯："您好，打扰一下，您可不可以帮我做一下问卷调查？"

"可以啊，没问题。"我说。

"请问您是第一次来日本吗？"

"不是，但是第一次来北海道。"

"您来北海道的目的是？"

"观光。"我指了指那个小方框。

"您对行程有什么安排？"

"呃……行程不是我做的，我不是很清楚。"我指了指排队的L，"这个要问我朋友。"

"啊，没关系的，那请问您喜欢滑雪吗？"

"我不会滑雪。"

说完这句话，我忍不住笑起来，从这些对话里听起来我完全是个废物嘛。我要是这个姑娘，可能会追问一句"那你来干吗啦"。

我觉得很惭愧："真是不好意思，完全没提供任何有价值的答案给你。"

"不要紧的，已经可以了。"她笑着说，笑容里的那种青涩是年轻人特有的。她从问卷底下的一摞文件夹里抽出一个来给我，说，这是一份作为答谢的小礼物，谢谢我帮她做问卷，并且祝我在北海道玩得开心。

我受之有愧地收下文件夹，上面印着北斗星号列车的卡通形象，不能算好看，但还挺可爱的。我望向队伍，如我所预料的那样——只前进了一两个人。

车站的玻璃门一开，就有一大团冷空气闯了进来，冷得人后脖子都僵了——我很难相信，光论室外温度，北海道竟然比贝加尔湖还冷。我赶紧松开拉箱子的手，把羽绒服的拉链拉到最顶上，可是一看周围的日本女生，竟然还有很多人光着腿或是只穿着不到膝盖的彩色袜子。

大家都是亚洲人，你们为什么这么抗冻？

我一路上都在念叨这件事："她们真的不怕冷啊？这里又不是东京，东京好歹还有十几摄氏度，这里可是北海道啊，气温相当于中国的东北吧？

她们老了以后会不会关节疼？我现在去学针灸，过几年来挣她们的钱怎么样？"

L一直都没理我，只顾着看地图找酒店。

"欸，你看到没有啊，她们光着腿啊。"我一直沉浸在震惊中不能回神，"太猛了，我二十岁的时候也做不到。"

后来回想起来，从车站到酒店的距离其实很近，正常情况下走个七八分钟也就到了，可是雪地难行，又拖着那么重的行李箱，我们硬生生走了快半个小时。

进到酒店的第一秒，我头上、脸上的雪迅速融化成水，顺着额头流下来，非常狼狈。

在前台办理入住时，我完全没有想到，这场近年来最大的降雪，会成为我们之后出行的阻碍。

当我真正站在小樽的雪地里时，依然感到很恍惚，欠缺一种真实感。

两年前的冬天，摄影师朋友问我："我们一起去小樽散散心，拍点照片怎么样？"

提出这个想法的时候，她刚刚离婚，我还在住院，都处于人生的最低谷。我觉得那是个不错的提议，要是去得成的话，应该会蛮开心的吧。

然而，在我们各自查看了机票和酒店的价格之后，就很默契地没再提起这件事。

又过了一年，刚入冬，我的心思就活跃起来：去年没做成的事今年要做成啊！可是一查机票和酒店的价格——不要怀疑，这不是复制粘贴——我可算明白了，飞札幌那条线的机票并不是临时买才贵，而是一直都很贵。

第三年的冬天，我决定不查了，直接买，就当是我攒了三年吧。

怎么说呢，我心里就一个念头：轮也该轮到我了吧？

两个小时以前，我们站在去往旭川的列车上，准确地讲，是站在车厢与车厢的连接处。狭小的空间里挤满了乘客，虽然每个人都想尽量不妨碍别人，但空间实在太有限了，所有人都被迫贴在一起，只好以目光错开彼此当作礼貌。

这趟列车本该在半个小时之前就出发的，但因为大雪，迟迟没有动静。

我打开"案内"软件，看到鲜红的"大幅晚点"，与此同时，还不断地有乘客往车上来——如此拥挤，还非要挤上来不可，实在不符合他们的常态，可见都是着急通勤的上班族。我背后就是车门，已经退无可退。

"我们别去旭川了。"我说，"看这样子还不知道几点能走。"

"那你说怎么办？"L隔着人回应我，他看起来也没什么主意了。

过了几秒钟，我说："下车吧，我们去小樽。"

出乎我的意料，去小樽的列车空空荡荡，一节车厢只有五六个人，安静得有些诡异。列车在飘雪中前行，两旁矮矮的房屋全都被埋在雪中，屋顶上的积雪像一层厚厚的奶油。

放弃了去旭山动物园看企鹅，我心里也觉得有点遗憾，但随着离小樽越来越近，那点遗憾渐渐消散，一种新鲜的期待油然而生。

[2]

已经忘了是初中几年级的时候，去妈妈的朋友家里吃饭，看到一本封面花花绿绿的杂志，叫《××演艺圈》之类的名字，最醒目的几个标题都是关于《还珠格格·第二部》的。

吃完饭我还没舍得放下那本杂志，阿姨见我如此痴迷，便顺水推舟地说："你拿回去看吧，给你了。"

"你好吗？"
"我很好。"

我还记得妈妈当时很不好意思又怒其不争的表情，一直推辞："不要啦，她就只喜欢看这些东西，看明星，就不好好读书。"

经过双方短暂的拉锯，那本杂志最终还是跟我回了家。

把里面最感兴趣的内容看完之后，我才注意到最后几页有个介绍日韩明星的栏目。

当时韩流刚刚进入中国，来势汹汹，学校门口的商店里到处挂着韩国明星的海报和贴纸，电视台也轮番播放着浪漫的韩剧。这本杂志嗅觉很敏锐，大版面推荐了好几个正当红的韩国组合和明星。

但我的注意力完全被另外的东西吸引了。

很不起眼的四分之一的黑白版面，标题是加粗的黑体字：世纪末最后一个美少年，柏原崇。配图是两张小小的照片，像素很低，即便如此，那张干净精致的面孔仍然流溢着无与伦比的光彩。

很多年后回想起来才意识到，那种挺拔的姿态、干净的气质，就是"少年感"吧。

世界上竟然有这么好看的男生啊……当时的我私心认为，他比木村拓哉还要好看一点呢。

小小年纪的我，并没有因此成为柏原崇的粉丝，这种相遇与其说是青春期隐隐约约的情感萌动，倒不如说是一个没有见过"美"的人，第一次与"美"相遇，被"美"震撼。

那两张配图里，有一张就是电影《情书》的剧照。

柏原崇饰演的男生藤井树，穿着校服，站在窗前看书，白色的窗帘被风吹起，纤尘不染的模样被我深刻地铭记在脑海中。

等我真正看到这部电影，已经是很久之后的事情。一个暑假的下午，刚好换台换到电影频道，那时电影已经放了一小半，可我立刻意识到，这就是那部《情书》。

那是还未曾喜欢过任何人的年纪，我几乎是屏住呼吸看完了这部电影，在没有窗户的房间，头顶的吊扇微微作响，扇叶把灯光切碎，我的心里有一种从来没有过的酸胀的疼痛，想哭，但又好像没有到非要流泪不可的程度。

那个夏天，我仿佛一下子长大了，成了一个有心事的女孩子。

"你好吗？"

"我很好。"

多少年以后，来到小樽的这个我早已不是过去那个我。

我没那么相信爱情了，爱的能力好像在从前那段故事里一次性全用光了，很难再为什么事情感到内心疼痛，深爱过的那个人和我分隔很远，但我也没有每天都想念他，没有觉得生活过不下去。

我平静了，或许，是老了。

但我还是能想起渡边博子在雪地里的侧脸，想起少男少女骑着单车从山坡上往下冲，男藤井树把纸袋罩在女藤井树头上……年少时的那个夏天在我的回忆里重新变得明亮，成为时间也无法消解的某种眷恋。

从车站走去大正哨子馆，因为实在太冷了，中途我去便利店买了一罐温热的甘酒，把铁皮罐子捧在手心里顿时感到暖和了不少。这一路没什么人，脚印也很少，雪深的地方足够没过小腿。走到路口，看见一座木屋，门上挂着大正哨子馆的招牌，门前堆了一个大大的雪人，比我过去见过的所有雪人都大。

日语中的"哨子"就是玻璃，哨子馆，就是制作玻璃工艺品的工坊。

馆内既安静又暖和，店员站在柜台里，顾客们自行参观，没有互相干扰。

坦白讲，比起玻璃，我更偏爱陶制品，土陶厚重、淳朴，还有点笨拙的温暖，像那些不善言辞但心存慈悲的人，而玻璃精细、脆弱、冰冷，显然是另一种人格。

但最后我还是买了一套樱花粉色的玻璃器皿。

一个小小的玻璃杯，一个小小的甜品碟子，像小姑娘们扮家家酒用的东西，极其粉嫩清透。买的时候我就知道它将来的命运多半是被束之高阁——因为我根本用不上啊，可它的确太美了，摆在家里看也是让人高兴的。

店员在包装时非常小心仔细，用纸包了一层又一层，又特意叮嘱了许多注意事项。

L 说："为什么非要在这里买啊，去了东京肯定也能买到啊。"

我翻了个白眼："听没听过我们中国人最爱说的那句话啊，来都来了！"

为了将"来都来了"贯彻到底，我又去了运河食堂和音乐盒博物馆。这两个地方的人都很多，尤其是音乐盒博物馆，楼上楼下全是人，走都走不动，楼道里的长椅上一直没有空位子，一个人刚起身，另一个人就坐下了。

我站在二楼看下面，一片一片黑压压的人头，觉得有点意兴阑珊。

决定离开小樽，回札幌吃晚饭。

一离开人多的地方，转过两条街道，脚步自然又慢了下来。

漫天匝地的雪白色营造出巨大的"空"，这让我想起，在来之前，我对于它的想象好像完全被颠覆了。

这一天的小樽，既不像电影里那样弥漫着青春的悲伤，也不像日系写真里那样清淡清新，它很平静，没有情绪，但如果你把目光放空，不聚焦在任何一个具体的点上，你就会看见一种不可临摹的、吞噬一切的壮阔。

无人通行的街道，地上连车轮的印迹都没有，简直像是无人之境——当我这样想的时候，我并不知道自己还将要去到一个更"空"的地方。

知床斜里，大地尽头

在北海道原住民阿伊努人使用的阿伊努语中，"知床"是"大地尽头"的意思。

除夕的那天下午，我们到了知床斜里站。下车的乘客很少，车站工作人员更少，整个车站静悄悄的，有点像末日电影里那种居民们都已经逃光了的场景。

一个小小的车站，和一个不比车站大多少的小镇，似乎站在车站出口就能把这个小镇看完。

当时已经是傍晚，光线昏暗，远处的天边只残余微微一点橙黄色，冰天雪地里听不到一点人的声音或是车的声音，也看不到一座稍微高点的建筑。这里有一种奇异的气氛，好像被遗忘在时间之外。

在我还算丰富的旅行经验里，从来没有过哪个地方像知床斜里这样荒芜——一种非字面意义上的荒芜。它既不是商业都市，也没有浓厚的异域风情，在白雪皑皑、万物休眠的冬天，成群结队的游客团也鲜见。夜幕垂下，整个小镇安静得仿佛连语言都是多余的。

如果非要比喻的话，它很像是人生中那些重大事件与重大事件之间的过渡期，日复一日只有平淡，不管多努力地去寻觅，也很难找到一两个闪光的记忆点。

酒店房间很小，小得连箱子都没法完全展开。楼下倒是有公共浴场，晚上十点关闭。按理说应该去泡个澡解解乏，但坐了七个多小时车之后，我们都只想找点吃的。

"我搜了一下，这里的餐厅很少，非常少。"L说，"有个意大利餐厅，评价还可以，你想去吗？"

我想了想，明天是大年初一啊，意大利餐厅还是留到明天再去吧。我穿上羽绒服，拿了钱包："你别动了，我去趟便利店，晚餐交给我吧。"

我好像一直有种天赋，在任何材料有限的情况下也能弄出好吃的东西来——每次我跟人说起这个本事，就会举一个例子：我还在上小学的时候，有次别人送了一包自己晒的红薯片给我们，很不好咬，嚼不动，放着不吃又觉得浪费了，于是我自己起了一锅油，花了一下午时间把红薯片都炸了，喷喷香，超好吃，我妈下班回来都惊呆了。

这门手艺平时显露不出什么价值，但一旦出了国，就能派上大用场。

好几个和我一起出去旅行过的朋友都说："你吧，攻略不做攻略，行程不管行程，买起东西来连自己姓什么都忘了……"话锋一转，"但你做吃的还是蛮厉害的。"

斜里的便利店不是东京常见的那些，食品种类也不多。我找了一圈，没有找到我最喜欢吃的那种即食面，只好凭着直觉挑了一个麻婆豆腐口味的和一个酱油口味的，又在冰柜里看了半天，拿了两个溏心儿蛋和一盒蔬菜沙拉，转过一个货架，又往购物筐里扔了两根火腿肠。

零食也要买几袋，薯片之类的就算了，水果干和小鱼干拿两包，再拿几瓶矿泉水和乌龙茶，这就算齐了。

有吃有喝，有咸有甜，足够了。

走出便利店，我又回到了那种空无一人的寂静中。

周围的空旷和清冷让我几乎忘记了这是一个除夕的夜晚。看看朋友圈，大家都在发年夜饭的照片，和家人团聚的照片。算算时间，再过一会儿，春晚就要开始了。此时此刻离我最近的一个朋友，也在一百米外的酒店房间里……

一切就像是村上春树那本小说的名字：世界尽头与冷酷仙境。

好像只剩下我一个人，站在天地之间，站在旧年与新年的交替之间，站在过去的小半生和余生之间。

一种没有边际的"空"，把你所有的社会关系和情感都切断，把你剥光，扔到一种叫得再大声也得不到回应的孤独里。

这时，我才真正感觉到了知床斜里的力量——它真的很像是大地的尽头，不，更确切地说，它真的很像是宇宙的边陲。

没法用发达和不发达这种肤浅的标准去评判它，它独立于世，不谄媚，不亲和，但它美、冷淡，宠辱不惊。

顷刻间，我明白了，对于斜里，自己只是一个偶然造访的客人，我没法跟这个地方建立更深的情感关系，它也没有更多的东西能够给我。只有寡欲而平静的人才能够在这里长期生活下去，他们的性情大概也像冬天一样。

我呼吸着清冷的空气，站在一个路口等红灯变绿。明明四个方向都没有来车，可我还是一动也不想动，只是站着，等下一个绿灯，再等下下一个，就这样站到天长地久。我站在这种僵持里，不进，不退，不悲伤，不喜悦，脑子里没有任何人，这是我人生中独特的几分钟，没有任何属性。

不是没有一点来由地，想起了《千年女优》的情节。

千代子像追逐着虚妄的幻影一般追逐着自己一生的挚爱，她狂奔在北海道的雪地里，狂奔在贯穿始终的执念里。在她生命的最后时刻，年轻的千代子穿着宇航服，站在旷野中，她又看见了那个人的画板孤零零地立在雪原中间，画板的背后是寂寂永夜和浩瀚星辰。

年少时，与那个人在雪中相识的匆匆一面，彻底改变了她的命运。此后漫长的岁月中，她从懵懂的小女孩长成为纤细美丽的少女，成为跨时代

的女演员。光辉熠熠的一生，也是被孤独诅咒的一生，一直到离世她也没有再见过那个人。

"不管怎么说，我真正爱的，是追逐他的旅程啊。"

再没有什么地方比苍茫深远的北海道更适合作为这个故事的背景，它想表达的东西用《红楼梦》中那句话来概括便是再恰当不过：白茫茫大地真干净。

明知道人生到头来都是一场空，可是在这个"空"里，你却无时无刻不在执着。

在北海道的旅程中，我印象深刻的事情不少，在其他地方都拍了很多照片，唯有知床斜里，它几乎没有留下任何有形的东西给我，连专门出售纪念品的商店都没有。

但在很久以后，我回想起那些纯白底色的日子，"知床斜里"这个地名总会第一个从我的脑中苏醒，带着那个除夕夜肃杀的冷风，带着尚未消融的积雪的气味，带着寂寞的自由，让我无论身在何处，都能够瞬间重回到那个只属于我，没有任何旁观者的短暂时刻，我仿佛还能听见脚踩在雪中发出的"嘎吱嘎吱"的声音。

我知道，人的一辈子，有些地方你永远去不了，有些地方你会去很多次，而有些地方你一生也只会去那么一次。

它属于最后一种。

我一直觉得它对我有所保留，没有给我看到它藏匿起来的真正面目，也并不在乎我能不能记住它。

但某一天，我忽然记起来。

在从钏路去知床斜里的列车上，我坐在挨着窗口的位置，车厢里没有一个人说话。因为太疲惫了，我马上就要睡着，忽然，列车停了下来。

我有些惊诧地侧过头看向窗外。

铁道旁边是一片密林，在树与雪之间，有鹤掠过。

想来，那就是它特别给我的礼物了吧。

一艘船一列车

离码头还有一段距离，我已经看见那艘写着"おーろら（欧若拉）"的白色船只，欧若拉号破冰船。

"没有看过流冰，不算真正去过北海道"，坊间一直流传着一些诸如此类的旅游文案，很难找到出处，说不定还会招来一些人的反感——我旅个游还要分什么真假了？但不管怎么样，这些句子多多少少还是引发了人们对于"网走流冰"的憧憬和好奇。

"网走"和"流冰"其实是两个词语。

网走是北海道的一个海港城镇，位于鄂霍次克海沿岸，以水产丰富和观光旅游而出名。

流冰呢，顾名思义，就是流动的冰。

"网走流冰"这个景观的形成，是因为大量的淡水经由俄罗斯境内四十多条河川涌入了鄂霍次克海，降低了那片海域的含盐量，在冬季低温环境下，盐度低的那部分海水结成冰层，漂浮在海面，成为一望无际的白色冰原。

每年的一月至三月，大量的流冰会从俄罗斯南方的海域，随着西伯利亚的北风一路来到北海道的东北角，在顶峰时期，流冰所覆盖的面积甚至会超过十五个北海道。

就像日食月食和极光一样，观赏流冰也是只能够在特定的时间，还要一些运气，早了晚了都不一定能看到。

早在来网走之前，我就听说了一件事：某年，有一个人连续四周，每天都来，最终还是没能够看到流冰。

比起他的坏运气，我更惊讶于他的偏执：为什么非要看不可呢？为什么这么有毅力？如果我能认识这个人的话，我肯定会问他这个问题。

我猜想，对他来说，到后来，"去看冰"这个行为的意义已经超越了"看冰"本身，在一次次无功而返的过程中，他势必有自己的所想和所得。

虽然流冰层看起来就像是一片雪白大地，给人一种百十年都不会有变化的错觉，但实际上，它不是静止不动的，也不会消融在北海道的海水中。

冰层会随着风向漂流不定，上午它还在这里——可你起床晚了一个小时，吃饭晚了一个小时，出门没赶上原计划的那班列车，就这样一直耽误到了下午，当你来到这里，它就已经不见了。

时机，是最重要的。

不知道在那一天的哪个环节出了个小问题，你就有可能会像错失某个人一样，错失掉今年的流冰。

这些不可预计的白色冰层，最终会随着风向变化回到俄罗斯的海域，直到来年的风向再次转变，它又可能会再回到这里。

循环往复，来来回回，是奇妙的自然规律，也是人生的写照。

我们拿着船票，登上了欧若拉号。这一天晴空万里，在强烈的阳光下，广袤的白色晃得人睁不开眼。

船一离岸，乘客们也离开了船舱，纷纷来到甲板上。栏杆边上挤满了人，说着不同的语言，却都怀着同样的期待。每当这种时刻，我内心总是涌动着一股感激之情，像某种本能一样。很单纯地就会想到，我和这么多陌生人从天南地北来到同一个地方，乘同一条船，去做同一件事情，这样的机会通常不会有第二次吧。

冰层破裂的第一次声响传开时，整船人都发出了"哇哦"，紧接着便碎成了无数句不同的语言。身边的日本乘客像梦呓一样重复着"すごい（太厉害了）"，我也像是回到了二十多岁第一次看到喜马拉雅山的时候，除了"好美、好壮观"，根本不知道还能用什么词语描述那种广阔。

完整的冰原随着一道道裂缝分崩离析，散碎成大大小小不同厚度的冰块，翻涌而出的墨绿色的海水像是被压抑了太久，终于得以释放，带着一股要掀翻天地的气势——我脑子里忽然闪过一个可怕的想法：我们的船不会翻吧？

经常在这样的景色面前失去语言能力，我胸腔里的密度无法被解压，这不是那种给你抒情的景色，也不是那种能让你慢慢欣赏、细细回味的景色，你想不起任何一句应景的诗词来赞颂它。它是猛烈的、雄壮的美，像是对着你的脑门狠狠敲了一棒，你被这种美和威严砸蒙了，嘴里的喃喃自语也不过是出于身体的自然反应。

我听见自己还在说，太美了，太壮观了……眼前的流冰，好像融在了我的身体里。

船开过去，对岸的灯塔渐渐看不见了，只有那些破碎的、洁白的、从西伯利亚远道而来与我相见的冰块，依然在海面上沉浮着。

你知道人生不能事事如意，更不可能想要什么都能得到，可是细细碎
碎的遗憾从生命里流淌过去，到底还是留下了深深浅浅的痕迹。

和网走的流冰一样，冬季湿原号列车也只在每年的一到三月运行，往返于标茶和钏路之间。

　　为什么要特意留出一天时间专门去坐火车呢，它有什么特别之处吗？我没见到它的时候，心里也有很深的疑惑。而且湿原号一天只有两趟，发车时间卡得特别死，一旦错过就完蛋了，所以很多人根本不敢离开车站太远去吃饭，担心时间不够。

　　可是我实在是太饿了，又太馋了，竟然胆大妄为到步行去了一个离车站两公里的地方找吃的，也不知道怎么那么不凑巧，上菜的速度特别慢——我只是点了一个天妇罗盖饭而已，竟然硬生生等了半个小时——端上来的时候，离发车只有十五分钟了。

　　无法形容我是如何在这十五分钟之内消灭了那碗天妇罗盖饭（真的很好吃），还上了个厕所，又买了单，然后气喘吁吁地跑回车站的……总之到了检票口一看，先前挤得满满的行李寄放处，只剩下一个孤零零的红色箱子——正是鄙人的。

　　这时我才看到湿原号的真面目，它跟我见过的所有火车都不同，它是一列蒸汽火车！这也太酷了吧！

　　漆黑的车身，复古的火车头正冒着白烟，威风得不得了，操作间里密密麻麻的各种精密仪表让我仿佛瞬间回到了工业革命的时代。最惊喜的是每节车厢里都有一个炭火小火炉，上边放着一块铁丝网，乘客们可以用它烤东西吃。

　　我从来没有见过这么可爱的小火车，简直想要嫁给它！

　　我们车厢里最先使用小火炉的是一位年轻男生。他一个人，在双肩包里掏了半天，我以为他会掏出海产之类的食物，结果他掏出了两个圆滚滚的小面包，烤得焦黄焦黄的，一看就很好吃。

年轻人走了之后，两位日本大叔围了过去，他们自己带了鱿鱼干，撕成一片一片的放在铁丝网上，时不时还翻个面儿，火焰中有轻微的"噼里啪啦"的动静，他们一直笑呵呵的，十分快乐的样子。

　　有个小男孩从车厢那头过来，一看到小火炉就挪不开腿了，蹲在那儿一直等着，也不说话。大叔把刚烤好的鱿鱼干分了一些给他，于是他很高兴地跑回了父母身边，嘴里一直喊着："妈妈，妈妈，他们给我的……"

　　"是个中国小孩哎。"我说，"好幸福哦，这么小就有机会出来见识这些，我小时候哪里都没去过。"我的语气里有由衷的羡慕。

　　可是到了后半段，事情就起了变化。

　　日本大叔的鱼干烤完了，很长一段时间里没有人再去用小火炉，但小男孩仍然不停地跑过来看一看又跑回去，过几分钟再跑过来，然后又失望地跑回去。

　　一车厢的人都看到了他的渴求，很难相信他的父母对此会没有察觉。

　　我去卖食品的车厢买了一条鱿鱼干和一罐啤酒回来。当我把鱿鱼干撕开，整整齐齐铺在铁丝网上时，那个小男孩又来了。

　　他眼巴巴地看着我，我也眼巴巴地看着他——虽然年龄相差了几十岁，但我知道那个瞬间我比任何人都理解他。为此我甚至有点生他父母的气：既然都带他来坐蒸汽火车了，为什么就不能再多花几十块钱给他买一份鱿鱼干呢？

　　既然已经给了他快乐，为何不索性让这份快乐更充盈一些？

　　我当然知道自己没有资格去指责别人应该怎么当父母，我心里头的那点不忿和委屈，有一大半是为了小时候的自己。

　　从小我就不是个容易开心的小孩，成年之后我将那些苦闷解释为是因

为我心里的缺口太多，匮乏感太强，一个小孩子想要得到的东西，我一样都没有得到过。更令我难过的是，直到现在提起那些事情，妈妈依然认为"谁家小孩不是这样的"。

其实我能列出一大堆，×××家就不是，××家也不是，还有×××家……

但我知道，有些话你想说的时候不能说，当你能说了，它其实早已经失效了。在三字头的年纪再去细数童年的缺失已经没有意义，显得很小气又很矫情，这个声讨的动作也只是虚张声势，它的本质是一种发泄，而不是索取。

二十岁的时候得到了九岁想要的那罐巧克力，三十岁的时候得到了十五岁想要的那套漫画，四十岁的时候终于穿上了十年前就看上的那件羊绒大衣，你能说这都没有价值吗？

有。但迟了就是迟了。

你知道人生不能事事如意，更不可能想要什么都能得到，可是细细碎碎的遗憾从生命里流淌过去，到底还是留下了深深浅浅的痕迹。

我和小男孩就这样用眼神交流了半天，当我想给他一些鱿鱼的时候，L在旁边小声提醒我："人家父母看到了会不高兴吧？"

"不会吧，之前别人也给了呀，没见他爸妈反对。"

"随你吧，不过一般父母都会教小孩子别随便吃别人给的东西哦。"

我想了想，也不是没有道理，于是我把自己要吃的那些拿走，留了几片在铁丝网上。过一会儿再去看，果然只剩铁丝网了。

很快，大人们的新奇感过去了，没有人再去烤吃的。那小孩又来看了两次，终于没有再出现。

事实上，那天的鱿鱼干并没有特别好吃，烤了那么久还是很难嚼，我完全是靠那罐啤酒送咽才全吃完。可是啊，在火车上烤鱼干这件事本身实在是太好玩了，好玩得不像是日常生活里会发生的事，激活了大家内心深处沉睡许久的童真，就像一场延迟了几十年的巨型超真实家家酒。

想起湿原号，我还会想起另外一件事。

不知道为什么，从离开标茶开始，湿原号每路过一个站，站台上的人们都会对着列车里的人挥手，一直挥到看不清了还在挥，车厢里的乘客们接收到了这份温情，也向站台回以挥手，表达告别之情。

大部分的乘客都很含蓄，只有我和那两位最先烤鱿鱼的大叔异常热情。我们站在窗前，恨不能把手伸出窗外去——不顾一切地挥着手，对着一个又一个站台上的人大声喊着"さよなら（再见）"，也不管他们听不听得见，听不听得清。

我感到自己几乎就要流泪了。

虽然我们根本不认识，以后也不会再遇见，可我还是不断地喊着："さよなら（再见）！！"

再见啊，再见了。

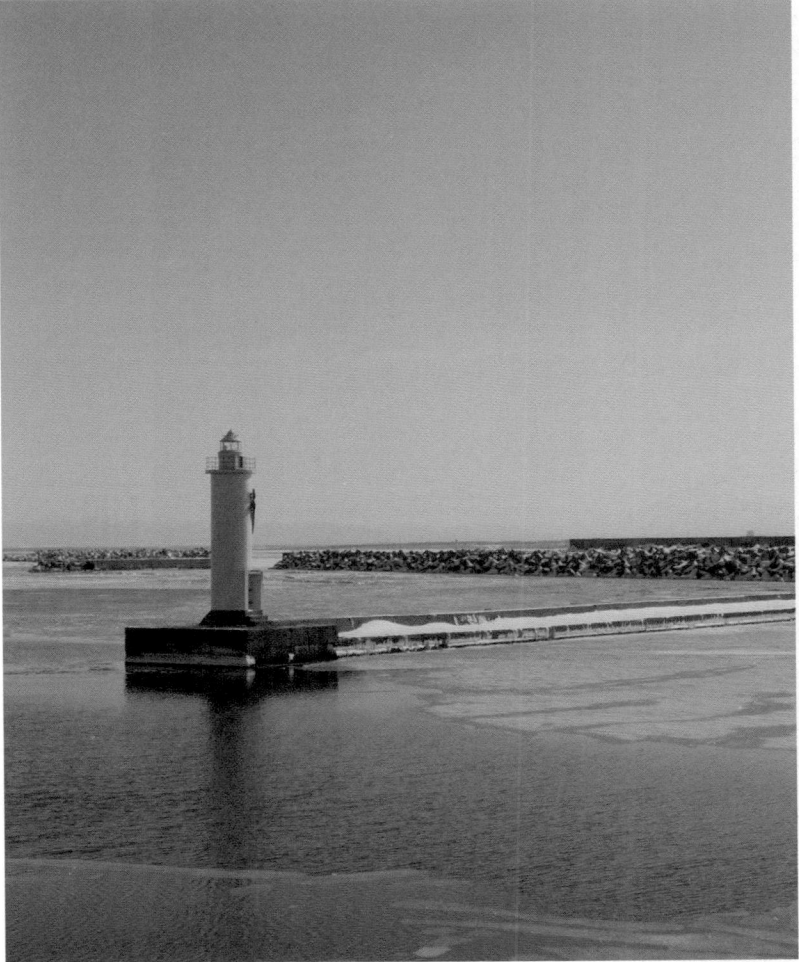

绮丽
摩洛哥

无论这一生经历多少悲喜挫折，我的灵魂、我的爱，
终将穿越星尘，回到遥远的故乡。

卡萨布兰卡

[1]

我们坐在拉巴特的一辆出租车里，去找中餐馆，这是我们在摩洛哥的最后一站。过去的大半个月时间里我们没有机会吃到任何东亚口味的东西，无论是中餐、韩餐还是日料，通通没有见过。

这是一辆老旧的出租车，我们上车之前，副驾驶上已经坐了一位乘客，见到我们招手，司机还是停下来问了问，一听顺路，立马做了个手势让我们上来。显然，在拉巴特，拼车是很常见的事。

司机开车又急又快，恨不得每个红灯都能闯过去——没闯过去就是一脚急刹，完全不在乎乘客的乘车体验。后座的车窗降不下来，闷得厉害，汽油味很重，我紧闭嘴唇，咬紧牙关，胃里反酸也要尽力不让自己吐出来。

窗外飞驰而过的土黄色城墙和白晃晃的日头让人目眩神迷。

很多事情在即将结束的时候，你总会想到开始。

在晃荡的出租车里，我的思绪穿过车窗，穿过城市，穿过山川沙漠和海洋，回到了我们抵达摩洛哥的第一天，那是一切的开始。

一个曾经离我那样遥远的名字——卡萨布兰卡（现在的达尔贝达）。

经过了一整夜的飞行，我们终于到了迪拜机场——这只是第一程，两个小时之后转机，要再飞七八个小时才能到摩洛哥。

连续坐二十多个小时的飞机，对已经不太年轻的我来说，不是一件很轻松的事情。

在候机室，我累得想睡又睡不着，没胃口但又很饿，虽然坐着可是整副骨架好像已经散掉了。在这种前提下，丝毫购物的欲望都没有——即便，这里是迪拜。

同班机的一位日本女士已经化好了妆，整洁端庄地坐在座位上。虽然我曾多次见识过日本女性在妆容和发型方面的精细（比如在百货商店的化妆间里卷头发），但这可是长途飞行之后啊，大部分人都已经坐没坐相了，她却是那么干净美好的样子，真让人叹为观止。

第二程的乘客明显混杂得多，起飞之后，广播里传来工作人员的声音："……本次航班有来自超过二十个国家的乘客，使用十五种以上的语言，我们将竭诚为您服务……祝您本次飞行愉快。"

那一刻，我忽然不再感觉疲惫，而是被一种很辽阔的东西打动了。平常生活中鲜有这样的时刻。"世界"这个词语，一下子变得具象起来。

我迷迷糊糊地睡了又醒，航程的尾声，把遮光板一拉开——没有边际的苍茫的黄色，广袤坚实的北非大地就在我的眼前。

摩洛哥的夏令时和中国的时差为七个小时，所以白昼之后，仍是白昼。

走出机场，身边的中国游客一下子全散了，分别去向自己的旅途。短短几分钟的时间里，周围忽然一个讲中文的人都没有了，再仔细听听，连说英语的人都很少。

我有一点点的紧张和焦虑，但更强烈的是暌违了多年的新奇感。

等待司机的空当里，我从包里摸出防晒霜，涂了厚厚的一层……还是觉得不放心，又用披肩把头严严实实地包起来——阳光太毒辣了，仿佛要晒掉人几层皮才甘心。

司机是一位当地大叔，因为肤色深，所以也看不出具体的年纪，只能隐约推断上了五十。他穿一袭雪白长袍，宽宽大大，很是仙风道骨。后来我才知道这是柏柏尔族的特色服饰，叫"吉拉巴"。

因为彼此语言不通，我们费了些工夫才跟他接上头。他脸上一直挂着笑容，只会讲几句很简短的英语，但动作很利索，一眨眼的工夫就把我们的行李箱塞进了后备厢。

这时，我才注意到，他脚上穿的竟然是一双拖鞋——穿拖鞋开车，是不是有点不安全啊？然而在此后的日子里，我才知道，这根本是摩洛哥的常态嘛。

车开到一条盛开着白色三角梅的街道上停下，旁边就是一扇白色的铁门，穿过种满植物的小院子，眼见一幢白色小楼。

这便是我们在卡萨布兰卡住的地方了。

推开门便是客厅，一位穿着亚麻衣服的短发女性，欧美面孔，对我们露出友善的笑容，这是我第一次见到 Cristina。

"很累吧，飞了多久？"

"二十多个小时，在迪拜转的机。"

他们讲话的时候，我悄悄把房子上上下下打量了个仔细：这幢屋子共有两层，地上铺着色彩鲜艳的摩洛哥地毯，桌上摆了鲜花。客厅的挑高很高，有五六米吧，所以显得格外宽敞明亮。屋外，正对着客厅落地窗的是一个小小泳池，泳池周围种满白色三角梅，有几片零星的落叶漂浮在水面上。

我情不自禁地"wow"了一声，Cristina 听见了，明明很高兴，却还要追问一句："你喜欢这里吗？"

真是的，有谁会不喜欢呢？

"今天你们先休息，明天可以去看看清真寺，后天我带你们去转转 Medina。如果不介意的话，我们到时候可以一起吃午餐。"我们跟着她上到二楼，她推开一扇门，"这是你们的房间……那间是客用浴室。"

她说完一段话总要顿一顿，等等我们的反应。我看得出来这幢房子花了她很多心思和心血，打理得干净又细致。

相较之下，浴室比客房更令我印象深刻。摆设其实很寻常，不寻常的是墙面与地面的颜色，那是一种仿若烟熏玫瑰花的花瓣糜烂时的红，说不出来地凄艳。

Cristina 说："这是用摩洛哥产的一种特殊矿粉涂刷的，防水防潮。"

我从未见过那样的红。

身体的劳累已经到达了极限，我原本只打算在客房里稍做休息，万万没想到刚一挨到床就直接跌入了深度睡眠。再醒来时，窗外已经一片漆黑，凉风阵阵从窗口吹进来，我竟然冷得起了鸡皮疙瘩。

想起每年夏天总能在网上看见一个段子：非洲留学生在长沙中暑了，醒来便要打包行李回家，他说，我们非洲没有这么热。

原来是真的。

我静静地在窗口站了一会儿，三角梅的枝蔓爬满栏杆，白色亚麻窗帘被风吹得轻轻飘动，此地此景，令人有前世今生的恍惚感。

跟朋友一起步行 1.7 公里，走到和平饭店——这是卡萨布兰卡最有名的中餐馆，舟车劳顿之后，只有中国味道才能抚慰我们的身心。

负责点菜的是一位中国姑娘。服务员是本地人，一个高高瘦瘦的小伙子，

大概是做久了，中文讲得挺地道不说，还很通人情世故，上菜时会跟客人寒暄几句"你好""慢慢吃""好吃吗""要米饭吗"之类的。

刚上了一个菜，就听见厨房里传来争吵声，我竖起耳朵一听——是那位点菜的姑娘和一位厨师在争执。天啊，不会那么巧，是给我们炒菜的厨师吧，急得我差点想去劝架："别吵了，不想炒菜就让我来炒。"

青椒炒牛肉，辣子鸡，西红柿鸡蛋汤，白米饭——平时觉得再普通不过的家常菜，放在异国他乡，就让人心里生出感激涕零之情。

已经是晚上十点，餐厅外街灯昏黄，餐厅内只有一桌客人。点菜的姑娘已经下班回家，厨师炒完了最后一道菜，脱下围裙，坐在收银台旁玩手机。

在这样寻常的安静中，我拿起筷子。

这趟旅程，才刚刚开始。

[2]

个性再怎么与众不同的人大概也会承认，一座城市，总有一两个地方必须去看看的。

一个人只要来到卡萨布兰卡，就一定会去哈桑二世清真寺。

我们特意起了个大早，在后院的小花园里吃过 Cristina 亲自做的早餐，正要出门时，Cristina 把我们叫住了。

她叮嘱我们，坐出租车一定要让司机打表，不打表的话这段路程最多也不会超过 20MAD（摩洛哥货币），如果司机多要——她做了个手势，有

点凶狠——就下车，另外坐一辆。

从任何方面来说，她都是一个好房东。

哈桑二世清真寺于 1987 年动工修建，跟我同龄，耗资 5 亿多美元——我一辈子也没见过那么多钱。占地 9 公顷，其中三分之一面积建在海上，是为了纪念摩洛哥的阿拉伯人先祖自海上来。

第一眼看到它，我就深深折服于它的器宇轩昂，也瞬间理解了为什么它会被称为"大西洋上的一颗明珠"。

它的主体采用了白色大理石来建造，加以蓝绿色的马赛克装饰，直入云霄，目光再往上看，天是那么蓝，蓝得让人想流泪。广场的两条长廊也很值得细细欣赏，长廊顶部雕刻着精细的伊斯兰图案，雄伟壮观之中又包含着细腻繁复的美。

"传说哈桑二世国王做了一个梦，在梦中，安拉告诉他，真主的宝座应该建在水上。"

"很浪漫啊。"我想起了以前去过的泰姬陵，那是君王为自己心爱的妃子所建。

时间还早，人很少，空旷的广场更显出大气开阔。我穿的蓝色长裙被吹得鼓鼓的，包头的围巾也被吹掉了好几次。

走廊下的台阶上，坐着几个年轻漂亮的女孩子，每个人手里都拿着一支自拍杆。

我胸有成竹地说："那是中国姑娘。"

朋友有点不信，反问我："你怎么知道？也可能是日韩的呢。"

我笑了笑，没接话。等她们从身边走过去的时候，我们一听，果然是讲普通话啊……朋友既佩服又惊诧：你是怎么看出来的？

妆容、发型、着装、自拍动作，从任何一个方面都可以判断啊——对

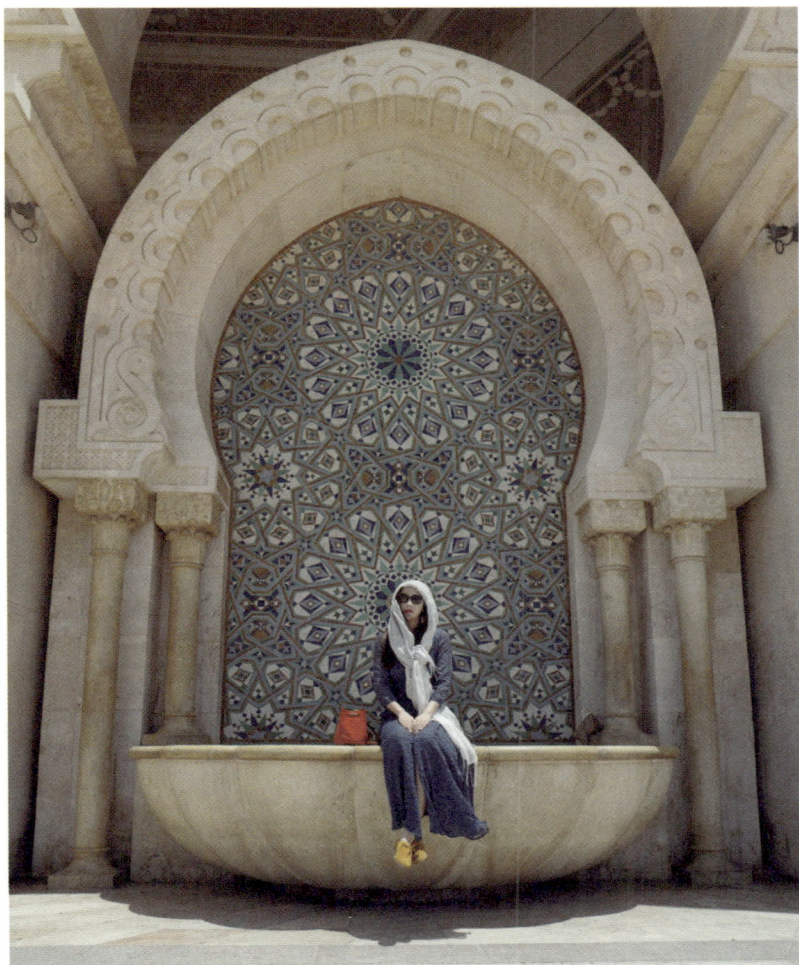

同性来说，这太简单了好吗。

相信我，只有女生能看懂女生，这是一条颠扑不破的真理。

除非经过特别允许，否则非穆斯林游客是不可以进入主体大殿去参观的，所以我们在广场上晃了几圈之后，也实在没事情可做了，只看到几处场景很眼熟——几乎每篇关于卡萨布兰卡的游记帖子里都有人在这里留影，但时间已经到了中午，光线太强，不适合拍照，

我提议说，先去别的地方转转吧，吃个饭，喝杯咖啡，等下午光线柔和些了再过来。

愚蠢的我并不知道，下午这里会有，少，人！

在市区晃荡了半日，连超市都逛了几圈，终于耗到了下午，开开心心地回到清真寺……这跟我上午去的是同一个地方吗？

那么大的广场啊，全是人，但凡能坐的地方就坐了人，那情形看似多一个屁股都挤不下了，穿的衣服颜色也是缤纷鲜艳，饱和度极高，更加映衬出这里的热闹和喧嚣。

宗教场所特有的肃穆和庄重被淡化了，一种属于人类的、轻快的、有烟火气味的欢乐四散弥漫着，仿佛一直飘，飘到了海面上。

男孩子们在空地上放着风筝，他们小小的，空中的风筝也小小的。推着小车的商贩卖起了水果和烤玉米。靠海的那一边，年轻强壮的男青年们赤裸着上身，一跃入海，在海水中溅起巨大的白色水花，做 Henna（海娜文身）生意的姑娘们眼睛尖得很，一看到游客模样的人就赶紧走上前去……

我怔怔地看着这一幕，像一个无须剪辑的长镜头，心间像是有什么东西在噼里啪啦地燃烧着。

一个年轻的女生从我身边走过，又折了回来，她脸上有羞涩的笑容，指了指自己的手机，又指了指我。

　　是想让我帮她拍张照片吗？她急忙摇头，指了指我，又指了指自己——是想跟我合影吗？这一次我答对了，她深邃的眼睛里，笑意更深了。

　　为什么想跟我合照呢，因为我是外国人吗？可我只犹豫了一秒钟就答应了，只觉得她的微笑和眼神都包含着一种让人放心的诚恳，让你绝对不会想用恶意去揣测她。

　　她用的是一只中国品牌的手机。我很想告诉她，这是我们湖南的品牌啊，湖南，是中国南方的一个省，气候潮湿，有很多很多好吃的……当然，我什么也没有说。

　　拍完照片，她神情喜悦地对我说了声"thank you"，只是一转眼的时间，她便消失在熙攘的人群中。

　　我坐在台阶上，脑子里还在回味先前发生的那件事。

　　那个美丽的穆斯林女孩，可能一生都不会来中国吧，也不可能知道跟她合照的这个中国女生叫什么名字，是做什么的……我脑海中浮现出一个关于她的构想：某一天，有人无意中和她说起中国，她会立刻想起这个黄昏，在哈桑二世清真寺的广场上，自己遇到了一个穿着蓝色裙子的中国女生——脸平平的，睫毛短短的，嘴唇涂得红通通——她们一起拍了张照片。

　　无论对于我还是她，这都是一生一次的机缘。

　　[3]

　　Cristina 一边开车一边跟我们聊天，她英语和阿拉伯语都讲得很好，谁能想到，她其实是个意大利人。

"我是1993年来摩洛哥的……后来一直住在卡萨布兰卡。"她说，"我前夫和他家人总说'Cristina，你太爱挣钱啦'，他们平时不存钱，挣多少就花多少，也不太能理解亚洲人为什么那么勤奋。非洲曾长期被殖民，加上气候无常，一场干旱或是一场暴雨都可能导致颗粒无收，久而久之，就形成了一种懒散的民族习性，和你们亚洲完全不同对吧？"

"是的，亚洲——尤其是我们东亚人，我们相信只有勤劳才能创造财富和更好的生活。"我说，这是一种质朴的价值观。

在市区里，她偶尔会把车停在路边，给我们讲讲这一区的历史背景，然后让我们自己去逛逛，她在车上等我们。

路过一些白色楼房时，她减慢了车速："这些房子以前是欧洲人住的，有几年经济不好，他们就回去了，后来陆陆续续又回到摩洛哥，但已经不住这里了……这边以前很繁华，我刚来的那些年，集市和商铺都集中在这里……你们看，这些建筑融合了法国、伊斯兰、柏柏尔族的特色，这种风格被称为'新摩洛哥风'。"

带有明显殖民时代特色的白色楼房已经不复从前的光鲜，散发着一种陈旧而颓败的气息，一看就知道长时间没有人住过。阳台的铁栏杆颤颤巍巍，木头窗户的彩漆掉得七零八落，雨水经年累月地混合着铁锈在白色墙壁上留下了一道道斑驳的印迹。

没有人住的屋子，就像孤独的老人，想必也是一样寂寞吧。

车子拐出市区之后，停在了一个很不像停车场的停车场。Cristina和我们一起下车，她背了一个小小的双肩包，指着一个方向说，那就是Medina。

最早，朋友告诉我，Cristina会带我们去"Medina"的时候，我还以为是去买一种叫作"dina"的东西——为此我被嘲笑了很久。

Medina 是北非城市里，阿拉伯人的居住区，通俗地说，就是老城区。

老城区里的居民们依然保持着民族传统的生活方式，石头筑成的城墙是一道有形的屏障，隔开了他们与外来的欧洲人，也隔绝了充斥着星巴克、麦当劳、家乐福的现代商业都市。

走进 Medina 就等于走进了过去的摩洛哥，走进了时间的深处。

大家都没吃午饭，Cristina 提议带我们去见识一下本土的吃法，一边说着一边把我们领到了一个像菜市场的地方，但跟菜市场不同的是，这里只有肉铺。

在其中一家肉铺门口，她停了下来："在这里不用担心吃到不干净的食物，大家都是自己购买原材料，再拿去另外一个地方请人烹调，整个过程都可以看得清清楚楚。"

新鲜的牛羊腿倒挂在铁钩上，盘子里有切成小块的牛羊肉和腌制过的牛小排和羊肉肠。跟超市冰柜里码得整整齐齐的冷冻肉不同，这些鲜红的肉类有一种原始的生猛。

买完食材，拐了个弯儿就是加工的地方——我也不知道该怎么定义，餐馆？小饭店？或许都行吧——里面有个老式的灶台用来烤肉和饼，门外摆着几张破旧的桌椅。来者都是客，随便坐，看上去有点像我们平时爱去的大排档。

打从心里来说，我一开始并不相信这里的食物会有多好吃，但是嘛，还是那句老话——来都来了，就试试嘛。

谁知，烤好的肉一端上来，真真是让人感到惊艳，也太香了吧？

Cristina 露出了一点得意的表情，大概是看穿了我之前的小心思，又像是在说"谁让你不信我"。

小饭馆赠送了一小筐面饼（面饼硬硬的，像西北的烤馕），我们就着饼把肉吃了个精光。没有餐具就上手直接抓，我们都吃得满手油，可谁会在乎这个呢。我平时不爱吃羊肉，但烤好的羊肉肠差不多都被我一个人吃掉了。

真是……太好吃了。

"Jojo，你的工作是做什么的？"Cristina冷不丁地向我抛出了一个问题。

嗯，等我吞下去再回答你哈。

"我，是一个作者，嗯……"我的语速放得很慢，并且在心里祈祷她不要问我是写什么的。但祈祷不管用，她很自然地就问到了下一个问题："噢，写些什么呢？"

"关于旅行，还有小说，爱情故事之类……"我磕磕巴巴地回答，奇怪，为什么每次跟别人聊到这个，我总会觉得很不好意思？

她忽然想起了什么："以前，很多来摩洛哥旅游的中国人都会提到一个女作家……她写了很多关于撒哈拉的事情。"

Cristina说的那位女作家，当然就是三毛。

无以计数的文艺青年都曾被那本《撒哈拉的故事》催生出远行的梦想。在出行远不如今天便利的二十世纪八九十年代，年轻的三毛用灵动柔软的笔触，记录自己和荷西在沙漠苦中作乐的生活。大概她自己也没有想到，那些原本无法复制的个人化的生命体验，在漫长岁月的洗涤中，不但没有褪色，不但没有被忘却，甚至在她离世这么多年之后，依然牵引着无数人对撒哈拉的神往。

我至今仍记得自己在浩瀚书海中第一次与它相遇的情形，那些妙趣横

生的小故事，精巧细腻的文字，就像在我狭窄逼仄的世界里凿开了一片新天地。

原来地球上还有那样的一个地方，世界上还有那样的一些人，跟我身边的叔叔阿姨们都不一样，而那个地方在哪里呢——即便是在世界地图上看起来，也不是一段很近的距离。

撒哈拉，撒哈拉，从知道你，到真的要去看你，我花了多少年。

Medina 里面非常大，我们跟着 Cristina 逛了香料市场、蔬菜市场、服装市场和首饰铺子，每经过一处，她都会细细地讲解，比专业导游还要认真。

"不带帽子这种长裙叫卡夫坦，那些特别华丽的、绣工精美的两件套一般是在重大的节日，或是结婚那样的场合才穿。姑娘们会提前来量好尺寸，选择自己喜欢的花色和图案。带帽子的这种叫吉拉巴，是柏柏尔族的传统服装。

"Jojo，你仔细看，这个坠子是一只手掌的形状，叫法蒂玛之手，是北非常见的护身符，很多人家的门上也有这个，是用于祈祷家人平安、健康的。

"阿拉伯人爱用金，柏柏尔族人爱用银。

"那边穿红色吉拉巴的男人，你看到他身上背着的水壶了吗？他是卖水人……在瓶装水还没有被发明的年代，沙漠地带严重缺水，卖水人是一个特殊的职业，他手里的小碗就是用来给人喝水的……如今没有人会买这种水了，现在更接近一种表演的性质。"

我近乎贪婪地去记住她说的每一句话。我知道，在往后的路途中，未必还有这样的机会能深入去了解摩洛哥的文化。

在蔬菜集市，路过一家卖橄榄的铺子，英俊的小哥冲我们招招手。

得到回应之后，他动作飞快地抓起一把腌橄榄，用塑料袋包着，示意我过去尝尝。我慌里慌张地一直摇头，谢谢啦，但是真的不要啦……可是没有用，他的手还是直直地伸着，我不接他就不罢休的样子。

他笑得真是纯良，让你觉得不收下他的小心意，就会伤害他。

可我有点知不所措——这是该付钱呢，还是不付钱呢？我有点为难地看向 Cristina，她不以为意地摇摇头："没关系，他们喜欢你。"

再往后走，就是充满了神秘气息的草药集市——像不像魔幻故事书里才有的东西？

每间铺子里卖的东西都差不多：安眠的干薰衣草、煮汤的香叶、晒干的药材，瓶瓶罐罐里装的大概是些类似于咖喱的调味粉末。

商铺虽然简陋，但总归有个商铺的样子，可是紧邻着集市的一排破旧得好像已经被废弃的小屋子——那是什么？

下午四点，阳光猛烈得能在地上劈出口子来，纵然如此，一间间屋子里仍是黑漆漆的，有点诡异，临街的墙上开着小小的窗户，而门也并没有比窗户大多少。屋子外面，一只小火炉上架着一口脏脏的小铁锅，不明意味的深色液体正咕噜咕噜冒着泡儿。

我不敢使劲盯着那些在门口的女子看，她们的穿着打扮与一般妇女无异，可你就是能够清楚地感觉到，她们和集市里的老板娘们完全不同。

Cristina 说："她们是女巫。"

来自中国的我做梦也想不到，在 2018 年的今天，世界上竟然还存有"女巫"这种职业，如果不是亲眼所见，我大概会以为是脑子转得快的商家特意为游客们准备的旅游项目。

可她们就坐在房子里，神情闲散，手上画着复杂的 Henna 图案，连看都没看我们一眼。

我虽没有言语，脑中却已经产生无数遐思。

"当地的女人如果遇到什么家庭问题，或者跟自己的丈夫关系不好，就会来找女巫求助，请她们让男人回心转意。"她又补充了一句，"我觉得，更像是一种心理治疗吧。"

Cristina 说这些话的时候，我们已经离开了那片区域——我忽然很想返回去再仔细地看看她们和她们的小屋子，再仔细些，再用心些。

但我终究是没有这样做。

是因为我自己也身为女性吗？对于同性的故事和命运，总怀有更强烈的好奇和更深刻的怜悯。这种怜悯并非是一个从上往下的视角，更不是冷冰冰地旁观，而是在内心深处找到一条隐秘的通道去理解那些故事和命运的背后一个个活生生的人。

在 Medina 里，如果你不刻意去注意的话，其实很难察觉到时间是如何流逝的，它所呈现的东西太过丰富，每一秒钟都在全方位地刺激着你的观感。

我们一刻未曾歇息，逛了将近五个小时，快要离开之前，Cristina 问我："你有什么特别想买的东西吗？"

"我想买一条卡夫坦。"

这个小小心愿自然也得以实现，当我从衣架上拎起一条墨绿色的卡夫坦时，Cristina 摇摇头，她拎起了另一条给我。

"这个颜色更好看。"她笃定的神态和语气，让我不禁想到，嗯，不愧是世界上最会打扮的意大利人。

那是一条藏蓝色的卡夫坦，胸口有白色绣片。离开卡萨布兰卡的前一天傍晚，我穿着它又去了一趟哈桑二世清真寺。

彼时，太阳已经西沉，天空中净是灰色云翳。大西洋的风灌满裙身，一位狡猾的 Henna 姑娘趁我不备，拉起我的手就开始画 Henna。其实我可以拒绝的，但我并不想这么做，或许是因为皮肤上那些轻微的刺痛感让我回忆起了上一次画 Henna 的情境——那是在七年前的加尔各答。

我深陷于一种破碎的幸福之中，久久无法抽离。从此以后，这里不再是《北非谍影》，也不再是"摩洛哥第一大城市"这样冷冰冰的文字……它是我的卡萨布兰卡。

在后来的日子里，我经常会想起 Cristina，不仅因为她是一个好房东，更因为她是一个了不起的女性。

我们告别的时候，她笑着跟我讲："Jojo，下次再来，带一本你的书给我。"

我记得在那个下午的尾声，我们都累得走不动了，她却还是神采奕奕的样子。

她开起车来又快又稳，跟商店老板讲价的时候有种"我说了算"的强大气场。她不常笑，表情总是酷酷的。她必定是不年轻了，面孔上却始终保持着职场女性才有的坚毅和冷峻，她并不是那种随着岁月流逝而变得性情圆滑温顺的女子，她更像会说出"老子一辈子都不打算跟世界和解"这种话的人。

很久以前，我一个人看《托斯卡纳艳阳下》，总觉得等自己上了年纪以后就要去过那种生活。在一个乡下，弄一幢老房子，按照喜欢的样子去装饰它，平时写作，偶尔跟朋友们聚会……而这种幻想现在已经越来越少产生。

带我去逛 Medina 的 Cristina，带我去听爵士乐的 Alison，她们在这个对女性并不足够友善的世界，在每一个年轻女生都害怕到来的年龄阶段，过着一种我从来不曾预想过的生活。

我开始相信，这是命运给我的启迪——她们给我看到除了家庭和婚姻之外，女性在晚年的另外一些可能性。

再没有什么比一个女人活成自己更伟大的事情。

马拉喀什

跟着推送行李的老头，我们穿过了杰马夫纳广场。他瘦得可以用干瘪来形容，整个人好像就是一张皱巴巴的皮裹着骨头，力气却大得惊人，推着几十公斤的行李，一双赤脚在粗粝的沙石路上健步如飞。

旅馆藏得很深，不好找，好几次他都特意停下来等我们——不然我们怎么跟得上他嘛！

在七拐八绕又幽深崎岖的小巷子里，我一边担心之后会迷路，一边又觉得这个地方似曾相识。

马拉喀什的 Medina 的确很像印度的瓦拉纳西：又脏又窄的小道，密集的小商店，追着拉着想让你买东西的小孩，眼睛总在乱瞟但又并没有恶意的男青年……

我在恍惚之中，总以为即将看到恒河。

这种时候，我总会想念 Jenny。我们都老了一些，没有以前那么勇敢锐利了，几年前我就清楚地意识到我们很难再一起长途旅行，去那些既美丽又危险的地方……可是我有一些感受也只和她相通。

来之前，朋友看了很多关于马拉喀什的游记帖子，无一例外地都提到这里是个爱宰游客的地方：有些人貌似很友善，非要给你带路（也不管你

再没有什么比一个女人活成自己更伟大的事情。

是否真的需要），然后找你要钱；有些人会把蛇挂在你的脖子上，然后找你要钱；有些妇女会趁你不备，在你手上画 Henna，然后找你要钱……这些事情把只去过发达国家旅游的朋友给吓坏了，一路上只要我的速度稍微放慢了一点点，他就会特别紧张地教训我："快走啦，别被他们盯上了。"

明明是来玩的，搞得像来做贼的，真的不至于好吗——我每天都在翻白眼——他们最多只是想要点钱，又不是想要你的命。

住的旅馆是摩洛哥传统的民居建筑 Riad，有点像面积小很多的老北京四合院，从空中俯瞰的话应该是个"回"字形，两三层高的小楼只有小小的窗户，没有通电的时代，整个院子都是靠中庭的天井来采光和通气的。

Cristina 曾专门给我讲过这种建筑。旧时，女人们不能上街，也不能抛头露面，顶楼那方小小的天地就是她们休息和玩乐的场所。

对于我们这些异国的游客，住 Riad 式旅馆当然是新奇有趣的体验，可是一想到它曾经幽禁了多少女孩的青春和人生，我的心里总会觉得有些唏嘘。

旅馆的小哥能干又友善，特意拿了张地图画出一条路线，告诉我们，如果想买东西要去哪里，想坐车要去哪里，想吃饭要去哪里，以及，千万不要去哪里。

"广场上卖的那些果汁，一定不要买来喝。"说到这一点时，小哥的神情非常严肃，好像是为了让我们记得更深一些，他还特意讲了一个例子，"去年来了几个日本客人，其中有个女生就是在广场上喝了一杯橙汁，回来上吐下泻，在马拉喀什总共待了四天，全用来治病了，到最后花了20000MAD。"

我一边听一边感叹："脆弱的霓虹（日本）人啊，平时吃得太清淡洁净了，肠胃是经不起折腾的。"

"碰到跟你搭讪的，不要理。买东西一定要狠狠地砍价，如果砍不下来，就不要买。"小哥特意叮嘱了好几遍。

"放心吧，我记住了。"

说是记住了，但真到了集市，我还是轻易地就把他交代的话抛诸脑后。

马拉喀什的集市真的太大太大了，我穿过了卖皮具的区域——目不斜视；穿过卖地毯的区域——理都不理你们；穿过了卖冰箱贴和镂空灯的区域——我才不买呢；再穿过卖披肩围巾的区域——这些东西我还少吗？

到了卖服装的店铺区，我终于上钩了。

想到下一站就是撒哈拉，我实在是急着想买一两件有特色的本地服饰去沙漠里拍拍照，这种急切只要从眼角眉梢稍微泄露出那么一点，经营服装店的人精老板们便会立刻将你的心思看得通通透透。

在一家店，老板热情地拿来一条一条又一条吉拉巴，面料有好有次，色彩各异，价格不等，我挑得眼花缭乱，迟迟拿不定主意，心里已经乱了分寸。

"小姐，这条非常适合你。"老板笑眯眯的，没有丝毫不耐烦，"你想试一下吗？"

那是一条柔软的白色棉质吉拉巴，我脑海中浮现起《英国病人》中，凯瑟琳在漫天黄沙里的白色身影，又美又脆弱——在那之前，我总以为在沙漠里只有艳丽的颜色才好看。

我拎起来稍微比画了一下，不用试了，就它吧。

接下来的价格拉锯也没费多少工夫。老板开价也不算很高，按照攻略里"管它三七二十一先砍一半"的指示，我和老板只战了三个回合便以一个还算公道的价格买下了这条吉拉巴。

我付完钱之后，老板还是有些不甘心："女士，其他的不喜欢吗？这是我的名片，你晚点再过来看看其他的。"

"好呀，待会儿再来看看。"我嘴上虽然这么说着，心里却清楚地知道肯定不能回头再来啦，我又不傻！

后来想想……其实我还是蛮傻的。

我去的第二家店的装潢和气派跟其他店都不同，不仅店里宽敞大方，老板也不像其他老板那样殷勤主动，见我们走进来，他只是从沙发上站起来，略为礼貌地点点头，一点想做生意的急切感都没有。

我环顾四周一圈，更加断定这家店有些不同寻常，从陈列来看，它更像是卖设计和定制的那种店，墙上还挂着许多老板和别人的合照——大概是些本国的名人？可我也不认识呀——但总不会是他自己的朋友吧？

终于，老板过来了："女士，你想找什么？"

"我想找一条吉拉巴或者卡夫坦，红色的。"

老板把店里所有的红色都拿到了我的面前：大红、枣红、酒红、粉红、玫瑰红……但都不是我心目中的那一条，有几条还特别宽松，穿上身的效果像个喜庆的孕妇。我茫然地看着镜子中的自己，脸上有些想放弃的神情。

看样子是遇不到我的 100% 吉拉巴了——就当我这么想的时候，一直漫不经心的老板忽然激动了一下，连声叫我"等等，你等等"，转身便跑了出去。

等他再回来时，满脸笑意盈盈，像捧着珍宝一般捧着一团红色走了进来。

"这是纯手工缝制的，只有一条，价格也比较高，我没有摆出来过……女士，那些你都不喜欢的话，就只有试试这个了。"

不用他再多说什么，我一看到这条，便知道，就是它了。

这个红色热烈、大方，深沉而不轻浮，是那种即便有天你不再穿了，也舍不得丢掉，会洗得干干净净叠好收在衣柜里的衣物。

我很满意。

接下来便是一场持久战，老板拿了一个小本子过来，在上面写下"3000"，然后把本子和笔给我，示意"女士，该你了"。

3000MAD？差不多要 1500 左右人民币哇！我结结实实吓了一跳！旅馆小哥说过，质量不错的吉拉巴在四五百 MAD 的价位，这个也超出太多了吧。

我硬着头皮厚着脸皮在 3000 下面写上了 500——老板乐了，哈哈大笑起来——女士，你在开玩笑吗？他又写了一个数字：1800。

好，看样子不是你死就是我亡了——我再写一个：800。

"No no no。"老板有点着急了，又给我讲了一遍，"这条，不是普通的。"他拿起旁边另一条便宜的给我看，"布料、做工，完全不同……你这条是纯手工的……1500，最低了。"

怎么办，眼看陷入了僵局，现在比拼的是我们双方的意志力了。

就在这时，在外面溜达了好一会儿的朋友进来了，大概是等得久了，有点不耐烦，一看到我便说："你穿的这个挺好看的呀，还在磨蹭什么？"

我把本子递给他："喏，你看，太贵了吧？"

千不该万不该指望他来帮忙——他在 1500 的下面，潇潇洒洒写下了1000。

"OK！"老板接过本子往腋下一夹，笑眯眯地跟朋友握起手来，"就1000。"

整个过程没有超过两分钟，我目睹着这一切，完全石化了——我之前的坚持算什么？同胞们辛辛苦苦写的那些攻略又算什么？你对得起旅馆小哥的谆谆嘱托吗？

到底，还是——被——宰到了啊……

拎着那两条吉拉巴回旅馆，一路上我失魂落魄，像是被人打落了牙齿只能和血吞，好想跟朋友大吵一架啊，可是他说的话也不是没有道理。

"葛婉仪，你想去撒哈拉想了多少年？这样的地方你一辈子会去几次？

可能就一两次吧。既然这件事在你人生中这么重要，那何必在这种小事上给自己找不痛快呢。

"你喜欢这条裙子吧？"

我老实承认："很喜欢。"

"那就值了啊，就当少吃了两顿小龙虾呗。"

不敢相信，我就这么被说服了……但还是有点心痛哇！

　

傍晚，我坐在广场最高的那家咖啡馆的平台上，一边吃塔吉锅一边等待着日落的夕阳。沉静了一天的广场仿佛从沉睡中醒来，恢复了勃勃生机。不知道哪里的大音响放起了音乐，一群年轻人在空地上跳起舞来。

休息好了的游客们纷纷走出街头准备找地方吃晚餐。赶着马车的车夫们围着广场慢悠悠打转，卖果汁的小贩们开始大声吆喝，耍猴人和耍蛇人最吸引小孩……

这是一个到了晚上才显山露水的 Medina，似乎没有什么文明可言，却充满了怪异和张扬的生命力。

记忆最深的是刚来这里的第一天，穿过广场去找酒店时，我差点被飘"香"十里的马粪味熏死——不是亲眼所见，大概谁也不会相信——几十匹拉着马车的马儿就那么排着队在广场的一条通道上排泄，而从周围人的反应看起来，这也并不值得大惊小怪。

后来每一次路过那里，我都要屏住呼吸快步走过。是的，只能走过，我并不敢跑。想象一下，人人都慢慢悠悠的环境里，突然有个亚洲女生捂着脸疯狂地跑起来……难免会吓到别人吧。

　

但这些事情都没有让我觉得马拉喀什是个不可爱的地方，我甚至觉得它在整个行程中是相当特别的一站。

毕竟，在离开它之后有很长一段时间里，我再也见不到这么多人，吃不到中餐，手机信号会时有时无，甚至可能洗不了头也洗不了澡。

去撒哈拉的途中必定不是一路繁华，多少总会吃点苦头，但是没关系，我已经准备了这么久，我准备好了。

那天的晚霞瑰丽芬芳，天空是一条宽阔的粉色河流。我的心我的灵魂沉浸在那条河流中慢慢地、慢慢地舒展开来。鱼儿从发丝间游过，水草像温暖的手轻轻抚平我皱起的眉头。

在蒸腾的热气里，我闭上眼睛，眼底有密集如织的金色光斑，再睁开眼时，天已经完全黑了下来，广场的灯光是人间的璀璨星辰。

此时心间一片明净。

撒哈拉

[1]

虽然没有列过"此生必做"的清单，但西撒哈拉一直都是地球上我最想去的地方之一。不能说是梦，或者理想什么的，而是一件坚定的、必须要完成的事情。

在六月的下旬进沙漠，显然是有点不合时宜，据说一天中最热的时段，地表温度会达到六七十摄氏度⋯⋯但这是我的生日啊，在这个时间节点去做这件事，对我个人来说有独特的意义和仪式感。

离开马拉喀什之后是一段枯燥而漫长的路途，车子一直在阿特拉斯山脉上行驶。司机扎伊德是个笑容灿烂的柏柏尔族的小伙子，在闲聊中得知，他的妻子刚刚怀孕不久。

他给我们讲阿特拉斯的传说："阿特拉斯是希腊神话中的天神，他身躯高大，无人能比。他经过此处时，被风景迷倒，便躺下不愿再离开，身体和头发就都化为了山脉……"

又有一说：阿特拉斯被宙斯惩罚，用双肩支撑苍天。他的兄弟珀尔修斯砍下美杜莎的头颅之后，在返回途中遇到他，阿特拉斯请求珀尔修斯将美杜莎对着自己："我累了，请让我变成石头吧。"

我还是更喜欢扎伊德说的那个版本。

在布满沙石的蜿蜒山路上打转时，我总会不自知地浮起微笑。想起二十来岁进藏，生平第一次看见被雪覆盖着的巍峨的念青唐古拉山脉，在内陆城市长大的我从未见过那样的气势，一路上激动得不行。现在说来也觉得自己很傻，当初我怎么会以为对着它喊"我是葛婉仪"就能被它记住呢？

"Jojo，我给你取一个柏柏尔族的名字怎么样？"扎伊德问我，"你喜欢花吗？"

"好啊好啊，我最喜欢花了！"

"那你就叫法蒂玛吧，是花朵的意思。"

"法蒂玛，你的吉拉巴很好看啊！"扎伊德又问我，"在马拉喀什买的吗？多少钱？"

"哎呀，别提这个啦！你猜猜看。"

我看得出他心里犹豫了一刻，应该还是咬着牙往贵里猜的："300？"

What（什么）！！我差点气晕过去了——300？300？你竟敢说300！！

"我这条吉拉巴不是普通的吉拉巴呀……"天哪，我竟然把服装店老板的话一字不落地重复了一遍，"你看这个面料，你看这个颜色……"

This is handmade，OK（这是手工品，好吗）？我强行解释——我才不会承认自己是个蠢货呢！

我恼羞成怒的样子逗得扎伊德狂笑不止，我猜他回去见到老婆的时候可能会把这事当个笑话讲："亲爱的，有个中国姑娘哦，在马拉喀什买了一条吉拉巴，花了1000MAD！"

没关系，没关系，我安慰自己，多穿几次就划算了！

在两千多米高的观景台，扎伊德停下车，叫我们去看一看，拍拍照。

向来恐高的我迟迟不敢靠近悬崖边，风太大了，真怕一个脚滑就摔下万丈深渊哟！虽然边缘处围着一段歪歪倒倒的栏杆，却也并没有让人觉得有更多安全感——咦，那是什么东西——生锈的栏杆上，有一个小小的黑色图案。

我壮起胆子走过去，忍不住微微一笑，这是多有张力的对比啊：背后是绵延百里的山路和重峦叠嶂的山峰，是哪个玲珑心思的过路人，在栏杆上用马克笔画了一个可爱的小海盗涂鸦？因为它，这个观景台就好像有了自己的守护神，十足是应了那句"心有猛虎，细嗅蔷薇"。

我们就这样走走停停，在阿特拉斯山脉唯一的一条公路上，时不时停下来拍照，遇到小镇子就去商店里买几瓶水，一路上再没见过像马拉喀什和卡萨布兰卡那样现代化的城市。路上的风景很少有变化，放眼望去只看见仿佛已经风化了千百年的焦黄色土地。

有时会路过一片片高大的棕榈树和一丛丛明显已经脱水的大型仙人掌，它们是人工种植的，还是天然生长的？在这样恶劣的自然条件下，它们竟然还在努力地迸出新鲜绿色，真令人感动。

七个小时车程过后，我们到了一个叫"阿伊特·本·哈杜"的地方，

此地距离撒哈拉只有100多公里。空气是热的，风是热的，隔着鞋底你能感觉到，地也是热的。

我不停地搽防晒霜，同时又不停地出汗。

路边有几家餐馆式的小房子，门口停了很多旅游大巴和越野车。

像所有景区一样，司机们会把游客们都带到相熟的餐馆用餐，休息完了再继续走。我又热又饿，正为能吃午餐而高兴呢，没想到啊没想到，下车之后并没有直接进入吃饭环节！

扎伊德领来了一个青年小哥："午餐还在准备，你们可以先跟着他去村里看看，很多好莱坞电影都在那里取景。"

我心里第一反应是：不了吧！会热死的哦！

"去吧，你不是老说来都来了。"朋友莫名兴奋。

真是的，有什么好看的啦，热死个人……我嘟嘟囔囔的，但还是无奈地跟他们一起走了，走到村口我才真是肠子都悔青了——谁也没告诉我，这个村在山上啊！

在温度近五十摄氏度的中午，顶着大太阳，我穿着吉拉巴（里边还有一条打底的吊带裙），跟在身轻如燕的本地小哥后面，喘着粗气爬阶梯，我能感觉到全身上下没有一个地方不在出汗。

太热了，太热了，我已经死了！

小哥才不管你多辛苦呢，他兴致盎然地讲起这个村的历史："现在只有四五户人家还住在村里，其他人都搬到新村去啦……村里没有干净的水源，也没有瓦斯，以前吃饭喝水都是靠这条河，河水又苦又咸，要过滤以后才能用……以前这条河很深的，现在都干了。"

他说的那条河已经濒临干涸，河床大部分都暴晒在阳光下，只有几条可怜兮兮的小水流还在负隅顽抗着。

村里的房子不多，都是用泥土建造的，隔热又抗旱，但因为绝大多数

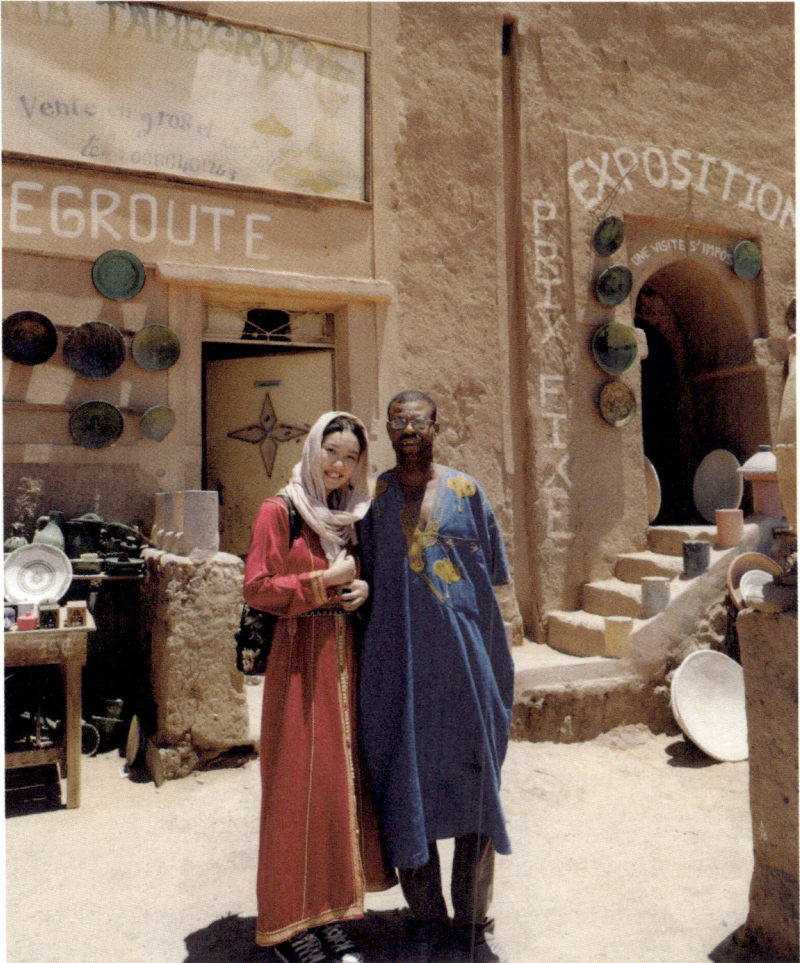

的居民都已经搬走了，周遭显得冷冷清清的，只有少数几户做生意的人家门口摆了些有柏柏尔族特色的商品，这些鲜艳的小玩意儿也给土黄色的村庄增添了些许色彩。

爬到接近山顶的地方，小哥说，我在这里等，你们自己上去看看吧。

为什么要上去！我才不想上去！
我想回餐馆去喝冰可乐！吃西瓜！

行百里者半九十——我在心中默念着这句古语，终于爬到了阿伊特·本·哈杜最高的地方。山顶上除了一座孤零零的土堡，什么也没有。虽然在旅游旺季，每天都会有很多来自各国的游客参观这里，但你仔细听一听就能听见，它到底还是……太寂寞了。

毒辣的太阳悬挂在头顶正上方，我忽然想通了为什么很难找到人们在这里的留影——无论你怎么转向都不可能找到一个合适的角度，要么是曝光过度，要么是一脸阴影。

我找了一块大石头坐下，遥望着对岸的新村——看起来，那边的确要比这里更适合生活。其实无论哪个民族都有这样的故事吧：一代青壮年带领家人离开了原生土壤，找到新的安身立命之所，到了下一代，又会出几个不甘被束缚的孩子，等他们长大之后，再去寻找自己的新世界。

世界上有多少个像阿伊特·本·哈杜一样的古老村落呢，它们孕育了村民——村民们也建造了它们，互相之间是血脉相连、唇齿相依的关系，但在不可回转的时间流逝之中，彼此终究避免不了走向分离。岁月更迭，它们的名字渐渐只存在于口口相传的故事里，存在于老人们安静的、哀伤的、如水一样温柔的思念里。

早在出发的第一天，扎伊德就给我们讲过"梅尔祖卡"和"Chigaga"的差别。

对于想要一睹撒哈拉风采的异国游客，两者都是很好的选择，相较来说，梅尔祖卡的沙漠离城镇更近，营地配套设施更完善，游客自然也就更多，那它有什么不好——非要说的话，也正是因为游客多，所以很难找到一片没有脚印的沙丘。

而 Chigaga，很远，路不好走……但你到了那里，就会觉得，整个撒哈拉都是你的。

"你想去哪个呢？"
"我想去 Chigaga。"我毫不犹豫地说。

进入沙漠的前一天下午，扎伊德把我们送到了一个像果园的酒店，从地图上来看，这已经接近沙漠的边缘。

分别时，他跟我们约好："明天吃过午饭，两点钟在前台等，我来接你们。"

"那么晚才出发吗？"

听完我的疑问，扎伊德乐了。"你知道白天沙漠里有多少度吗？我们两点出发，五点多到营地。"他的表情很夸张，"就算这样，也还是非常、非常、非常热。"

他一连用了好几个"very（非常）"来强调，我不禁用怀疑的眼神看着他，是不是哦？有那么热吗？

"咦，那你今晚住哪里？"

"我住朋友家。"扎伊德笑着说。

我这才想起，在来的路上，他一边开车一边伸出手去跟路边的一个年轻人打招呼，当时他们的脸上都有一种少年的神情。

"我家就在附近一个镇上，那里盛产西瓜，你在路上看到的货车全部都是用来运输西瓜的……我们那儿的西瓜又大又甜。"他说。

酒店前台的大叔是个热情的中年人，他跟我说完每句话后面都会带一个"嘻嘻"，我也不明就里地跟着他"嘻嘻"。

等我在房间里冲完澡，脑子稍微降了点温，恢复了正常运转之后，我突然反应过来了，什么"嘻嘻"！人家想说的是"谢谢"！

晚餐在庭院里吃，三张露天的餐桌都坐了客人，加起来一共是七位——整个酒店的客人都在这里。大叔一个人忙前忙后，刚给 A 桌端来面饼，转身又去厨房里端 B 桌的汤，轮到给我们上菜的时候，他反手从庭院里种的粉色三角梅上揪了一把花儿，撒在我们的桌上。

我忍不住笑起来："看不出大叔还蛮有情调呢。"

喝完豆子汤，热腾腾的塔吉锅被端上来，我一点也不觉得意外——这一路上所有餐馆的菜单上都只有塔吉锅一个选项，变化的只有食材：蔬菜 with（和）塔吉、鸡肉 with 塔吉、牛肉 with 塔吉、羊肉 with 塔吉……

早年间，柏柏尔人群居在沙漠地带，水极度匮乏，因此他们发明出了塔吉锅这个神奇的东西。最早的塔吉锅用陶土烧制，透气不透水，圆锥形状的高帽盖能让蒸汽循环上升，再均匀地滴落在食物上。烹调过程中只需要用很少量的水便可以焖熟食物，并最大程度地保持食物的原汁原味和营养。

柏柏尔人真的很聪明啊……我感叹道，生存环境这么恶劣，气候这么差，但凡娇气一点、笨一点、运气坏一点，这个民族可能早已经成了历史的尘埃，可是他们就像路上那些棕榈树、仙人掌一样，硬着骨头在这片赤日炎炎的土地上凿出了自己的文明。

次日扎伊德来接我们的时候，大叔一路相送，我额外付给他一些小费，他看着我的眼睛不断重复着说"嘻嘻，嘻嘻"。

"不是 xi xi，是 xie xie。"我笑着纠正他。

我们以后还有机会再见吗？大概是不会了……就算再来撒哈拉我也未

必还会走这条路，未必还会住这家店，又或者，大叔未必会一直在这里工作下去——但在我离开之后不长的时间里，这里一定还会再有中国游客到来。

那个时候，大叔是不是能够准确地说出"谢谢"呢？

我想，应该……还是不能吧。

[2]

在我一直以来的想象中，撒哈拉是一个具象的存在。我甚至以为它与城镇接壤，有一条分明的界线——你左脚迈进撒哈拉时，右脚还没离开不知道叫什么名字的小镇。

但 Chigaga，它狠狠地粉碎了我的愚蠢幻想。

那是一段何其坎坷难行的路——我明明困得就快要死掉了，可就是没法闭上眼睛睡一秒钟。车子像一个密封的铁罐，被一双巨大的手从一座只有石头的山上丢下——哐当哐当哐当——又被捡回来，再丢下——哐当哐当哐当。

我，一个从来不晕车的人，被晃得仿佛全身骨头错位，胸椎跟脊椎调了过儿，手是脚，腿是脑袋，而脑袋呢，脑袋已经彻底坏掉了。

"扎伊德，还……还……有……多……远……啊……%*&#%……"我用尽全身最后一丝气力问出这个问题，每个单词还没能完整地说出来就都碎在了嘴里。

可恶的扎伊德，他竟然哈哈大笑："还有一个小时吧。"

OMG（Oh my god，意为"我的天哪"）——杀了我吧。

行驶到后半段，我整个人已经进入了一种痴呆的状态，无论喝多少水都无法缓解来自身体深处的那种渴。路已经不那么颠了，可人还是缓不过来，头发乱七八糟地团在脖子后面也懒得理一下，防晒霜也不搽了，爱谁谁。

在路上，偶尔会看到那么几丛矮小的灌木中站着一棵孤零零的树——看起来明明已经死了，却一直没有倒，就像沙漠里的化石。

突然之间，我看到了一条青色的河，涣散的精神急速集中，我听见自己急切切地问："那条河有名字吗？它叫什么？"

"河？"扎伊德很茫然，他似乎没有听懂我说什么，也没有看见我说的东西。

"就是那里呀。"我指着那个方向，波光粼粼的河面，我和朋友都看到了，为什么扎伊德还是看不到呢？

大约又开了一公里，我看清了——这一看清楚，便汗毛直立，背上出了一层密密麻麻的冷汗：那不是一条河，不是绿洲，而是经过无数年的风吹日晒和车辆碾轧而被打磨得光可鉴人的黑色石子，在阳光直射之下，折射出水流般的色泽。

那里什么也没有。

我感受到前所未有的震慑力的同时，也跌入了一种惶恐和害怕，继而又生出了敬畏之情。我好像在顷刻之间便理解了，为什么迷失在沙漠里的人会渐渐被幻境蚕食掉全部的意志力，在虚假的希望里一点点被耗光了生命。

撒哈拉沙漠的面积约为906万平方公里，也就是说，比中国的领土面积只小了那么一点，想象一下，一个人如果被丢到这样宽广无垠的荒漠里，他该有多绝望，又会有多孤独。

不知道又越过了几座沙丘，终于，我听到扎伊德说："马上就到了。"

不远的地方，清晰可见几个显眼的白色帐篷，那便是我们要去的营地。

车门一开，冷气瞬间被热浪侵吞，光用鼻子呼吸已经不够支撑了，非得张着嘴像动物一样大喘气才勉强能活下来。我看了一下时间，这已经是下午七点左右，太阳丝毫没有让一步的意思——这已经不是热了，分明就

远行的目的，就在于突破你的认知。

是火烤啊。

很奇妙，在这个时候，我的脑子里倒是闪现出一个句子：远行的目的，就在于突破你的认知。

"这边，这边……"营地里的一位大叔很欢腾地拎起我们的箱子就往一个帐篷带，我脚上穿的是摩洛哥当地的特色拖鞋，每走一步都有很多沙子往鞋子里跑。哎哟，烫死了，这相当于在往烤肉上撒盐呢！

这还不算，帐篷门一打开，我彻底窒息了——与其说是帐篷，不如说是熔炉吧。

人生有时候就是如此两难：你是选择在外面被晒死，还是在里面被闷死？

帐篷已经不知道多长时间没有通风换气，加上日日暴晒……不夸张地说，如果给我一个鸡蛋，我有信心用自己的脸把它煎熟。

帐篷里的一切都是烫的，所有东西都让人不敢触碰。我把披肩叠成好几层垫在屁股下面才勉强能在塌子上坐下。光顾着自己还不行，手机烫得像是马上就要爆炸了——它如果能说话的话，那一刻一定在疯狂地骂我为什么要带它来这种地方。

怎么办呀，你可要坚强呀我的手机，你不能死啊！

忽然，我想到了——我们还有好几瓶水没喝呢，虽然冰早就化了，可是温度到底还是比帐篷里低很多——哎呀，我真是一个生活经验很丰富的人！于是我便用两瓶矿泉水把手机左右夹住，放在一个能够通风但又不晒的地方。过一会儿我去摸了摸，它果然凉了不少，像一个住进了ICU的病人，病情已经稳定下来。

手机的问题处理好了，我又不行了——真是一波未平一波又起。

一口气闷在我的胸口怎么都提不上来，汗也不出了，手脚都软绵绵的，就像是武侠小说里写的被人点中了某个致命穴位那样，连血液似乎都不太流畅了。

在这个时候，身体自己的记忆仿佛被激活了——我拧开矿泉水瓶，淋了一点点水在手上，轻拍额头，用食指和中指夹住眉心中间那一点点皮肤轻轻地反复捏扯，很快，有些暗红色的痕迹出现了。

从前在长沙生活时，夏天也是闷热无比，我那位极容易中暑的闺密绣花便教我一个法子，长沙话叫"扯痧"，用于应对酷暑引起的不适。

从镜子里可以很清楚地看到我眉心有一道淤血，下巴上冒了好几个痘痘，一副明显上火了的模样。我坐在地上，对着门口，偶尔有那么一丝凉风会穿过纱帘落在我身上，我思绪万千却久久不能言语。

人生的每一个四季都没有枉费，当年我不以为意的一些生活小窍门在后来的日子里总是给予我良多助力，我轻轻地抚摸着眉心，望着帐篷外耀眼的阳光。

这就是撒哈拉，我终于抵达。

[3]

营地里一共有四个哥儿们，其中两位比较年长，另外两位一看就是小孩子嘛。

私下里，我把年长的两位称为一号大伯和二号大伯，小孩呢，就叫一号男孩和二号男孩吧。

从见面的第一刻起，我就感受到了他们的激动和兴奋，但又不像是单纯地看到来生意了的那种情绪，我觉得，更像是"终于能看到人类"了。

等到太阳终于收起了一些凶狠之后，我才鼓起勇气走出帐篷。在空地上有一个四四方方的大亭子，扎伊德正躺在那儿喝薄荷茶。

"时间差不多了，你们去那边吧。"扎伊德指了一个方向，这是连日来我第一次看见他如此放松的样子，"骑骆驼去看日落吧。"

裹着黄色头巾的一号男孩牵着两峰骆驼在一个小沙包上等着我们。

他穿蓝色吉拉巴，这样鲜亮的颜色在沙漠里分外显眼。他的面孔圆圆的，眼睛大而亮，黑白分明，话很少，只是在我骑上骆驼时叮嘱了几句"小心，小心"。

骆驼站起来时，我眼前的画面变得更加开阔——扎伊德说得对，整个撒哈拉都是你的。

天色依然明朗，这是我拥有过的最长的黄昏。

无边无际的黄沙扑往天地交会之处，在目光所能去到的最远的地方，太阳终于露出了它温柔的样子，而我回头望向身后，半个月亮已经悬在空中。

日月同辉的景象在寻常日子里也不是没有见过，可此情此景还是让我难以自持，眼眶里汇集的泪水随着骆驼踉跄的脚步一串串甩了下来。

在这片区域最高的一座沙山脚下，男孩停了下来，不知道对骆驼说了什么，他声音轻轻的，拍打骆驼的动作也轻轻的——骆驼乖乖地慢慢蹲下，像卸货一样把我们卸下来。

"你们爬上去看日落吧，我在这里等。"男孩说。

"脱掉鞋子才好爬。"他又说。

那不是一座容易爬的沙山，尤其是对我这种既恐高又很尿的人来说，无异于一场野外测验。

我深一脚浅一脚地踩在晒了一整天的沙子里，手脚并用，使出全身力气艰难地往沙山顶上爬，还没爬到一半就感觉到前脚掌已经磨破了皮，又

爬了一会儿，我想哭了……哎呀不行了，我的声音听上去既飘又抖，好像已经哭出声来了："我太怕了……呜呜呜……我不想爬了……"

"那你往下看看。"朋友倒是轻轻松松甩了我很远，眼看着就要爬到顶了。

我颤颤巍巍、小心翼翼地转过去一点点头，顺着肩膀往下看了一眼——男孩的黄头巾只有巴掌那么大了，如果折算成楼房，我现在便是站在七八层楼的高度吧。

这下可真是进退两难，我怎么这么可怜呀，呜呜呜……

又听见朋友在上边儿叫："你快点，太阳就要下去了。"

我闭上了眼睛，大风从头顶呼啸而过，时间已经不多了，我咬咬牙，心中默念四字箴言——来都来了——爬吧！

当我坐在沙山顶上时，已然完全忘掉了刚才一路爬上来的狼狈。虽然脸被晒得通红，脚掌疼得厉害，头发也被风刮得全打了结，像一团乱麻扯都扯不开，可这些小事在如此寂静壮丽的场景下，简直渺小得不值一提。

长日将尽，暮色沉沉，我坐在沙山顶上，沉静地目送着这一天的夕阳西沉。余晖中的橙黄与粉红慢慢融化于金色的地平线，在它们后边，紧跟着缥缈的奶白色和青蓝——天空空无一物，却可以呈现出如此丰富的层次。

想起了海子的诗：

黑夜从大地上升起
遮住了光明的天空
丰收后荒凉的大地
黑夜从你内部上升
你从远方来，我到远方去

遥远的路程经过这里

天空一无所有

为何给我安慰

我心事重重，安静得像这个山头上的一块石头。

脑子里像是在播放一部默片，它的故事和情节都只有我自己知道。

原来我真的要走这么长的路，经历这么多的别离和痛苦，在时间的长河中夜以继日地漂流，把心磨得又硬又粗糙，把眼泪流干，从什么都相信变成了什么都不敢相信，从害怕一些变成了害怕一切……我的皮囊里裹着全部的秘密，而今天，我终于捧着这些秘密来到了你的怀里。

我风尘仆仆来见你，是因为，我深深地相信，这样的一天，在此后或许能慰藉我的一生。

我长久地沉浸在这荡气回肠的悲伤和转瞬即逝的永恒里。

晚餐之后，空地上堆起了柴垛。这是要做什么？

两个大伯在忙着收拾晚餐的狼藉，扎伊德在一个帐篷后面休息，一号男孩不知道跑去了哪里，只有二号男孩独自坐在柴垛旁。

我走过去，坐在他对面的坐垫上——气氛有点微妙，看得出来，他有一点点紧张。

从外表上看，二号男孩的年纪比一号男孩稍微大一点。他个子更高，面容和五官都有种男孩子长开了的好看，但或许也正是因为这样，他又总带着青少年般腼腆的神情，即使是在这人迹罕至的荒漠里。

"你多大年纪啦？"我笑着问他，问完我自己吓了一跳——怎么是这种姨母般的语气？哎呀，果然是老了，在十几岁的人面前就不由自主地拿自己当长辈了。

他明显有些慌张，脸往两边闪，过了几秒钟，他说："小姐，我不会讲英语。"

我瞬间想起了自己头两次出国旅行的情形，大多数情况下我都是死不开口，无论别人跟我说什么，我都尽量装聋作哑，如果有人看不懂眼色，非要跟我聊天，我的心情就好像马上要上刑场那样绝望。

"没关系，我也不会讲英语。"我连忙笑着跟他说。

他害羞地低了低头，笑起来露出洁白的牙齿，笑得有点感激。

很快，大伯们把柴垛点上了火，扎伊德和另一个男孩也聚了过来，空地上一时之间热闹起来。

我原以为在这个季节的沙漠里生火是很傻的事——回忆一下白天那个温度，就算是一座冰山摆在这里也给晒化了——可是夜晚的沙漠，好像是跟白天完全不同的另一个地方，细细感觉之下，竟有丝丝凉意。

火苗在柴垛里跳跃着，每个人的脸都被照得通红。

我一直在笑，可是我为什么笑呢？

竟然说不明白。

大伯们从帐篷里搬来了两个非洲鼓——我瞠目结舌地看向扎伊德——他笑着向我解释："music（音乐）。"

难以置信，他们几个人坐成一排，就这样打起手鼓唱起歌来。凉爽的晚风和火焰都参与到这场七个人的篝火晚会之中，他们唱完一支又一支，歌声和鼓声传得好远。

我环抱着膝盖，感动地望着他们，在当时我便已经知道，眼前的这一幕将永远被自己记住。我猜想，也许没有客人的时候他们也经常这样放声歌唱——毕竟，这个地方实在太过空旷孤寂，唯一能让人高兴的事或许也

就只有音乐了。

但我没想到，在他们又唱完一支歌后，一号大伯竟然把手鼓往我手里一塞，扎伊德在旁边起哄："法蒂玛，该你唱了。"

什么！我呆住了！还有这一出？！

我太尴尬了——我不会唱歌呀，更不会打鼓！此时我由衷地后悔为什么以前不向玩音乐的朋友们学两招呢。

我真是个上不得台面的家伙，紧张得连话都说不利索了，在伦敦拒绝跟老爷爷跳舞时的窘迫又回到了眼前，这次我该怎么做才能脱身呢——我可是最不能歌善舞的汉族人里最不能歌善舞的人哪！

万般无奈之下，我只好将求助的目光投向了比我更没有音乐细胞的朋友。

朋友手里也被塞了个鼓，但他显然比我沉着多了，开口就把重心往我身上推："我们都不擅长音乐，不过，我有个主意……今天是 Jojo 的生日，不如你们为她唱一首生日歌？"

这一下，轮到他们惊呆了，尤其是扎伊德，连声问了我好几遍："真的吗？为什么你不提前告诉我？我可以让他们给你准备蛋糕呀！"

"没必要啦！"我拼命摇头摆手，"不是什么大事情。"

我这个厚脸皮很久没这么羞涩过了——哼，要不是你们非要我唱歌，我们也不想用这个大招好吗。

往沙漠走的路上，手机大多数时间都处于无服务状态。攀过最后一个垭口，经过一个特别小的城镇时，曾断断续续有过短暂的几十分钟的信号。

微信信息一下子涌了进来，全是来自朋友们的生日祝福，算算时差，北京时间刚过十二点。

扎伊德就这样开着车把我从三字头的第一年送到了第二年。

我在那条山路上没有任何期盼和愉悦，但我深刻地感受到了二字头的

人生可以放纵而自由，也可以沉重而迟缓，但无论你选择
哪一种形态，遗憾都不会少。

年纪从来没有获得过的东西：前所未有的从容与平静。

我并不怀念青春——青春本身没有任何意义，有意义的是：在那个时间段里，你对世界充满了好奇，你有探索一切未知的勇气和破釜沉舟的决心，你不怕苦更不怕输，你以为自己可以去任何远方。但如果这些特质能够保持下来，那么时间的流逝对你也就没有造成任何损害。

而我所获得的从容和平静，源于我终于想明白了一件事：人生可以放纵而自由，也可以沉重而迟缓，但无论你选择哪一种形态，遗憾都不会少。

一个普通的日子，因为在一个不普通的地方而有了一种仪式感。两位大伯和两个男孩又打起鼓来，扎伊德也加入其中，在撒哈拉的星空下，他们用自己的语言唱了一首生日歌给我：

Happy birthday to Fatimah, happy birthday to you.（祝你生日快乐法蒂玛，祝你生日快乐。）

[4]

终于到了要说再见的时候，离开 Chigaga，去往菲斯。

出沙漠和进沙漠走的是同一条路，还是那么颠簸，可是心境已经完全不同。我从背包里拿出小小的公仔，以外面的黄沙为背景给它拍了张照片。

"江之电，跟 Chigaga 说 bye-bye 吧。"

一路上都没有人说话，扎伊德专心开车，朋友在一旁补觉，而我好像还有一丝魂魄没有归位，依然留在早晨的日出里。

在很久以前我就问过自己这个问题：翻越千山万水，所看到的不过是同一个太阳和同一个月亮，那这些路途究竟有什么意义？在大西洋和撒哈拉看到的日出日落，与在老家阳台上看到的有什么不同吗？难道说，我们只不过是为了拍几张照片发在社交网络上来满足那一点可怜的虚荣心？

我从前没有得出什么答案，只是因为感应到了某种召唤，出于本能地去做这些事。而现在我知道了：朝阳和夕阳本身并没有任何意义，在哪里看也没有意义，对我来说，真正有意义的其实是"翻越"。

扎伊德忽然叫了一声："看那边。"

我循声望去，是几峰瘦弱的小骆驼，灰头土脸、摇摇晃晃的，可是别担心，它们一定能在这里活下去。

直到车彻底开出了沙漠地带，开进了城镇，人间烟火的气味从汽车的每一条缝隙里钻进来，我仿佛才从恍惚里清醒。

扎伊德问我："你们喜欢 Chigaga ？"

我点头，说不出话来——这一刻，我一如既往地感觉到了语言的无力和匮乏，如果还能有更精准更深切的表达该多好——不能说是喜欢啊，这太轻慢了。

"你们下次再来要选在冬天，或者是三四月份……那时候沙漠里很舒服，不冷不热，可以多住几天……冬天的时候我们还会做摩洛哥比萨，把面粉、盐、橄榄油和水揉成面团，加上馅料和香料包起来做成饼……压平放在炉子里烤，是我们柏柏尔族的做法。"扎伊德说。

我忍了一会儿，还是没忍住："那四个人，是一直守在沙漠里，还是会轮流出去，像值班那样？"

也不知道为什么，我脑子里总是想起他们——特别是那两个年轻的孩子——和他们差不多年纪的男孩们不是在海滩上踢足球，就是在 Medina 里到处乱跑，而他们的年少青春都耗费在这个荒无人烟的地方，虽然我也说不出有什么不合情理，但一想起来心里总是有些怜悯。

"他们偶尔也会出去……但是，很少，很少。"扎伊德耸了耸肩膀，"大多数游客都不会选择来 Chigaga，所以他们平时也很难见到其他人。"

"啊……"我叹了一口气，抿着嘴好半天没接话。

他似乎是察觉到了我叹息中的意味，半开玩笑半认真地开导我："这是他们的工作，就像我一样，把你们送到菲斯之后，我又要开回马拉喀什去接下一批客人。"

"500公里，我一个人。"他自嘲地笑了笑，"It's a crazy job（这是个疯狂的工作）。"

我望向窗外，只有被晒红的焦土。

短短几天时间里看了太多类似的风景，我已经有些审美疲劳了。

我们这些外国游人所惊叹的异域风光和壮阔天地，只是他们待腻了也看腻了的平淡日常，再难得的景色，天天对着，日日见着，到底也不会再觉得稀奇。

真难想象，在那些没有访客的日子里，他们几个是如何忍受着高温、暴晒、精神无聊和物质贫乏的呢？

无非是做做塔吉锅，喂喂骆驼……夜幕降临之后，或许他们会唱唱歌吧。

我突然想起一个无关紧要的细节：早上，一号大伯给我开了一瓶新的矿泉水，我走的时候还犹豫了一下是不是该把那剩下的半瓶水带走，因为担心他们会觉得这水别人已经喝脏了——幸好我最后还是反应过来了。

虽然只有半瓶水，但对于他们一定也是很珍稀的物资吧。

"我觉得，他们挣这么辛苦的钱一定是为了家人。"我悄悄对朋友说，"如果是为了自己，谁也不会愿意吃这种苦的，只有为了家人才做得到。"

朋友点点头，表示同意。

从马拉喀什接上我们一直到把我们送到菲斯，这些天以来，我注意到，扎伊德从来没看过电子地图，他总是一副很笃定的样子。"地图？我不需要那个东西。"他指了指自己的脑袋，"地图在这里。"

车停在菲斯的 Medina 外边，他帮我们打了一个电话给酒店的前台，通知他们过来接我们。

这便是分别了，自我们入境以来相处时间最长的一个摩洛哥人，一路上给我们讲了很多有趣又好玩的小故事，也跟我们吐槽过爱乱罚款的交警，聊起过他的家庭、他的妻子，每一天都提前买好几大瓶冰矿泉水放在车子的后座上，从来没提出过任何无理的要求，更没有开口索要过小费。

我悄悄地从包里抽出几张钞票，卷成小小的一卷塞给朋友，示意他找个合适的契机给扎伊德。

朋友低头看了一眼，小声问我："会不会太多了，那四个人你都没给这么多呀。"

"扎伊德很辛苦啊。"我说，"而且他妻子不是刚怀孕吗，就当是我们的一点心意，感谢他这些天的照顾吧。"

而另外一个原因，我有点说不出口——听起来可能会有点傻。

当年和 Jenny 一起穷游印度的日子里，我们曾受到了很多好心人的帮助和照顾，但因为实在太拮据了，我便只能在心里感激，而没能对他们有任何回报——尤其是菩提伽耶那个卖睡莲的小男孩，没能买他一枝莲花，是这些年来我心中恒久的痛。

我曾经无能为力的事情和曾经蒙受过的福泽，并不会因为时间被拉长而变得理所应当，如果有恰当的时机，我还是希望能够有所弥补——在彼时彼地未能偿还的心愿，在此时此地能够了却些许，也是好的。

朋友趁着握手的机会把小费给了扎伊德，他明显愣了一下，看清数目之后，又愣了一下，接着便说了两声谢谢。我松了口气，扎伊德不是个洒狗血的性子。

"快走吧，还有500多公里呢。"我说，"扎伊德，再见啦！"

在菲斯住的酒店清静悠闲，庭院中间有一个小泳池，每天下午四点左右，来自美国的一家人都会去游泳。久违的 Medina 热闹得和马拉喀什的别无二致，每条街道都充斥着来自世界各地的游客，新城里有一家中餐馆，吃完水煮牛肉和米饭，我们还顺路去家乐福买了个甜瓜……这些细节都指向同一件事——我们又回到了现代文明社会。

街头的出租车尾气喷了过来，我连忙捂住了口鼻，闭上眼睛。当感官被切断这一刻我才发觉，胸腔里有一处地方满载着不具名的忧伤，又重，又软，如梦似幻——我站在这里，却又不在这里，好像怎么都回不过神。

晚上，我把在沙漠里穿的那件红色吉拉巴从箱子里拿出来清洗，细细碎碎的沙顺着水流从我指间淌过。在旖旎的水色之中，我沉默着，回想起了属于我和 Chigaga 的那个夜晚——

凌晨二点四十分，闹钟响起，我立刻从床上弹起，披上毯子走出帐篷。

沙漠的半夜真冷啊，凉意往膝盖骨头缝里渗，脚下的沙是流动的粉碎的冰，但这实在也算不得什么。当我爬到沙丘顶端时，一抬头——皓月就在正前方，皎洁明亮的清冷月光均匀地铺在沙丘之上，而远处的黑暗缥缈朦胧，其中似有魅影出没。

我从未觉得和月亮如此相近过。

六月下旬，几个著名的星座全都已经显露出来，我眯起眼睛仔细辨认却还是认不清楚。

忽然在心间吟起一声咏叹，我双眼发热，双腿发酸，全身就像是通电一般，还不知道是怎么回事便已经倒了下去——渺小如沙粒一般的我，躺在寂寂烟尘里，撒哈拉是广阔无边的床，缀满宝石的夜幕是世间最华贵的被子，我拥抱着黑夜，万千感慨哽住了喉咙。

这不是我第一次见到这样浩渺纯净的星空，却是我第一次真切地了解到：当我看向它们的同时，它们也正温柔地注视着我。

把脑中固有的世界不断打破、推翻——在宇宙之中，哪里有绝对的"上"和"下"？当你以为自己在仰望星空，也许是星空在仰望你，当你想要追寻银河的痕迹时，也许你就在银河里。

是不是，这片深沉汹涌的星海之中，或许有那么几颗曾与我在别处相见，或许有很多颗已经陨灭于宇宙洪荒，想到此处，一种前所未有的虚空占据了我的双眼，我应该心怀深深感激——这是劈开了时间的屏障，落在我身上的零碎星光。

自我们分别之后，有什么是不变的？
世间的冷酷和无情丝毫没有改变。

那有什么事情是被改变了的？
我已经不再是那个年轻沮丧的女孩。

无论多少次与你相见，我都无法控制眼泪——这泪水的含义沉重而又复杂，但我清楚地知道，它是潜藏在我身体里的本能。

我从何处来，将往何处去——我曾为此困惑，亦为此感伤。

当我望向你的时候，就像接收到了神谕：无论这一生经历多少悲喜挫折，我的灵魂、我的爱，终将穿越星尘，回到遥远的故乡。

我噙着眼泪，想到此处，便觉得再没什么不可原谅。

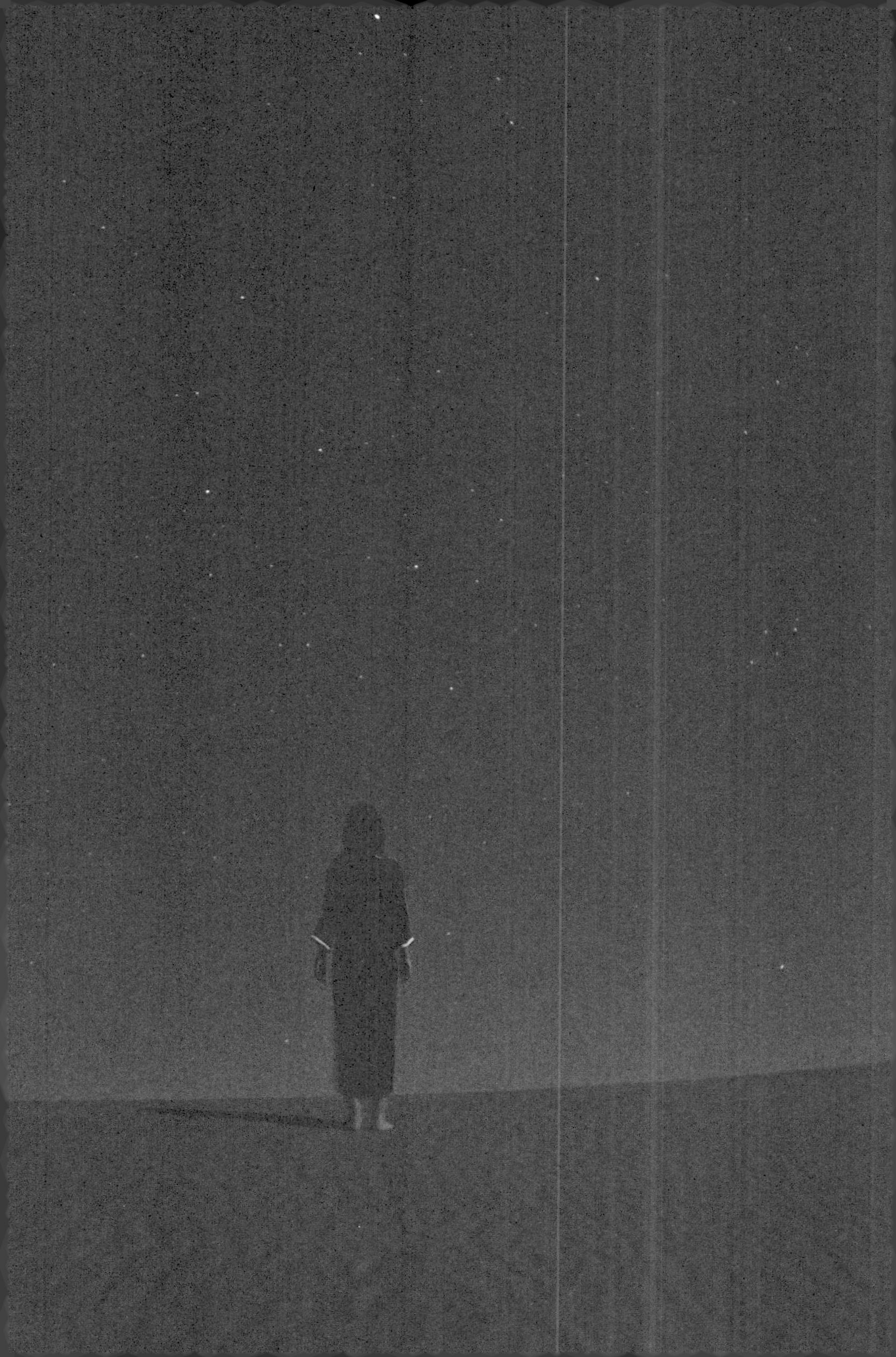

M'diq 的车祸

在七月的第一天，我见到了地中海。

在阳光下，它闪耀着一种生动的、热烈的蓝色。

"这不是普通的海。"我说。但它不普通在哪儿呢，我似乎又没法确切地说出来，只是心里隐隐约约地认为，这是从初中地理书中走出来的大海啊。

离开菲斯和舍夫沙万之后，有很长一段时间我们几乎见不到人。住在离得土安市区几十公里的郊外一个建在半山上的封闭小区，这个中产气息浓重的小区里，所有房子的阳台都正对着地中海。

夜晚躺在卧室里，隐隐能听到海潮起落，但如果凝神细听，又什么都没有了。

入住时，房东大爷向我交代了一些基本事项和电器的使用方法，但因为语言不通嘛，所以我也并没有完全搞懂他说了些什么——这直接导致后来我用洗衣机的时候崩溃了，一条裙子，竟然洗了三个小时，不管我摁哪个键它都不肯停下来。

这片区域大概是新开发不久，周围连一家商店也没有，最近的超市是十七公里之外的家乐福——虽然很大，但我们能选择的食材并不多，只能买些意面、鸡蛋、番茄、洋葱之类的，零食区呢，除了巧克力就是薯片，叫人实在提不起胃口。

在那一个多礼拜的时间里，我简直把一年份的意面都煮完了，每顿都是意面加煎鸡蛋，吃到后来简直怀疑人生，巧克力也不想碰，薯片还剩了三大包——丢在客厅的茶几上，谁也没兴趣拆。

没有 Wi-Fi，电视机里播的内容也看不懂——闷得人发疯，虽说我们

需要休整几天，可这样与世隔绝和坐牢又有什么区别？

终于，在一个下午，我提出"我们去海滩上转转吧"。

朋友开车，从小区去海滩的路况很好，都是新修的路，又宽又平坦，M'diq附近往来的车辆很少，我们出发的时候离日落还有一个多小时——听起来，一切都没什么问题。

事情是在一瞬间发生的：

从地图上看，离海滩只有不到一公里的距离了，前面的红绿灯路口有很多人在等灯，前面的车慢下来了，我们也该减速了，减速啊，我 ×，为什么不减速，为什么越来越快了，就要撞上了啊，"刹车失灵了"，什么？！

在我的大脑中，那几分钟的记忆是一片空白。

我完全不明白是怎么回事，嘴里一直尖叫着："停啊！！快停车！我×……"

"哐当"一声——街边的一个栏杆应声倒地，发出的声响并不大，可是在我们的耳中却是惊天动地一般。

车刹住时，朋友已经彻底蒙了，还是我先反应过来："快下车看看！"

下车一看，汽车的左前轮已经骑到了马路牙子上，轮胎完全瘪了，车头的漆也剐掉好大一块——万幸的是：车速够慢，没有撞到任何人，我们自己也没有受伤。

霎时间，整条街的人都拥了过来，包围着我们俩和那辆该死的汽车，他们一边窃窃私语一边指指点点。我呆呆地看着他们，手指甲狠狠地掐在掌心里才勉强维持了镇定，可是……

接下来，该怎么办？

很快，看热闹的人群中走出来一个中年男子，他没有穿制服，可是你看到他的第一眼就知道他是这件事情的负责人。

我上前一步，尽量用平静的语气向他解释："先生，我们开得非常慢，没有超速，是车子出了问题……我现在还不清楚是什么问题……撞倒的栏杆，我们会赔偿……"

不管我说什么，警官先生始终笑眯眯的，他拍拍我的肩膀："No problem（没问题）。"又指了指一个年轻人，"你们跟他去做个记录吧。"

"车呢？"我依然忐忑不安。

"No problem。"警官先生又重复了一遍。

谁能想到，车祸现场的对面就是警局。

我们跟着那位年轻的警员过了个马路，就进了警官办公室。

"法语？"警官先生问。

"不会。"我们摇摇头。

"西语？"他的表情像是跟我们对暗号似的。

"不会。"

"只会讲英语？"警官先生看起来有点头疼。

我们老老实实点点头："是的，只会英语。"

也没有难倒他，他出门转了一圈，从警局里抓了一个会讲英语的同事过来。他讲一句，同事帮忙翻译一句。

"我需要你们做个记录……嗯，护照带了吗……把护照复印一份……他带你们去……"他一边翻着材料一边对同事说，"你带他们去复印吧。"

他们的神情看起来轻松极了，好像在处理"冰箱里的西瓜到底是谁吃了"这种小问题，朋友跟着警员同事去复印文件时，我就枯坐在警官的办公室里等着。

世界安静极了，好像只剩下我和警官先生，窗外的树叶被风吹得沙沙作响。

我悄悄抬起头来，满脸担忧的神情，正好撞上他的目光。

"Miss，no problem。"他又笑了。

警官先生永远也不知道他唯一会说的这句英语在那个特别的时刻给了我多大的宽慰。

那是个凉爽的傍晚，在我没有去成的海滩上，餐厅的灯依次亮起，孩童们在海水里扑腾翻滚，大人们收起沙滩垫和浴巾，正要回家或是去享用晚餐。

夕阳落进地中海里，而我坐在警察局里。

警员同事带着朋友回来之后，只用了五分钟不到的时间便把所有的事情处理完了。

"在这里签个名，你们就可以走了。"

我们都惊呆了，什么？不用赔钱吗？栏杆怎么办？噢，那个，已经扶起来了呀——他们一脸懵懂的神情看着我们。

"走吧走吧。"警官先生的同事说，"在我们这里，这种事太常见了。"他们又露出了刚见面时的微笑，"我给你们叫了个修车工，他会帮你们换胎。"

我眼中一件天大的事，在警官先生嘴里轻描淡写地结束了。

在警局门口等了半个小时，修车工终于出现了。我们跟着他回到撞车的地方，他只花了十多分钟就把瘪了的车胎卸下来，换上了备胎。

"你们看，这个胎的内侧，破了。"他把旧胎翻过来给我们看，"很危险啊。"

我和朋友都没有说话，我们谁也不能确定车胎是什么时候爆掉的——可能是撞上马路牙子的那一瞬间，但更大的可能是在菲斯到舍夫沙万的那100多公里山路上。

一直到修车工走了之后，很久，我的呼吸才渐渐恢复到正常的节奏。朋友坐在路边，双目失神地望着马路上飞驰而过的汽车。

"我们可能是第一个走进这个警察局的中国人呢。"我说，但调侃在这个时候显得挺没意思的，我又沉默了下来。

"其实挺后怕的。"朋友忽然说，"幸好是在城里，要是在山上爆胎……"

他没有说完，但我已经起了一身鸡皮疙瘩，根本不敢想象如果发生在几天前，我们傻呵呵地开在山路上，平均海拔几百米，两旁都是悬崖。

好像有一条蛇爬上了我的背，冷汗大颗大颗地从额头滑落。

我们沉默地望着路口那根重新立起来的栏杆，它看起来很普通，仿佛从来不曾被撞倒过。

艾西拉

[1]

在有着"涂鸦小镇"之称的艾西拉 Medina 门前，我们遇到了一群参加夏令营的小学生，他们穿着蔚蓝色的队服，戴着荧光绿的太阳帽，十分可爱。

我看着他们，他们也看着我。

过了一会儿，我们都笑了。

最先是一个戴眼镜的小姑娘主动跟我说话："你从哪里来呀？"

"中国。你呢？"

"我从××××来。"她说了一个我没听懂的城市名字，又指了指她的小伙伴们，"我们都来自不同的城市，参加暑假活动。"

"我看出来了。"这还用说吗，小姑娘，你们的 T 恤上写着呢。

另外一个小姑娘也凑了过来："你去过美国吗？"

"没有呀。"我皱了皱眉，不明白她为什么会问这么奇怪的问题。

"那你为什么会讲英语？"

我觉得好气又好笑："你也会讲英语，你去过美国吗？"

小姑娘歪着头想了一下，没再接话，我觉得她大概是认为我反问得很有道理。

夏令营的领队老师吹起口哨叫孩子们集合，霎时间，几十个蓝 T 恤绿色帽子的小朋友按照身高从矮到高地整整齐齐列成了两队。

"我们要进去参观了。"第二个小姑娘说，她稍微停顿了一会儿，又提出了一个问题，"你多大啦？"

"嗯……你猜。"

"二十一？"她眨着眼睛——真是一双不谙世事的眼睛，黑白分明，眼神中一点杂质都不掺，如果不是这双眼睛，我恐怕真会以为她是故意挖苦我呢。

"我三十一啦！"我大笑着说。

"真——的——吗？"小姑娘的神情简直可以用惊恐来形容了，在她们这个年纪的孩子看来，二十岁已经是一个很老的年纪，至于三十岁——那简直跟六十岁、七十岁没什么差别了。

我点点头，是真的啦，骗你干什么。

小姑娘，对你来说，二十和三十只是简单的两个数字而已，对我来说，其中却是千差万别的人生。

二十岁，我刚刚离开老家和母亲，离开自己已经熟悉并且习惯的一切，到一个新的地方开始独自生活。

我每个月会从稿费里拿五百块出来存定期，幻想着存到一定的数目时，就去贷款买套小小的公寓，给它装上轻柔的蓝色窗帘。

那时我已经喜欢过好几个男生，却还没有真正尝到过心碎的滋味。

理想和现实相隔万里，贫穷和孤独是生活的主题，尽管如此，我却并未失去信心。

像所有的文艺青年一样，我向往着北京，也向往着远行，期望能够诗意地活着，清苦一些也没有关系，我想餐风宿露地将万水千山走遍。

那时候，我希望可以交到许多知心朋友，还能遇到一个令我刻骨铭心的人——当我真正遇到他的时候，我才能确认自己的一生不是残缺的。

我爱写博客，写日志，对鸡零狗碎的小日子也要事无巨细地记下来，"连接"是我与世界相处的方式，啊世界，说到世界……那时候我总爱听莫文蔚版的《外面的世界》，她用懒懒的声音唱"外面的世界很精彩，外面的世界很无奈"，她唱得很轻盈，所以我也并未从歌声中领悟到外面的世界究竟有多无奈，反而憧憬得更加强烈。

那时候我希望爱是无瑕的，人生也是。

那时候，那时候。

十年过去了，对照命运初始的清单，我可以清晰地看见自己实现了多少、得到了多少。

我如今长居在北京，比起很多有家有室的同龄人，我依然保有大量的自由。我时时旅行，许多年少时只能梦想的地方，现在也都去到了。

想要遇到的那个人，在很多年前便已经遇到，如我所愿，在他身上我彻底地了解了失败是什么感觉，而这件事情里最悲戚的部分却在后面——我再也不能像爱他那样去爱任何人，哪怕是他本人。

但我失去了什么呢，恕我肤浅，恐怕我失去的远比得到的多——健康的身体、热烈和激情、旺盛的表达欲，对初次见面的人也毫不设防的单纯心性……那个更年轻的我，更强壮的我，怎么折腾都不言败的我，已经黯然。

我越来越沉默，与世界无话可说。

我再也找不到，月光下，密林中的那头独角兽。

小姑娘，你实在是太年轻，现在和你说这些，你也不会明白——很多道理，我年少时也很不屑，直到命运狠狠地教训我。

我耗费了很长的生命才懂得，人生的每个阶段都有与之匹配的烦恼和忧愁，像一盘卡带，A 面播完了翻到 B 面继续播，不过是换了一批名录而已，但分量实打实是不会减少的。

女性的一生，就是一直在了解自己害怕的事、让自己痛苦的事，然后再越过它们。

我坐在石阶上，静静地看着。

在领队老师的带领下，夏令营的队伍唱起歌来，孩子们热热闹闹地消失在 Medina 弯弯曲曲的深巷里。

[2]

我费尽苦心找了将近一个月的"柏柏尔族的彩色罐子"，终于在艾西

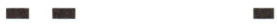

我越来越沉默，与世界无话可说。

我再也找不到，月光下，密林中的那头独角兽。

拉找到了。

那是一个十多岁的男孩摆的摊子，每天上午十一点多钟（也是够懒的），他不知道从哪里冒出来，拎着几个大编织袋，慢悠悠地从编织袋里把彩色罐子逐一拿出来摆在货架上——他甚至连一间店铺都没有——到了下午八九点，他又慢吞吞地把这些彩色罐子装进编织袋，收工回去。

头两天，我一直在暗中观察他。

每次去餐厅吃饭路过他的摊位时，我都会悄悄瞟他，看他今天有没有认真卖罐子——如我所见的那样，他对生意一点也不上心，别家店的老板看到游客模样的人都会装腔作势喊几句"请进来随便看看吧"，他可就不同了，他只挂念跟另外几个男孩子在空地上踢球。

"我很欣赏他这种看天吃饭的个性。"我说，"明天我要给他一个惊喜。"

第三天中午，我走到他的摊子前——咦，人呢？

在刺眼的阳光下，我的眼睛躲在墨镜镜片后边仔细搜寻这个家伙的身影，原来他在地毯老板的店里玩呢。

我气乐了："喂，快过来，我要买罐子！"

他慌慌张张地跑过来，支支吾吾了一小会儿又跑回地毯店，把地毯店老板叫过来——干什么哦，这是找人撑场面吗？

地毯店老板向我解释说："他，不会讲英语，我来帮他翻译。"又拍了拍自己的胸口，补充说，"东西都是他的，我不是老板，我就帮他翻译。"

男孩站在地毯店老板身后，朝我露出了纯净又羞涩的笑。

我蹲在地上挑罐子时，朋友在一旁问："你打算买几个？"

"还没想好，感觉每个都好喜欢啊……"想必此时我的目光中只剩贪婪，"我在淘宝上搜过，一个要卖好几百人民币呢，所以我买得越多就等于省

得越多。"

什么逻辑！朋友震惊地看着我——你一个都不买岂不是省得更多？

那怎么行啊，我一路上都在找这种罐子，从卡萨布兰卡找到菲斯、丹吉尔，每一个商铺和集市都没有见到它们的身影，在我即将回国的时候，我们终于相遇了。

不管别人信不信，我觉得，这就是缘分了。

就连我自己也没想到，我越挑越多，到最后竟然挑出了六个——并且我一个也不想放弃，一个也不能割舍。

踌躇了一秒钟，我说："那就结账吧，请帮我算一下价钱。"

男孩数了一下罐子（这有什么好数的呀，笨蛋），六个，他想了片刻，说了一个数字，地毯店老板翻成英语给我听——我笑了，比淘宝上便宜太多了，我说什么来着，买得多就省得多吧。

看他那个傻里傻气的样子，我也不忍心和他讲价，那就帮我装起来吧。交易完成之后，他又想跑，被我一把抓住，等等，跟我合个影。

在镜头中，他捧着一个黑红白相间的罐子，我拎着几个布袋——我们都笑得很开心。

一句英语也不会说的柏柏尔族男孩，偏偏遇到了最爱买东西的中国女游客，五分钟就卖出了六个罐子——中国老话说得好啊，傻人有傻福。

回去的路上，我总结道："该你挣的那份钱，总归挣得到，人各有命。"

"我觉得你现在该想的是，要怎么把这六个罐子带回北京。"

再见，大西洋

在摩洛哥人的口袋里，经常会有诺基亚的铃声响起。我每次听到都会愣一下，仿佛在滚滚风尘中和一个旧时代劈面相逢。

在我们这一代人的记忆中，噔噔噔噔，噔噔噔噔，噔噔噔噔噔……这一串音符就是青春的背景音乐。出于一种说不清楚的原因，我竟然有那么一点点羡慕摩洛哥人——羡慕他们还保留着对我们来说已经很遥远的曾经。

不敢相信，我们的岁月已经过去那么久。

从拉巴特去往卡萨布兰卡机场是我们在摩洛哥的最后一段路程，想到"回家"这个词，疲惫和倦怠的情绪多过想念。

出国之前我往行李箱里塞了一个迷你小音箱，当时还被朋友嘲笑"也不嫌重"，事实上，在旅程中它的确很少派上用场。可是，在归家的途中，我忽然想起了它。

手机里能放的歌很少，不知怎的，或许是福至心灵——手指一路滑，滑到了罗大佑。

我说："听点老歌吧。"

从那一刻开始我们都没有再说话，小小的空间里，只有这个属于上世纪的男人用沧桑的声音在反复吟唱。

> 乌溜溜的黑眼珠和你的笑脸
> 怎么也难忘记你容颜的转变
> 轻飘飘的旧时光就这么溜走
> 转头回去看看时已匆匆数年
> …………

我的面颊渐渐潮湿。

旅行中只有逃离生活的快乐和新奇的际遇吗？并不是。

大部分的时间其实是枯燥而贫乏的，甚至不值得你打开手机的摄像头多拍一张照片。伴身的只有孤独、寂寞、失语、舟车劳顿、语言不通和水土不服，途经的戈壁、荒原，时常连一只动物和一棵树都看不见，遮天蔽日的土黄色将人往窒息里逼。

我们企图在旅行中寻获远方的意义，兜兜转转却发现旅行与生活并无差别——欢愉只是零星的，平淡才是基调——真有点让人绝望，是不是。

罗大佑还在唱：

············

生命终究难舍蓝蓝的白云天

流动的风和流动的云从我眼中淌过。

突然之间，没有任何预兆地，我哭了出来。

那是一种完全不像大人的哭法，眼泪鼻涕一齐流下，无尽的悲伤和委屈激荡在胸腔里，却不知要向谁诉说。我好似白活了一场，到最末尾的时刻才想通，原来我长久以来的奢望都不会再发生了，在漫长又短暂的人生里，它们能够实现的可能其实微乎其微。

悲哀的是，我曾以为那会是无穷无尽。

人成长到足够的年纪，太多的眼泪便只为生活而流，但这一刻，我的眼泪是为自己而流。

或许在很久以后，会有一些年轻的女孩站在我曾站立的地方，走在我曾走过的路上，她们的心里也有不肯褪色的伤痕……或许在那个刹那，世上终于有另一个人，理解了我此时全部的脆弱与感伤。

　　这是我心里一息尚存，不死的冀望。

　　在公路的尽头，汽车掉转了一个方向，我回过头去，最后再看了一眼大西洋。

第二章

夜未眠

D

万人如海一身藏

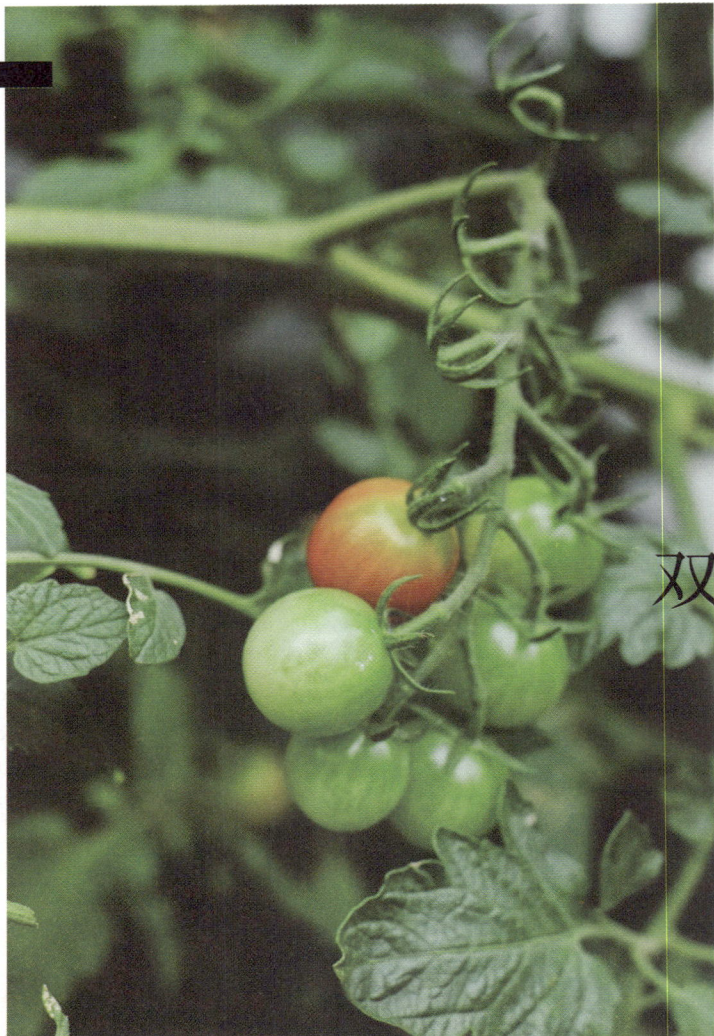

双城记

灵魂刚刚长出来的时候，你总想往千山万水去，
往更自由的天地去。

[1]

过完春节，我发现有张手机卡丢了，在人来人往的机场，我急得在背包和钱包的每一个夹层和角落来来回回翻了两三遍，最终，我确定，它确实丢了。

一边等待行李传送出来，一边用朋友的手机打电话去问运营商的客服："能凭本人身份证在北京补办吗？"

被告知："不可以，女士，请您携带本人身份证去原归属地办理补卡。"

身旁的朋友看到我灰败的脸色，试着给我出主意说："别补了，反正弄丢的这张卡你平时不用它打电话，也不用它上网，就新办一张北京的电话卡吧，这样以后更方便。"

我轻轻叹了一口气，唉，你不知道。

那张卡，那个号码，我已经用了十年。

从任何意义上来说，它都是我人生的重要组成部分，虽然现在最常打这个号码的不是快递小哥就是骚扰电话。

我在当天夜里订好三天后回长沙的机票，行李箱摊放在原本就很拥挤的客厅里，它看起来比我更疲惫。我一直瘫坐在沙发上，无意义地点击着手机屏幕上的 App，点开，又关上，点开，又关上，并不知道自己究竟想做什么。

旅行结束后总是会陷入这种失语的状态。

给绣花发信息说："我过几天回来哦。"

"回来做什么？"

"补手机卡。"

机舱门一开，我呼吸到第一口空气就知道，这里是南方。鼻腔里有一股植物混合着潮湿的泥土的气味，令我想将它储存在肺里。

人和一个地方的关系很微妙。我从前觉得"回"是一个不能贸然使用的说法，它很严肃，大约只有让你感觉到强烈归属感的地方才能用，可是渐渐地，我似乎也没有那么苛刻了，相反，我现在很少说"去"了。

"回学校""回去上班""回北京""回去挣钱"——在这样的语境里，故乡的底色也变得越来越模糊。

外面在下大雨，叫了一辆车，在车上我问司机："这雨是今天开始下的，还是下了好几天？"

"下好几天了。"司机停了停又说，"我们这儿春天就是这样的。"

他好像把我当成了外地人。我怔住，怅然若失，久久不能言语，那或许是离家久了的人都有过的心情——你曾经熟悉这个城市如同熟悉自己身体的每个部分，那些曾伴随着你一呼一吸的微小事物，在你飘零在异乡的时间里，被其他更重大、更繁复的东西遮挡住，继而被你遗忘了。

当你记起某一个细节，你同时也会意识到，在这种候鸟般往复的生活中，你已经度过了前半生。

你的道路是漫长的，你流浪的岁月也很长。

是不是自己天生不够机敏呢，有时候我会这样想，否则为什么，我做很多事都要比别人慢几拍。

《东京女子图鉴》这部日剧热播时被很多公众号拿来做推送素材，而我在那个时间段里对它似乎并没有产生兴趣，等到热度散去，大家开始看别的了，我仿佛才忽然反应过来。

这个故事的主旨并不复杂，也不沉重，甚至可以说是很轻盈的。

可又是为什么，我中间有好几次会停下来，去给自己倒杯水，或者把衣服扔进洗衣机里，总之就是要找点别的事情来做一做，好让自己停一停。

在这样的片段与片段的缝隙之间，有些很难以描述的感受慢慢被想起来了。

说是感同身受吗？好像有点做作，但又否认不了，女主角绫的某些台词，就是我年轻时候的心声。

如我一般生长在小地方的女生，青春期的某些时刻，做的都是关于离开和远行的梦。

只是在那之后，有些人选择付诸行动，不断折腾，有些人选择把它忘掉，好好生活。

剧中有一条清晰的时间线。

绫去到东京之后不久，便在一次散步中认识了初恋男友，但很快便和那个温暖腼腆的男生分手，搬家，交往了住在惠比寿高级公寓里的青年才俊。

她刷信用卡买下一条自己根本担负不起的礼服裙，期待着新男友会带她去那家有名的法国餐厅吃生日晚餐。

"三十岁之前在这里约过会的就是好女人。"绫的声音在旁白里说。

餐厅的画面一出现，我就叫了一声："妈呀，我去过这里。"

"那你是好女人了。"朋友善意地讽刺我，笑着问，"东西好吃吗？"

比起食物的味道，我印象更深的是那顿晚餐的时长——真的吃了很久，付完账走出餐厅呼吸到外面的冷空气时，好像从一个悠长的幻梦里醒来。

毋庸置疑，那是一家高级餐厅。客人们的着装优雅得体，灯光的明暗适宜，所有的人音量都很低，侍应们彬彬有礼，神情友好。

一切都无可挑剔。

我本应该沉浸其中，放松享受，可我却无端端地想起一桩陈年往事。

十年前，我还在念书的时候，一位姐姐带我去酒店吃晚餐。对我来说，那是平常根本无法涉足的地方。尽管我并不爱吃甜食，但是却拼命地拿蛋糕和冰激凌。

她觉得很奇怪："虾和蟹都很新鲜，你不喜欢吃吗？"

年轻意味着自尊心强，贫穷往往又伴随着敏感。

所以，在那个时刻，年轻又贫穷的我说不出这句话来："我不会吃。"

是，你年纪大了许多，见过的看过的都丰富了许多，好像理所当然的，你应该自信了许多。但事实上却是，只要出现一个相似的场景，你就会全都想起来，连空气都能将你打回原形。

花了这么长时间还是没有办法克服的缺失和塌陷，那就是刻在你基因里的"故乡"。

[2]

为什么会来北京，这么多年我不能够彻底说清楚。

事实上，这个城市本身就提供了很多种答案：它是首都，是从小到大背诵过无数遍的"经济、文化、政治的中心"，它有历史，也有未来。

因工作而认识的朋友还会告诉你，这里有最好的资源和最多的机会，只要你有强烈的想要成功的欲望，有足够的冒险精神，就会获得你在家乡永远也无法获得的东西——具体是什么东西呢，他们讳莫如深，不肯明说。

曾经的我连讲话都是文艺腔调，说是向往它高而深远的天空——尤其是每年的十一月初，银杏和梧桐在风中簌簌落叶的画面，是我在南方生活了二十多年都没有见过的金色秋天。

还有深藏在心底里的原因，是因为我最爱的那个人，曾在某次聊天中漫不经心地说："北京吧，除了有时候空气差些之外，其他方面还不错。"

现在，连我自己都很难以相信，一个人随口说出的一句话，会那样深远地影响了另一个人的人生。

可是年轻的时候，你好像对爱情就是没有办法。

后来他离开了北京，而我却长久地在这里待了下来。

在北京的日子与从前在长沙那种成天和朋友们厮混在一块儿的日子完全不同，大部分时候，我都是自己一个人。

在南方时，我只会分"左右"，而在北京，打车师傅会问我"东南西北"。以前约人，临时约临时就能见，而在北京，熟悉的朋友要提前两三天约，不熟悉的朋友更是需要提前一周甚至更长的时间来确定。

北京以它纵横七环的气势拓宽了每一个生活在这里的人的半径，不光是距离上的，还有心理上的——那种你在长沙绝对体会不到的疏离感和分寸感。

像一个转校生一样，我努力地适应它，它的干燥、粗粝，冬天晚上呼啸的风，春天肆意飞扬的杨絮。我的微信好友从几十增长到一百，然后是两百，有些人在加的时候我就知道彼此不是一类人，可特定场合之下，也不能不加。

我一直保留着一个旧笔记本电脑，不仅是因为我用它写过好几本书，也因为那些过去的聊天记录。

有时候我会想，也许再过十年、十五年，某个秋天的下午，我会心血来潮地把那个旧笔记本插上电源，开机，登录，翻看着多年前我视为生命中最重要的部分的那些对话，到那个时候，往事已经毫无意义了，而这种无意义或许又将衍生出新的意义。

时间稍微长点，我交浅言深的毛病就显露出来——逢人就掏心窝子的傻劲儿，我轻而易举就付出给人的信任，这些以前被当作"单纯""没心眼"的特点，好像都成了一种愚蠢和活该。

"你听任何人说话，最多只能信一半。"一个比我年长五六岁，却比我先到北京十来年的朋友告诫我，"可不能人家说什么你都信。"

我懵懵懂懂地点点头，却又不是真的明白。

神奇的是，一开始，北京的无情刺痛过我，而在后来的时间里，我却渐渐地喜欢上了这种无情——在这种无情里，我这么笨的人，也累积出了一点点聪明，一点点成熟，一点点使自己免于被伤害的能力。

我身上有些从家乡一并带过来的热腾腾的东西在这里慢慢都冷掉了。

[3]

生过病之后，我明显倦怠了许多。

也许是真的不再年轻，精力不再充沛，也许是因为医生反复对我说"不要搞得自己那么累，钱是挣不完的"，总而言之，我慢了下来。

"慢"是"北京"的反义词，在这个快速而高效的城市，没有人敢慢。

可我快不动了，就这样自暴自弃地过上了一种松松垮垮的、没着没落的生活，好像排在一个队伍末尾的人，决意以一种自己独有的节奏走下去。

我删掉了微信联系人里许多平时根本没有来往的人——与此同时，发现有些人也早已经删除了我。我剔除了许多不必要的社交，也不再参加任何无聊的饭局，我不再愚蠢地期待有千载难逢的奇迹会发生在我身上。

我又开始像刚毕业那几年一样到处去晃荡，去看世界，我在三十岁这一年花在旅行上的时间比前三年加起来都多。

明知道这样会掉队，会成为这个城市的异类，可我也不是很在乎了。

《东京女子图鉴》的后半段中，绫一度怀疑自己不适合继续留在东京，于是她回了趟老家，那个她从小就看不上的、土里土气的乡下——看到这里，我已经猜到了后面的情节——果然，她偶遇了学生时代的老师，老师激动地拿出绫登上过的杂志给她看，这一刻，绫作为"东京女子"的虚荣心又重新获得了满足。

老家是什么样的存在呢？我想了很久很久，觉得那就是一个会让你三天两头说要回去但实际上根本回不去的地方。

我已经弄丢了我的老家，像一缕孤魂投胎转世之后弄丢了前世的记忆。

毕业后，我留在长沙，在一次次的搬家中，我遗失了老家的门钥匙，那简直就像是命运的暗示吧，我想。

有次给妈妈打电话说起这件事，她跟我讲："没关系的，将来你会有自己的家，会有自己家房子的钥匙。"

她并不知道，我为这件事情哭过，到现在说起来，还觉得很难过。

我曾经丝毫不珍惜的，拼尽全力想要摆脱的，在漫长的青春里一直竭力回避着，甚至与之对抗的那一切，我没有想到，会在多年后的深夜里让我如此伤怀。

十年前看《每当变幻时》，杨千嬅饰演的阿妙一直想买一个钱包，但始终没有找到百分百中意的那个，她说想要一个"像 GUCCI 的 PRADA"。

陈奕迅饰演的鱼佬说，要么是 GUCCI，要么是 PRADA，哪儿有像 GUCCI 的 PRADA 这种东西。

道理我都懂，可就是放不下。

每年夏天，当北京的第一道闪电劈亮天空，我就会把达达乐队的《南方》找出来听：我住在北方，难得这些天许多雨水，夜晚听见窗外的雨声，让我想起了南方……

然后我就真的会在想起南方的时候，掉下眼泪来。

一个人无论离开多久，辗转过多少地方，故乡的意义总是不同的。

春天的晚上和妈妈一起散步，走了很久，从解放西路一直走到我以前住的望月湖小区。

湘江一桥两边只有很窄的人行道，走在桥上时会不断地跟摩的师傅们擦肩而过。如果是第一次来这里的人，也许会感到不理解、不方便，甚至觉得有点危险，但长久生活在此地的人们对于这种情况早已司空见惯，彼此有种浑然天成的默契。

望月湖依然让我感觉亲切，一草一木都是旧时模样。空地上都是搬着椅子出来乘凉闲谈的婆婆姥姥，隔着老远就能听到麻将馆里、棋牌室里的长沙话，叔叔大爷们围在一起抽烟嚼槟榔，说些有的没的。

唯一与那时不同的，是我和绣花以前每天都要去买酱板鸭的店现在卖起了新疆特产，我马上给她发微信说了这件事。

"你还记得吧？"

"记得啊，我们每次买完酱板鸭就去水果摊买水果，有一次老板说西梅是新来的，很甜，我们买了一斤，洗都没洗，边走边吃，还没到家就吃完了，结果两个人轮流拉肚子。"

她在语音信息里哈哈大笑，或许也只有我们自己知道，那就是一生中最后的无忧无虑的时光。

还记得曾经和喜欢的人在江边一起走了很远，明知道结局会是什么样子，还是希望那条路能一直走下去。我踩在他的影子里，心间如有蔷薇色的泡沫轻轻破掉的声音。

后来，我们各自去经历人生的惊涛骇浪，大概也都不会再记起当时的夜色温柔。

在东京看花火大会时，同船的日本客人都很兴奋，平日里正襟危坐的他们在酒后显露出了另外一副模样，满船嘈杂中，我显得格外落寞。

同去的朋友问我，你觉得无聊吗？

"你知道我们湖南有个地方叫作浏阳吗？"我凝望着深蓝色夜空，"我住在长沙的时候，每周六橘子洲头都会燃放浏阳烟花，比这个要壮观得多，我们就那样看了一两年。"

在北京，有段时间，我每周都会开车去20多公里之外的一家湘菜馆吃饭。第一次在那家喝到放了紫苏叶煮的鱼汤时，我半天说不出话来。

无论身在何处，我总是无意识地追寻着昔日的浮光掠影，这些都是我生命的烙印，像树的年轮一样，你非得劈开它才能看见。

灵魂刚刚长出来的时候，你总想往千山万水去，往更自由的天地去。

我也曾立志要去更远的地方，要一次比一次走得更远。

可就是要在你走了那么远之后才会晓得，离开其实是很简单的，艰难的是，你没法再回来。

生病记

我与深渊相逢，而我活了下来。

[1]

那是一个非常平常的上午，我和面面相约去看了场电影。

那个片子叫作《滚蛋吧！肿瘤君》。

彼时，她住在百子湾，我住在三里屯附近。两人距离很近，见面很方便。

大部分人都在上班的时间，我们买了两张电影票、两杯咖啡，一起看完了这场电影。出来之后，她从包里拿出烟说，找地方抽一根去？

"好啊，顺便想想中午吃什么。"我说。

2015 年，北京全面实行禁烟令，任何封闭场所内都不允许吸烟。

在富力中心某个拐角的垃圾桶旁边，我们聊了几句对电影的看法，我们吊儿郎当的样子看起来像是两个无业游民。

一个瞬间，她忽然对我说，我们这种自由职业者，没有公司定期安排体检，你自己要在这方面上点心啊。

她之前也和我提起过几次，但我总是听过就忘了。

或许是因为在这一天，我刚刚看完《滚蛋吧！肿瘤君》，她的话引起了我内心一点震动。

我点点头，摁灭了烟蒂。心想：好吧，那就找时间去做个体检吧。

遵循常理来说，谁都觉得这种倒霉事不太可能会发生在自己身上。

去做个检查，无非是求个心安。

后来回想起这一切，我也觉得有点 drama（戏剧化），但又不得不承认：如果没有那个命中注定的上午，我的人生必将滑向更加悲惨的境地。

有时候，你认真地追溯某些事情的源头——如果倒回至某一个时刻，那个刹那——你一定会感到毛骨悚然。

你想过这件事吗——

在你没有意识到的无数个时刻，也许你已经死掉了。

那是我第一次做全面体检。（也是够没心没肺的。）

流程并不复杂。体检当天清早空腹去体检中心，剩下的听从工作人员的安排就好。

前头一直很顺利，直到某项 B 超。我躺在检测台上，B 超探头滑着滑着……突然停住了，医生明显有些迟疑。

"你平时有没有觉得哪儿不舒服？"

"都是小毛病，肩颈酸痛之类的，其他方面也没什么特别不舒服。"答完，我想了一秒钟，忍不住问医生，"为什么这么问？"

"你这里有个结节，不过我们的仪器没法做精确的定性检查，你去找个三甲医院再仔细查一下。"

我一时不知道说什么好，再蠢的人也知道这不是什么好消息。

医生看我没说话，连忙补充了一句："也不要太紧张，通常都没什么事。"

偏偏，我好像就只记住了最后那句话——"通常都没什么事。"

一直等到体检报告出来，发到了我的邮箱里，看到上面着重地提醒了"建议做进一步检查"，我还没有意识到这件事的严重性。

等有时间再去查吧，先把小说写完，再回趟长沙看看妈妈，还有十几场签售……我井井有条地罗列着这些事情。

我表现得像个傻子一样。

实际上，我内心有一种直觉：如果先去做检查，它的结果会影响到和我有关的所有事情。

很多年前，我和 S 一起在西藏旅行。有天我们为某件事情争执起来，他对我说，你这个人，一点逻辑都没有。

我很气，可我说不过他。

在那之后，又过了很久，我在写给他的信中说：你是依靠自己的知识储备、逻辑和技能在这个世界上生存，但你要知道世界上还有我这种人，我依靠的是直觉。

我的直觉被证明过无数次，它将被再次证明。

那是 2015 年的初秋，我在写《一粒红尘 II》。

小说已经进入尾声，叶昭觉贫穷而潦草的人生渐渐柳暗花明，她遇到了新的爱情、新的工作，她终于从如何解决温饱上升到了追求自我价值的实现。

她的生活眼看着已经好起来。

与之相呼应的是我的现实生活：回到北京的第一年，租了一套老房子，屋里几乎没有一件像样的家具。最搞笑的是，我经常会在深夜里拿着皮搋子通马桶和浴室的下水口。

我自己买了一个很便宜的洗衣机，又趁宜家打折时去扛了一张餐桌、一些碗碟和两把椅子。在网上买了张写字台，两百多块钱还包邮，买的时候就想清楚了，将来带不走也不心疼。

我在那张写字台上写小说，也写公众号推送。

从朋友家拿了一株小小的绿萝回来。插在透明的玻璃瓶子里，每天写作的时候都能看着它。

那是我在北京养的第一株小植物。

再往后，我找到了离家不远的花市，每周都会去一次。

生活不容易，但我也没觉得有多苦。

我打定主意要在北京长久地生活下去，并且告诫自己说，从前那些克服不了的毛病，这次一定要全克服。

尽管当时的方方面面都不是我最理想的状态，但每个写完稿子的凌晨，从窗口看到外面渐渐泛白的天空，心里总是会有一点点的自我感动。

那是三里屯清晨的天空。

这个夜晚充斥着喧嚣和浮华的街区，在清晨露出它温柔静谧的模样——像某一类女子，用化妆棉片擦去厚重的脂粉后，依然眉清目秀。

暗涌，总是潜藏在你以为风平浪静的时候。

[2]

南方初秋的空气里有浓郁的桂花香气，仔细闻，能闻到一点甜。

我从机场出来，坐上出租车，发了一条朋友圈：桂花的香味太好闻了，舍不得离开长沙。

很快收到一个人的微信：你也回来了？一起吃个饭吧。

已经很久没有见过面。

我在北京，他在比南方还要南方的城市。工作和私人生活都毫无交集，平时从不联络。

还能坐下来吃顿饭、喝杯咖啡吗？

我迟疑了一会儿，觉得应该没问题。

巷子里的那家苍蝇馆子依然开着，快十年了。

我们第一次去那里吃饭的时候，我还是个年轻姑娘，阅历和见识都非常有限。我一面渴望开拓这种局限，同时也怀着深切的自卑。

过了这么久之后，事情终究还是有了一些变化。我再见到他的时候，非常平静，如我多年前想要的那样——有了一张不动声色的面孔。

我们一边等着上菜，一边聊些有的没的。

服务员端上第一个菜，我还没拿起筷子，这个时候，我的手机响了。

就是有这么巧——

体检中心的工作人员打来电话，得知我还没有去医院时，客服小姐都着急了："您还没去啊？您一定要去啊。"

我有点尴尬，转到一旁去听电话。余光瞥到他，他的脸色已经沉下来，眼神严肃。

在那种情形之下，我也只能说："我尽快去医院，谢谢你们。"

"怎么了，身体有什么问题？"他问我。

我笑了一下，其实自己心里也没底，但还是习惯性地嘴硬："有事也不会麻烦你的，放心吧。"

他又露出了那种神情，像是大人看着无理取闹的小孩，有点无奈，有点不知道该怎么办："好好保重吧，我希望，我们至少每年都能吃一顿饭。"

我叹了口气，很扫兴的样子。

久别重逢，许多话还来不及说，电话把气氛全搅乱了。

终于没法再继续躲避下去。

国庆假期前最后一个工作日的下午，我去了湘雅医院检查。

挂号的人问："有医保吗？"

平时极少去医院的我有点蒙，答："有，在北京。"

"好，那就是没有了，先挂号，然后去找医生。"

医生例行问诊，哪里不舒服，有什么异常，都没有？那先做个 B 超去吧，拿了报告再过来。

B 超报告出来的时间是五点整，再回到门诊，所有的医生都下班了。病人和家属也都不见了。刚刚还人头攒动的门诊楼一下子变得空空荡荡的。

面对这种寂静，我有些恍惚，一时间不晓得自己身在何处。

医院大概是人间最特别的地方，它是至善之地，却又聚集着无以复加的绝望。

这里有你能够想象的世间所有的痛苦，日复一日，年复一年，旧的尚未消失殆尽，新的已经密密麻麻覆盖上来。

这剧痛中的每一个人，都游走在生死场。

我站在走廊，眼睛来来回回地扫视着报告上的每一个字——每一个字我都认识，可是，我不知道那意味着什么。

想了想，我拍下报告的照片，发给我的医生朋友王波。

他收到照片后，直接给我回了一个电话。

在电话中，他的语气完全不同于平时嬉笑那么轻松，他毫不迂回地对我讲："葛婉仪，我不是跟你开玩笑，你这个有很大可能性是癌。"

很短暂的时间，但又好像很漫长，我握着手机没有说话。

从来没有想过，这个字会用在我身上，在我还这么年轻的时候。

我写了十年小说，从来没舍得对任何一个角色下如此狠手，而命运，却对我下手。

比安静还要更安静，又像是整个世界的噪声一齐涌进耳道。

大脑出现短暂的空白。

他还在那头说着："最终还是要等穿刺结果出来才能确定，现在放假了，没人给你做穿刺吧？"

"我想问你一个问题，"终于，我问出来，"如果确定是癌，我会死吗？"

"人都有一死，不过你这次不会啦。"

我久久地闭上了眼睛，深深地呼吸，仿佛冻结的血液又开始重新循环。

一呼一吸之间，我把报告叠好，收进包里。

不会死，那就先找个地方喝杯咖啡吧。

说来也奇怪，我的确是很平静地接受了这个现实，没有一点慌乱，连悲伤都非常节制。

在咖啡馆里，我灌下很大一杯热美式咖啡，理清了思路：

首先，我决定回北京做细胞活检，无论结果如何，我都不会让我妈妈知道。

接下来是签售的行程，这比瞒住我妈更棘手。时间和地点早就对外宣布了，工作人员已经准备了很久，读者们也都在期待。有些姑娘甚至提前一两个月订了车票或机票，她们还在微博给我留言说"好想你啊，我们到时候见"。

怎么说？

要如何措辞，以何种方式？

想了很久，我始终想不到一个周全的方法。

晚上，我一直独自待在家里的阳台上，吸了很多烟，没怎么跟我妈说话。

我从未感觉人生那样孤独过。

[3]

去做穿刺。

温和的女医生对我讲，这个是不打麻药的，忍一忍啊。

我点点头，十根手指紧紧地抠着椅背，闭上眼睛等待那根针刺进我的肌体。

比想象中还要更疼一点，但的确很快就结束了。

所有的"此刻"都是艰难的，但所有的"此刻"都会立即成为"过去"。

人总是会在疼痛中有所领悟，或者说，深刻的领悟往往都伴随着深刻的疼痛。

血检、CT、细胞活检……诸如此类的术语在那段时间里，成为我生活的重心。

一次次去医院，看到的全是令人心有戚戚焉的场面：被病痛和药物折磨得形容枯槁的病人们、挂不上号的家属们，在医院门口的树荫底下铺张布睡午觉，他们之中有些人会在这块布上睡一整夜，仅仅是为了能在挂号的窗口排得靠前一点。有些患者才十几岁，一边给家里人打电话一边哭……

众生皆苦，我在记事簿里写下这样的话，又写，不可在自怜中沉沦。

与医生面谈。

我说，我还有些很重要的事情没有做，如果马上入院，担心会影响到工作，能否等我做完那些事再来手术？

医生说，这个取决于你自己，你要是觉得工作更重要，就忙完再来。

我无力地看着他，心里十分矛盾。

"站在医生的立场，我们当然是建议病人早发现、早治疗。"

晚上和王波视频聊天，我跟他讲我的苦恼：我就是不想让那么多人知道我生病的事情啊……

他打断我那些毫无意义的絮叨："什么事比命还重要？你治好病，以后还有几十年可以写书，办签售会，做你想做的事情。但你要是一直拖，等拖出大问题，死了，以后谁也不会记得你。"

"如果是我喜欢的作家得了癌症，我也会希望他安安心心去动手术。你的读者肯定也和我是同样的想法。"

他说话用的都是最直白的字眼，不好听，但的确令我冷静了下来。

在那之后，我写了一篇简短的说明文字分别发在微博和公众号上。

很快，大量的信息像潮水一般从各个渠道涌向我，手机从早到晚都在振动。

网络的传播效应超出了我的能力范围，有许多久不联系的朋友重新出现了。我妈妈也终于还是从多事的人嘴里知道了。

她在电话里的声音听起来比我都要虚弱，我只能故作轻松地对她讲："你不要管啦，我在北京有很多朋友，大家都很关照我。"

还有小妹妹打电话来，哭着问我："为什么会这样？"

为什么会这样？我也不知道。

从前抑郁最严重的时候，我也会问，为什么偏偏是我？

如果说年纪的增长会带来一点实质的意义，我想那也许就是你不会再问没有意义的问题。

面对那么多的关心，我只能机械地重复着回复：放心吧，没事的，不会死，真的啦，别担心，扛得住，OK 的。

更多的问候也意味着更多的压力，到后来，我与外界断绝了一切联系。

从早到晚，我不见任何人。

我一面等待医院打来通知我动手术的电话，一面整天在家写毛笔字。黄昏的时候，会出门去走走，在三环的天桥上看一场落日。

桥下是川流不息的汽车，桥上是残阳如血。

那个时候，我在想些什么呢——行到水穷处，坐看云起时，大概，就是这样的心情吧。

一直相信，人的力量应该来自沉默中的积蓄，而呼喊、哭泣和过多的倾诉都是损耗。

电话在一个晚上的八点半打来："是葛婉仪吗？明天来住院部办入院，后天早上手术。"

一分钟也没有耽误，我放下毛笔，穿上外套，拿起钱包跑出家门。

手机备忘录里是王波先前提醒我准备的东西：脸盆、毛巾、拖鞋。

还有我自己另外写的：漱口水、头发免洗喷雾、暖宝宝、湿巾、棉签……
仿佛是要出去旅行。

三里屯路口有年轻小伙子向路人推荐健身房办卡，他也拦住了我："您好，有兴趣了解一下吗？"

"没有。"

顾不得礼貌，我直奔生活超市，离打烊的时间很近了，我必须抓紧时间把东西全部买齐。

在屈臣氏的货架前，手机一振。

是 S 发来的微信：我回北京了，什么时候有时间吃个饭。

那么多天以来，我紧绷的神经第一次有点松懈下来。

几天前，在医院签手术知情同意书时，医生说，这个必须要亲属签字。

我在北京没有亲属，想来想去，觉得只有他可以来签这个字，于是给他发了一条微信问他在不在北京，偏偏他那个时候不在。

我没有告诉他实情。

回家的路上，看到那个小哥还在发健身房的传单。

十月末，夜晚已经很冷，我裹紧了身上的外套，慢慢走回家去。

[4]

手术是清晨第一台，术前二十四小时不进食，不进水。

隔壁床的病人出院前跟我聊天。

她的病比我的严重，开完刀还做了二十多天化疗，头发全剃了，她哽咽着讲："我也才三十三岁，想到孩子还那么小，我就想哭……"过了一会儿，她平静了一点，又反过来劝我，"你还这么年轻，又不是要命的病，很快会好的。你家里人呢，不来陪你吗？"

"家里人不知道。"我笑了一下，"反正要做手术的是我，我自己来就行了。"

整个病房里的人都看着我。

前一天晚上，我醒来好几次，摸出手机看时间，也才三点多。

我从小就心事重重，长大以后这一点也没什么改变。重大的事情来临前，我必然睡不踏实。

对我来说，这一年的秋天，每一分钟都过得非常非常缓慢。

说是无形的凌迟，也不为过。

六点多，我起床，洗漱完之后看着镜子里的自己，精神还可以。

坐在床上玩了一会儿手机，护工来叫我，准备去手术室了。

我躺在病床上被推进手术专用电梯，一直到手术室，我的心一直怦怦跳着，不知道即将面临什么。

躺上了手术台，无影灯就在眼前，视觉上的强大冲击令我不自觉地闭上了眼睛，直到一位护士问我："你怎么还化妆呢？"

"没有啊。"我睁开眼看着她，感到有点莫名其妙。

"那你气色很好啊，我以为你涂了口红。"她笑了笑，又叫我放轻松一点。

接着，麻醉师走了进来。

十一点左右，手术结束。

那三个多小时里，我最后的清晰的意识是麻醉师问我，叫什么名字？

"葛婉仪。"

然后就什么都不知道了。

昏沉之中，我被推回了病房。我身上插着引流管，手背上扎着留置针，指脉氧夹夹着手指，全身都难受得要命。

喉咙里太干了，想咳嗽却没有力气咳。常规来说，我还需要再等几个小时才能喝水。

从来没有受过这样的苦。

我勉强睁了一会儿眼睛，又迷迷糊糊睡过去。等我彻底清醒过来，已经到了傍晚，麻药失效，刀口处泛起剧烈的痛。

我伸手摸到床头柜上的手机，打开前置摄像头，拍了一张剪刀手自拍。

术后六小时，我"咕咚咕咚"灌下一大瓶矿泉水，然后下了床，穿着宽大的病号服在住院部的院子里散了半个多小时的步。

散步时，脑子里冒出一个句子：我与深渊相逢，而我活了下来。

[5]

住院时的几件小事。

1.

每天早上五点多，护士会推着小推车到病房里来抽血。这一针扎下去，再困也给扎醒了。

抽完血，我顺手用外卖 App 把早餐点好。

到了七点左右，别的病人家属都拎着保温桶来送早饭，而我的外卖员也到了，把我点的早餐交到门房阿姨手里。

过了几天，门房阿姨有点烦我了，就跑来问我："你怎么每天要吃这么多包子？"

我反正是笑嘻嘻的："您不知道，不点这么多，他们不给送。"

"你家属不给你送吃的？"

"我妈在湖南呢，我又没结婚，没家属。"

本来还想教育我几句的阿姨，听了这种理由，也只能撇了撇嘴，走时对我撂下一句话："你啊，赶紧好了出院去吃点好的吧，你说现在的小姑娘，都住院了还成天吃外卖……"

她边说边摇头。

2.

术后第六天，我在头皮上抠出了血痕。

免洗喷雾只是能让你的头发看起来不油腻，却不能从根本上解决问题。

我决定排除千难万阻，洗个头！

给在北京的小妹们发信息：带洗发水、护发素和吹风机来 ×× 医院住院部 × 楼找我，速来。

哈希帮我洗了第一个头，五天后，小牧帮我洗了第二个。

门房阿姨一个劲儿地追着问："你是她们什么人啊，她们怎么对你这么好啊？前天还有两个小姑娘给你送牛奶水果送花，你到底是干吗的呀？"

她们抢着回答："阿姨，这是我们的老板。"

"真的啊，年轻有为啊。"阿姨很吃惊，停顿了一下又对她们说，"那你们要劝劝她，少吃点外卖，她整天吃包子。"

因为不想影响到别人，我都是选在病房里没有其他人的时候才洗头。

偏偏，第二次洗完头，刚要插电吹风，我发现病房里来了两个等着做化疗的阿姨。

想了想，觉得电吹风声音太大会吵到她们，我就决定不吹头发了。两个阿姨连忙说："哎呀，不要紧的，你吹吧，不吹干会头疼的。"

"没事，有暖气呢。"

我把毛巾摘了，包着头发擦了一会儿。

她们俩一直看着我，过了片刻，其中一个对另一个说："你看她头发多好啊，又长、又多、又黑。"

"哎，我以前头发也挺多的……"

她们俩都包着头巾。

因为化疗，她们的头发已经全掉光了。

我站在那里，发梢还滴着水，顺着脖子往下流。

那个瞬间，我打了个寒战。

我突然意识到，在这个特殊的地方，连洗头这件平常小事都显得格外残酷。

什么是修养？

看到别人饿肚子的时候，你吃东西不要发出声音，就是修养。

我们经常说，对他人的不幸要心怀悲悯。

在那个时刻，我意识到，不在她们的面前摆弄头发，就是慈悲。

3.

一天下午，我在吊水，病房里一个阿姨拉着我聊天。

她患的是乳腺癌，已经动了两次手术，后续还需要做很长时间的化疗。

我们其实也不熟，但她显然是心里憋坏了，当着我的面哭了起来："你知道那种药多少钱一针吗？两万五啊，一个礼拜要打两三次，都是钱……你多大？1987年的？我儿子比你还大一岁，还没结婚……我真的不想治了，我死了就死了吧，这些钱留给孩子多好，北京房价这么高……"

她越说越激动。

我既尴尬又有点生气，觉得她不应该把这两件事相提并论："您不能这么想，病一定要治的，孩子结婚的事情就让他自己想办法，哪儿有为了攒钱给他结婚、给他买房子，妈妈连病都不治的道理。"

可是她完全听不进去，一个劲儿地哭。

过了几天，病房里来了另一个同样病情的阿姨，也是来做化疗的。

她躺在病床上看手机，忙进忙出的是她先生，两人都是五十多岁快六十岁的年纪，穿着打扮挺讲究的。

叔叔看着就是好脾气的那种人，讲话慢慢悠悠，给老婆剥香蕉时还给我递了一个。

"小姑娘是哪儿人呀？噢，湖南的，在北京做什么工作呢？"

"写东西的，瞎写。"

"那也很不错。"叔叔一直笑眯眯的。

在化疗过程中，阿姨有时会发出轻声的呻吟，看得出很受罪，叔叔就在旁边一直陪她聊天，还拉着我一起聊。

"我听说这个化疗的药很贵，而且只能自费，是吗？"

"是呀——"叔叔的声音拉得老长，"那怎么办呢，总不能说贵就不用啊。"

因为家在本地，阿姨做完化疗就可以回去了，他们临走时给了我几个橘子。

我一时百感交集。

没病没灾的时候，大家都觉得，富有富的过法，穷有穷的活法。

可是在同样患病的情况下，经济状况不同的病人，心态是完全不同的。

金钱重要吗？有多重要呢？每一个人心里的答案也许都不一样，但有一点是客观的——在落难的时候，它非常重要。

想起前几天那个在我面前痛哭流涕的阿姨，我觉得非常难过。

这种难过超越了疾病本身。

4.

住院期间，我一共请了三次假。

第一次是为了回家。

手术后，我的血检显示有几项指标一直不合格，每天要打好几瓶点滴，不能出院。

可是我很挂念家里那几盆小绿植。

一想到我不在家，它们就眼巴巴地被暖气烘着烤着，也没人给它们浇水，不知道还能不能活到我出院的时候，就觉得好揪心。

终于，在某个晚上，等到吊瓶里最后一滴液体滴完，护士给我拔了针后，我问她："我能出去活动活动吗？离开医院范围的那种。"

"那你得请假，去护士站填请假条。请假期间出了任何事情自己负责哦。"

那没问题啊，能出什么事呀。

去护士站填好假条，高高兴兴地叫了个专车。

回，家，了！

辛辛苦苦爬上五楼的楼梯，拿出钥匙打开门，有种不可名状的酸楚涌上心头，然后又一点点充斥鼻腔。

明知道桌椅板凳不是生命体，可我还是觉得它们在对我说"回来啦，你受苦啦"。

家里的暖气还是那么热，所有的植物都无精打采，叶片低垂，有些严重的还卷边了，明显是在高温环境里缺水了。

洗碗池里还残留着我去住院之前几个没洗的碗，看起来已经发臭了。

一套房子如果没有人住，它也会感觉到很寂寞吧？

我换下衣服，洗了碗，用食器消毒剂泡了一会儿，又挨个给植物们浇了水。

做完这一切，我知道，不能再磨蹭了，只请了两个小时的假，我得走了。

站在门口，我迟迟舍不得关上门，眼睛把它里里外外地扫了一遍。

这个破旧的房子，其实只是我一个临时的住所，在我租过的房子里不算倒数第一差也是倒数第二差的了，可我还是觉得很温暖。

"你们好好的哦，我争取早点出院，很快就会回家来的。"关上门的时候，我对着屋子里轻轻地说。

第二次请假，是为了去看电影。

《山河故人》快要下线了，我还没出院。

大病房里跟我同期入院的很多病人都已经回家去了，只有几个外地的阿姨因为要做化疗而一直待在这里，她们每天看到我都会说：咦，你怎么还没走，年轻人应该恢复得快啊。

我也很想走啊，阿姨们，我也不想再吃包子了呀。

"我要请假。"我跑到护士站去对值班护士说。

"又请假？"

"我去看个电影就回来，保证不出任何问题，而且电影院也很近，我走过去十分钟就到了，真的。"我学生时代向老师请假也没有这么真诚过。

值班护士深深地看了我一眼，我从她的眼神中读出了一条弹幕：你也太作了……

尽管护士妹妹对此难以理解，但还是给我批了两个半小时的假。

我换上自己的衣服走出去时，正好碰到门房阿姨，她一看这人没穿病号服，第一反应就是哪个病人家属又在非探视时间进来了，她正要赶人。"是我，阿姨，是我。"我连忙说。

"是你啊，你这是出院了？"

…………

我想她可能比护士更难理解，我只是要去看一场电影。

"你穿上自己衣服我都不认识了，你平时都打扮这么好看哪？"

"嘿，主要是我长得好看，您说是不是？"

听起来像一对相声搭档。

二环里的老电影院，座位像是本世纪初期留下来的皮沙发，颜色陈旧而又有历史感。剧场小小的，空气像是很长时间没有流通过。

算上我在内，一共有五个观众。

如何形容那种魔幻的氛围呢，完全不像在 2015 年的北京，而像是在一个很久以前的年代，几个无所事事的人，碰巧凑到一个剧院来看戏。

这个片子，也很不像这个年代的东西，它晃晃悠悠，带着贾樟柯的个人色彩。你很难相信张艾嘉会出现在这部电影里，但她真的出现了。

电影放到最后一幕，老年扮相的赵涛在下雪的空地上跳起舞来，她闭上眼睛，像是回到了自己年轻的时候，那个迪斯科刚刚流行起来的时候，有两个小伙子都想追求她，并且暗促促地较着劲。

说不清什么原因，看到这里的时候，我默默地流下泪来。

回医院，路过糖炒栗子的小摊，买了一包栗子。

最后一次请假是在一个晚上，我去见 S。

那时离出院其实已经不久了，但当时的我并不知道。只觉得每天都要待在医院里吊水，哪儿也不能去，实在太枯燥、太煎熬。

在这种前提下，生病的痛苦反而被弱化了。

S 后来还是知道了我生病的事，问我住院的地址，说，我去看看你吧。

我没有把地址给他。

我不愿意穿着病号服和他见面，更不愿意让他看到我惨兮兮的样子。

虽然，出于自尊心，我平时极少主动联系他，但我知道，这个人始终还在我心里。每当我遇到过不去的难关，我就会想，如果他遇到这种事情，肯定能找到解决的办法。这么一想，我仿佛对自己也会多一点信心。

对我来说，这个人，就是这样的存在。

那晚风特别大，窗外猎猎作响，病房里只有我一个人。

已经很多年，我不曾感觉那样寂寞。

脑中忽然有一个声音对我说，去见一见吧，哪怕只有半个小时，四十分钟，哪怕什么也不说，见一见也好。

我到酒馆门口的时候，看到他正在里面和几个外国朋友聊天。他穿着红色的毛衣，背对着门口。

我不出声地站了好一会儿，直到他经朋友提醒，回过头来看到我。

我笑了一下，我猜那表情大概更像哭。

面对面坐下，他叫人给我倒了杯温开水，问我究竟是怎么回事。

我解下围巾，他看到我的创口，神情里有着实打实的吃惊，一时错愕，没有说话。

我反而是更轻松的那个人："手术前，医生说要家属签字，我那天给你发微信，其实想问问你方不方便来帮我签一下，但是你刚好不在北京。"

停顿了一下。

他说，如果当时我在，会去签这个字。又说，如果我生病了，也会和你一样，自己一个人处理。

我笑了好几声，时间好像又回到五六年前我们刚刚认识的那个夜晚。

"不然你以为我这套处事的方式是受谁影响？"

一直是我看重他远胜过他看重我，一直是我深爱着他而确信他不爱我。

那个夜晚，我知道他快要离开北京了。而我还要在这里生活很长时间。

对他来说，人生总是山水有相逢。可是我心里很清楚地知道，这次分别不同于从前，往后再见的机会不会太多了。

我走的时候，他一直把我送到胡同口，看着我上了出租车。

车一开动，我整个人就瘫软在座位上，连呼吸都慢了好几拍。

你我之间总有世界终结，但这夜星辰永不泯灭。

我已经不那么年轻了，很多与我同龄的女生都已经不做这种梦了。大家都成熟了，冷静了，比起爱一个永远也爱不到的人，显然还是爱自己来得更实际一点，可我好像一直在那团迷阵里走不出来。

因为你且只有你目睹过我的粗糙与激烈，予我暴晒，也有灌溉。

很多人心里都有过不去的一道坎。

我也有。

我也有想起就痛彻心腑的事，我也有怎么都无法忘记的人。

5.

等到我的各项指标都达标的时候，冬天已经到了。

办好出院手续之后，我把没用过的暖宝宝都送给了每天来病房做清洁的保洁阿姨，又让小牧把提前在网上买的护手霜拿去送给每天辛勤工作的小护士们。

跟门房阿姨和住院大夫一一告别之后，我拖着箱子离开了医院。

久违了，我的自由。

之后的大半年时间里，无论是在网络上还是在现实生活中，我一如从前，写些日常琐碎，发些自己觉得还算好看的照片。

大家都说我康复得很好，没有人知道我度过了怎样艰难的一段日子。

到了年底，房子租约到期，中介来找我谈，说房东愿意继续租给我，房租只涨几百块。

我没有续约，其中有一个原因，说来也是有点好笑：因为年后我要把延迟的签售会全补上，这意味着有两个多月的时间，我每个周末都要拎着行李箱去出差，而没有电梯的老房子让我望而生畏。

搬完家之后没多久就是过年。开春以后，我马不停蹄地去了十几个城市见我的读者，大家分布在天南地北，有些从前就见过，有些是第一次见面。

姑娘们紧张又感性，有的哭有的笑。

有些个性活泼，送给我各种奇特的小小礼物。有些男生帮不能来签售会现场的女朋友排队拿签名，有的女孩从国外飞回来，还有年纪很小的读者，是父母甚至爷爷奶奶陪着一起来的。

我们一起度过了一个快乐的春天。

夏天快要来临的时候，我和笨笨一起去了越南旅行。

时间飞逝，看起来一切都已经过去了。

我妈妈看见我的伤口，有好几次都用近乎无脑的态度说"哎呀，可惜，不漂亮了"。

这是我预料之中的事情，是我在第一天知道自己可能生病时就想到的结果——我知道她迟早会知道这件事，但她不亲眼看见那个过程，就不会有切肤之痛。

这个世界上没有任何一个正常的母亲，看到女儿从手术室里被推出来，整个人散发着淡淡的血腥味，会不心碎。

你的伤口会愈合，而她的心，碎过就无法复合。

是，这就是我想要的。

母亲不记得，朋友不记得，读者不记得。

这是我人生的大事，却不是快乐的事。因此，除我自己之外，谁都不必记得。

每一次的复查，我都独自去医院。

王波跟我讲，前五年一定要定时去复查，不要怕麻烦，不要有心理阴影，只要平安度过这五年，常规来讲就算是彻底痊愈了。

可命运好像非要试探我的承受力的底线。

半年后，B超显示疑似淋巴结转移。这就是说，我需要做第二次手术。

那天下雨，我的手机只剩10%左右的电量。我强撑着从医生办公室走出来，站在医院的门口，无限大的天空向我压过来。

就算是再乐观再坚强，我也想问一句：为什么？

过了十几分钟，我的呼吸慢慢均匀了，大脑又恢复了正常运转。

我这个人很奇怪，在小事情上特别容易抓狂，大事到了眼前却从没乱过阵脚。对于接受命运中坏的东西，我好像真是天赋异禀。

去地铁站坐车回家。淋了一点雨之后，我更加镇定了。

年少时，我在博客上写过：人生是一本书，我们在做的其实只是翻页而已。于是我想，既然翻到了这一页，就打起精神来将它读完吧。

所有的流程，一模一样，我重新又经历了一遍。

你永远也不知道到底是哪一个浪头拍过来，你可能就再也站不起来。

手术前一晚，我在家洗了澡，收拾了几本《阿拉蕾》的漫画，把小鳄鱼公仔装进背包里，打车去了医院外科楼。

同病房的女病人与我同龄，她和她丈夫都惊讶于我的淡定。

我解释说，我是第二次了。这说法大概像是成绩不好的学生被迫留了一级。

次日下午五点才轮到我的手术，被推进手术室时，我已经饿得接近虚脱，完全没有力气害怕了。

"你朋友说你是个作家，你写什么的？"主刀医师一边指挥大家一边跟我闲聊。

我笑着说："您先给我动手术，等我醒来再聊。"

那一整夜，我循环反复地听着中岛美嘉唱的《曾经我也想过一了百了》："和看不见的敌人在战斗，在这六榻榻米大的地方战斗的唐吉诃德……"

护工阿姨一直在我的床边用棉签蘸了矿泉水给我润湿口腔，她说，很少见到你这种开完刀连哼都不哼一声的病人。

事实上，还是很疼，比第一次还要疼。并且我知道，这一次的创口比第一次还要长，还要明显。

但最重要的是，我又挺过来了。

这一夜之后，伤口会重新愈合，新的血肉将重塑我。

等我好了，我还会去买口红和漂亮的衣服，我还会再去看世界。

从第一次检查到第二次出院，自始至终，我没有流过一次泪。

我知道，不能哭，一哭就会泄气。

安慰你的人越多，你站起来的速度就越慢。

我曾在文字的世界里长久地展示着我的敏感和脆弱，也因此被并不认识的人评价为"矫情"，就连以前的好朋友，也说我有一颗玻璃心。

只有我自己，最了解我自己。

"这次出院后，你有什么特别想做的事情吗？"

"我想去旅行。"

好，那就去旅行。

[6]

每一年高考前，我的微博上总会有很多将参加高考的读者留言说，舟，给我一点鼓励吧。

年复一年，我一次次地对他们说：加油，加油。

而我的考试，是三个月，三个月，半年，接着是一年。

很多时候，我坐在医院的血检等候区，安安静静地等着某一个窗口上方的电子屏显示出我的名字，我的心里依然有着深深的恐惧，而我周围的人，大多都有一张被病痛折磨得已经麻木的脸。

我经常会远远地、悲伤地望着他们。我想不明白，为什么人生会是这个样子呢？

它有这么多不可预测也不可推卸的痛苦，它真的值得度过吗？

凡经历必留下痕迹。

有些疤痕留在我们身上，而另一些疤痕留在别人不知道的地方。

我知道这种故事是很好的鸡汤素材，能赚人热泪，可以被贴上励志的标签。

但只要你曾经真正身在其中，自己体会过并且也目睹过那么多人的不幸——那种巨大的，像天塌下来一样的不幸，你就永远无法说你感谢疾病，感谢痛苦。

因为你清楚地了解，这种"感谢"有多么廉价，多么浅薄，多么伪善。

最近一次拿到复查报告，显示所有的结果都很好。

"你以后一年来一次就行了。"医生说完，然后又叫下一个病人进来，他神色如常，并不知道这句话对我有着怎样的意义。

我鞠了个躬，静静地退出门诊室，心里有剧烈的喜悦。

不知为何，喜悦有时会那么像悲伤。

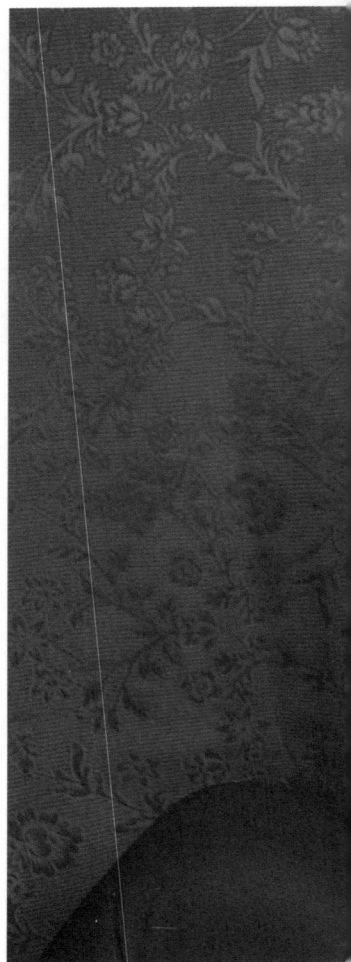

所有的"此刻"都是艰难的，但所有的"此刻"都会立即
成为"过去"。

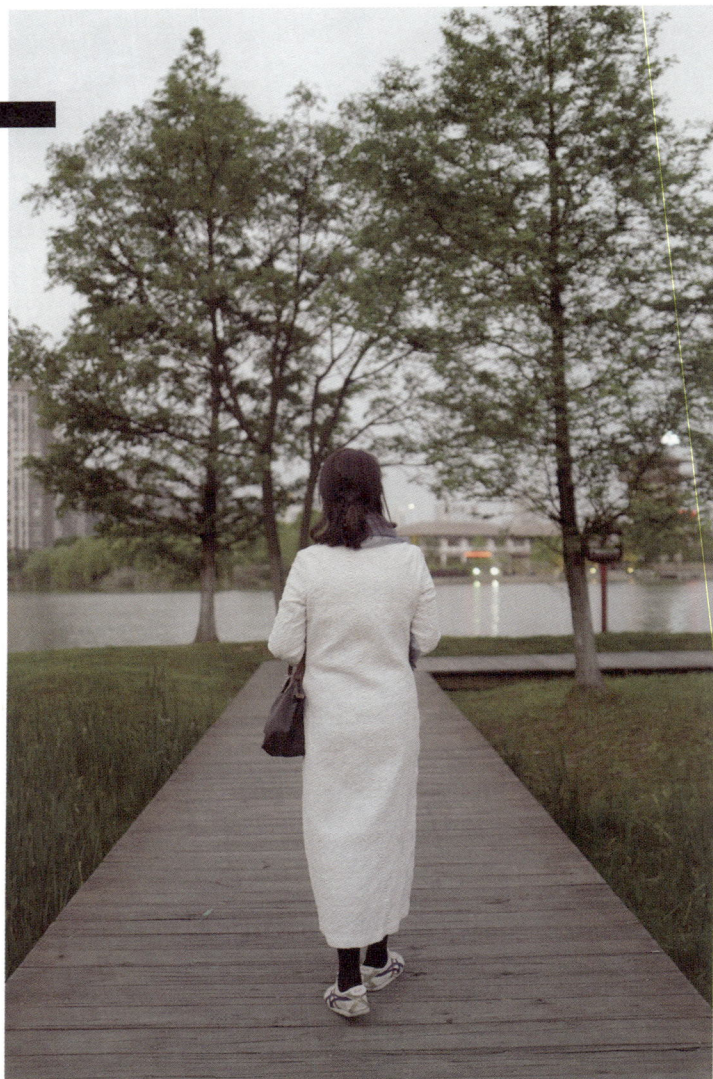

她

P e o p l e   H i d e   i n   C i t i e s

我只想好好生活，为自己，不为报复任何人。

[1]

　　度过人生的某个阶段之后，对于聚散这回事，我似乎没有从前那么执着了。与任何人分开都不再像年轻时那样，痛苦得那么剧烈。

　　除了她。

　　不管是我每次离开湖南，还是她来北京看我，到了分别的时候，在高铁站和机场的安检口，我总是戴着很大的墨镜，也不多说话，很轻描淡写的样子。其实心里汹涌着悲伤，要用很大的力气才能克制住。

　　"我就从来没哭过。"她斩钉截铁地说，"你从家里走，我觉得你是去外面闯世界了，应该为你高兴。我从你那里走，看到你把自己的生活照顾得很好，朋友又多，我很放心，也没什么好哭的。"

　　她用具有某种迷信色彩的语气强调："而且啊，我哭会对你不好，会影响你的运气呀。"

　　即便上了年纪，她仍然有种天真，这天真有时让人感觉愚蠢，却又不忍指责。

　　她可能是忘了，她也不是从一开始就这么淡定的。

那是 2009 年的夏天。

我离开校园，初入社会，硬着头皮学习独立生活，没有人可以求助，也没想过要去求助。

那种负气是怎么回事？我很多年里都没想明白。

跟别人合租卷烟厂旁边的老式居民楼，空气里弥漫着浓重的烟草气味，每一天。

她来长沙看我。

她自己是极其能吃苦的一个人，可是看到我的居住环境，也忍不住直摇头。

为什么不租个好一点的房子呢？她一边打扫卫生一边问我，扫把伸进床底下，传来的玻璃碰玻璃的清脆声音吓了她一跳，怎么会有这么多空酒瓶子？

"因为房租便宜啊。"我根本一点都不觉得委屈，能做饭，能洗澡，关上卧室门就能安安静静写小说，下楼就是公交车站，交通也便利。

那时候，对于生活，我没有更多的需求。

起先是她一直用粗粝的方式养大我，到头来又是她觉得我太亏待自己。

那次我们一起坐公交车去火车站，她一路都盯着车上的路线，默默记下沿途的车站。

"下次我再来就不要你去接啦，我自己坐公交车来。"她说给我听，也是说给自己听，好像能够少麻烦我一点也是好的。

进站之后，她冲我挥挥手，示意我快回去。

我清楚地看到她转过身之后抬起手背擦眼泪的动作。

从头到尾，她没有问我床底下那些空酒瓶是怎么回事，她模模糊糊地知道我当时有很大的压力和茫然，她知道她问不出任何信息，于是干脆连问都不问。

那是母亲的担忧和体谅。

很多年后，在一个非常寻常的时刻，她突然提起那些事情，说，我知道你那时候抑郁。

我没有说话。

那时候，是的，那个时候。

那个时候我还非常年轻，没有经历过命运真正的打击和碾轧，斗志多过伤感，我的心是硬的。

分别的时候，我是更镇定的那一个。

很多年后，我还能清楚地想起那一幕：她提着布包的行李，随着人流走进灰蒙蒙的车站，过了安检之后，她转过身亲对我挥手——手的姿势是冲外甩的——她让我赶紧走，别在那儿傻站着了。

然后她转过头去，笨拙地擦眼泪。

后来的这些年里，只要想到那个画面我就觉得非常难过，那是与任何人的分别都不能相比的。

似乎一切就是从那个时候开始的——我们之间不断地，不断地重复着、循环着这样的告别。

其实在那之后不久，我的生活就改善了，我没有再继续过那种紧巴巴的日子。

我很快就出了第一本书，拿了稿费，后来又陆续出了第二本、第三本……在我的同学们还在反复面试找工作的时候，我似乎就已经找到了自己能一直走下去的那条路。

在冥冥之中，好像有某种能量被激活了。我的运气一下子好了起来。

再也没有老鼠半夜爬上枕头来，没有再在冬天洗过冷水澡，尽管我遇到更多不易但也变得更坚强。生活在为难了我一段时间之后，终归是掉了个头，往好的方向前进了。

直至如今，想起那些年月，我还是会感觉有些许酸楚——不是因为自己受过的苦，而是因为那些事情曾被她真切地看到过。

那些过往，我瞒不住她。

所以，非哭泣不能表达。

[2]

在很早的时候，我们的关系是糟糕的。我也曾经悲观地认为这个状况大概是不可更改了。

我从来都知道，我不是她理想的女儿。

她想要一个乖巧的孩子，像大部分正常的小女孩那样，听话，温顺，懂事，出类拔萃，能让父母为之骄傲。

而我，偏偏是这一切的反面。

小时候的我勉强还算有几分聪明伶俐，进入青春期后，情况迅速急转直下，我变成了最叫大人头疼的那种女生。在一大群朝气蓬勃的同龄人里，我总是显得格格不入。我内心阴沉，好像每天都在盘算着干点什么坏事，

对她最致命的打击是：我念书也不行。

简直是一场看不到尽头的灾难。

在那些时光里，她一定觉得有什么地方出了问题。

她一定在心里无数次责问过自己到底是做错了什么，为什么上天要这样惩罚她，给她一个这样的女儿。

无奈的是，过去这么多年了，我可以说实话了，也不用害怕任何人了，可是我依然解释不了，为什么当年自己会那么叛逆。

为什么会有那样暴烈的性情？

你究竟想反抗什么——我不知道。

有一件她反复提起的事情，当作我让她担惊受怕的佐证。

2005 年的夏天，某个中午，我的高中班主任打电话给她，叫她去趟学校，把我领走。

她真的急急忙忙就赶来了，大太阳底下走了半个小时，整张脸晒得通红，一身是汗。见到老师先是声音低了八度，然后就连身体也跟着矮了几分。

我木然地站在走廊里，旁边就是教室，同学们都在等着上课。

"你们就在这里等吧。"老师夹起书本，没有再给我们多一点提示。

我从来没有觉得学校那么安静过。

她陪我一起在走廊里站着，手里紧紧握着一个信封。我知道那里面是什么。

彼时，我们连稍微贵一点的菜都买不起，可是生活却并不因此而温柔地对待我们。

也许在那一刻她是恨我的，因为我的过错使她堕入这样难堪的境地。

可是，她立刻看到了我手臂上的十几条划痕。

"这是怎么搞的？"

她没想到，我会说："我自己划的。"

在那个信息还很闭塞的年代，我们都不知道什么是"抑郁"。她看向我的眼神里有种悲恸的困惑，她不明白自己的女儿为什么跟别人不一样。

老师没有收下那个信封，她们在办公室拉拉扯扯地推搡，一直推到办公室外面，引得教室里的同学纷纷侧目，那一幕让年少的我深深感觉屈辱。

"你带她回去吧，她毕不了业的呀……"老师一直在劝她，用一种好心的口吻循循善诱，"她以后啊，只会走歪门邪道。"那语气是担忧的，但含义却是恶毒的。

我看她就快要哭出来了。

她声音小小的，讲着一些单亲母亲的不容易，讲着一些求情的话，她不敢跟老师吵，怕闹大了对我更不利。

长久以来，我们习惯了种种不公和刁难，也习惯了发生任何事情都要先从自己身上找原因。

我们早就麻木了。

要等到多久以后的某一天，在某一个契机中，你才会突然醒悟：也许，并非你的错，也许那个人就是讨厌你——没有逻辑，就是单纯地讨厌你。

我不能辩解什么，一个不优秀的孩子，是没有话语权的。

你只能怪自己，一定是你自己做错了事情，才会招致这样的境遇。

而对付这一切，所有在市井中长大的人都有一个共同的经验——忍耐，沉默，直到它结束。

2017 年的夏天，她六十来岁了。年轻时的坏脾气都被磨光，很多不愉快的往事也都被淡忘，她成了一个整天笑嘻嘻的妇人。

我带她去旅行，为她打点好一切，她终于不需要再操心任何事。

我们坐在伊豆的旅馆的窗边，喝着滚烫的茶，静静地看着雨中的大海。

天和海都是灰色的，却不让人感觉压抑，眼前是一种闲适而从容的色调，我拿出相机，给她拍一些照片。

也许是因为足够放松吧，她忽然说起那些过去，用心有余悸的语气。

"从那次之后，我每天都揪着心，不知道什么时候又会接到老师的电话。家里座机一响我就怕，不过她没有收我们的红包哦，不算太坏的。"

我笑着说，人家可能是嫌少吧，信封那么薄。

过去了，不再当作耻辱了，才能举重若轻。

我知道，她不愿意我心里有仇恨，无论是恨那段经历，或者是恨某一个具体的人。

我没有和她说过，其实我很少回忆那段人生。因为我的世界越来越广阔，而记忆的储存量是有限的，带有伤痕的回忆越往后，颜色会越淡。

我年少时读亦舒，师太教导我们说，生活得好，就是最佳报复。

我只想好好生活，为自己，不为报复任何人。

在我的记忆中，那一天里最深刻的部分，是那个烈日当头的中午，我们一前一后地走在回家路上。

我看着她疲惫的背影，咬着嘴唇，一直默默地哭。

走到家附近那个路口时，她回头对我说，我没有力气做饭了，就在这儿找一家盒饭店把中饭吃了吧。

小小的红陶钵，蒸出来的米饭很硬，每一粒都卡在喉头。

我吃不下。

一个让母亲没有尊严的孩子，觉得自己不配活下去。

"吃饭啊。"她拿筷子敲了敲我的碗，"天塌下来，也要先吃饭啊。"

对于我，那是意义非凡的一顿饭。

我在后来的人生里遇到过许许多多比那天的情形要棘手百倍的难题。我独自一人跟生活打过无数场仗，多数时候，是我败了，但无论怎么样，我都会预留出一块缓冲的地带，让自己振作，不要彻底倒下。

先吃饭，再解决问题。

人吃饱之后才有力气继续作战。

后来我有几个知心的朋友，有闺密，谈过几次恋爱。很多人陪我成长，在我脆弱时安慰我，在我没有信心时鼓励我。可是生命最初的最初，陪我挨过这些痛苦的盟友有且只有她。

这世界上有的母亲温柔，有的母亲暴躁。

有的母亲无私，甘愿为家庭奉献一生。

有些母亲控制欲极强，以"爱"或是"为你好"之类的名义堂而皇之地干涉孩子的人生。

各种各样的母亲，各种各样的孩子，衍生出各种各样的亲子关系。

我花了多少年才慢慢明白这件事。

不复杂的感情，就没有重量，或者说，你生命中最沉重的感情，往往都是复杂的。

[3]

她三十岁的时候才生我，在那个年代，女性到这个年龄才生育是很罕见的。

她曾经毫不避讳地同我讲起，当年方方面面都太艰难了，差一点点就决定不要这个小孩了。

她的婚姻并不幸福，丈夫没有责任感，经济条件又差……无论怎么看，生下这个孩子都不是聪明的做法。

或许这就是母子缘吧，在艰难的自我挣扎之后，她还是决定生下这个小孩。

她说，生你的过程一点都不痛苦，很顺利。

她还说，把你抱回家，别人看到你，都对我说，你这个小孩是来还债的。

这些在我记忆中连名字都没有留下的人，在那样早的时刻就下了判词。

想起来，总觉得有种一语成谶的宿命感。

那是1987年的夏天。

我在成长的过程中，一直是个很难管教的小孩。

于是她不止一次说起，你小时候见到路边上的冰柜就不肯走，哭着吵着要吃冰激凌。

她对此毫无办法，穷途末路之际，她只好卖掉了自己唯一一对金耳环，用那笔钱给我每天买个冰激凌。

我知道她话里的含义，她希望我能够看在这些事情的分儿上，安分守己，别给她找太多的麻烦。

卖耳环那件事发生在二十世纪九十年代初期。

那时，一些胆子大、有魄力的人主动摔了自己的铁饭碗，勇敢地下了海，自立门户做生意，他们大多是白手起家，因为赶上了时代的红利，多少也都挣到了一些钱。

而这一切传奇都跟她没有关系。

她从来都是性情单纯，头脑简单，缺乏远见和才智，在翻天覆地的时局中艰难地辗转腾挪，始终过着清贫的生活，同时说些"知足常乐"之类的话。

过了几年，婚姻实在难以为继，她便离了婚，离开生养自己之地。又经过很多折腾，终于找到容身之所。她立刻来接我，一看到剪着男孩发型、瘦得皮包骨头的我，就直掉眼泪。

她仍然是单纯地觉得，生活从这一刻开始会好起来，却怎么都没想到此后的十几年不过是另一种意义上的艰难。

她的前半生，"幸运"是个从来不曾出现的东西。

"你这一生有没有特别恨的人？你受了这么多苦，有没有想过要怪谁？"

她上了年纪之后，我问过她这一类问题。问的时候，我心里是有几个人选的，包括我自己在内。

"没有啊。"她竟然真的想了半天，然后大幅度地摇了摇头，"每个人有自己的命，我不怪任何人。"

她是很典型的中国传统女性，身心都有着不可磨灭的时代印记：纯良、胆小但很坚忍、质朴，逆来顺受，不怨天尤人。

这个时候，她已经跟命运讲和了。

但我还没有。

在她身边的那十来年，我们住在二十世纪八十年代的居民楼里。

尽管房子破旧，但我有一间专属于自己的卧室，那是我第一个真正意义上的独立空间。墙上挂着两幅地图，一张中国地图，一张世界地图，桌椅书柜都是二十世纪九十年代初的式样，左边的抽屉里放着许多港台歌手的磁带……

直到今天，那个房间里的一切细节依然会出现在我的梦里。

每年的雨季，陈旧的房顶会漏水。她便自己搭着梯子爬上去，在阴暗逼仄的隔层里打着手电筒，猫着腰捡烂瓦片。

酷暑，高温如炼狱，夕照和顶层是双重的暴击，一天冲八个冷水澡也无济于事。

吊扇在房顶上慢悠悠地转着，因为太贫穷了，我们从来没有想过要买空调。

不知道为什么，在那样恶劣的情况下，她仍然是高高兴兴的。

每天晚上把凉席铺在地板上，用湿毛巾来来回回擦几遍，带着一点自欺欺人的意味跟我说，心静自然凉。

为了生计，她做过很多份工。

她在食盐库房里包过盐，手指上的皮肤每天都皱皱的。在早餐店当过服务员，也在药店卖过药。冬天的时候，她在街边守着三轮车卖过包子，而年少时的我曾经因为某种奇怪的自尊心，每次都要故意绕过那个路口。

她为此伤心，可是她也不说。

她不知道从哪里弄到一堆假发回来织小辫子，那种非常细的三股辫，编起来很伤眼睛。有一次，她第二天要交货，前一天深夜里她才发现自己编错了，在我记忆中，那次她是真的急得有点崩溃了，讲话的声音里都带着一点哭腔。于是已经睡觉的我从床上爬起来，陪她一根根拆掉，一根根重新编。

我们编了一整夜。

那些年月里，我们好像是在一种很糟糕和一种更糟糕的境况里选择自己的生存方式。

奇怪的是，无论怎么匮乏怎么难，她好像总是有办法把日子过下去。

她从来不记生活的仇，这就是母亲。

可是在长久的赤贫中，我的心里始终在积攒着一种东西，一种强烈的想要改造自己人生的决心。

而我的锋芒令她困惑。她跟她的朋友说起我，她说：我有点怕她，这个小孩到底是像谁？我和她爸爸都没什么上进心，她怎么做事情那么拼？

我有收入之后，给她买了几样基础的生活电器，但她也舍不得用，总是小心翼翼的。

我知道，她是惶恐，因为她穷太久了，担心今天花的是明天甚至后天的钱。她总是喋喋不休地教我"晴天挣了防落雨"。她对我缺乏了解，更缺乏信心。

"妈，我能挣钱了，以后我们能过好日子了。"这是我十八岁时发给她的一条短信，大白话，很直接，完全不像我现在的语言风格。

当时她用的是一个翻盖手机。十多年了，这个手机她还留着。

过了很久她才跟我说，当年她看到那条短信的时候，从那一刻开始，她觉得自己或许可以放心了。

她放心了，并不是她真的相信我以后能挣很多钱，她会有一个荣华富贵的下半生，而是因为她曾经对我充满了绝望，认定我不可能有好的未来。

是她终于不需要再担忧了，那个曾被老师断言"将来一定会走歪门邪道"的女孩没有落入被诅咒的命运，并且在万分之一的可能性中，走了正道。

此后的这些时光，命运十足厚待我。

我对她说过的话，都一一兑现了，尽管在别的事情上我吃足了苦头，也曾撞得头破血流，但我们真的没有再回到从前那样的穷困潦倒之中。

每一年她生日和母亲节，我都会去挑一件小小的金饰送给她。

我从来不戴黄金，作为一个文艺女青年，我始终觉得黄金过于华贵浮夸，与我的喜好不符。

起初她心疼钱，劝我说，不要买了。后来，买给她，她也不戴了，那些飞车抢劫老太太金项链的民生新闻让她胆战心惊，她害怕。

我不知道，这算是某种意义上的偿还吗，为我懵懂的幼年？

我觉得不是。

我觉得还不够。

我现在拥有的，比彼时的她要丰厚得多。

我给她的只是我的一小部分，而她曾给我的，是她的所有。

[4]

因为长期分隔于两地，于是在每一次见面的时候，我都会觉得她的苍老来得很突然：不是上次刚染过头发吗？怎么这么快，白头发又出来了？

我给她买很多护肤品，教她认哪一支是精华哪一支是乳液。她认真听完，转身就忘。如果你批评她没有用心记，她就会反驳你，记了也没用，已经老了，涂再厚也吸收不了了。

我不喜欢她背的那些样式老气、花纹难看的包，带她出去逛街，想给她买一只质量好的包，她翻看了价签之后连连摇头，她说，真皮包太重了，提不动。

专柜小姐当然看得出来她是觉得太贵了，便舌灿莲花夸我看起来如何富贵，给妈妈买个好点的包是多么微不足道……

她不喜欢听这样的话，搪塞几句之后拉着我赶紧走了。

原本都是希望她高兴的事，却往往将她弄得不那么高兴。

她从来没有察觉，她的一生是委屈而别扭的。

几十年里，她的行为始终恪守着传统价值观，但内心深处又秉持着一些她同辈人所不能理解，甚至是反对的观念。

她从来没有催过我结婚、生孩子，甚至连隐晦地提都没有提过。

在婚恋问题成为社会的常规话题时，我和她也有过一些讨论。有时我甚至会故意试她的底线：如果我要嫁的人，离过婚呢？有小孩呢？

如果对方经济条件很差，以后可能要靠我养家，怎么办呢？

如果我打算一辈子不结婚，也不生孩子，就自己一个人过，你觉得怎么样？

我知道，这些问题都极其尖锐。在大部分的家庭，它们是提都不能提的禁忌。

她在最初听到我说这些的时候也很慌乱，将信将疑地反过来问我，你是说真的还是开玩笑？

后来，她渐渐松弛下来。她开始跟我说，只要对方品性好，对你好，你也喜欢，我没什么意见。

"我选人眼光不好，你总不会比我差吧，不比我差就行。"她善于自我嘲讽，也让人惊讶于她仍然有这样天真的心性。

她有些朋友时常也会问起，你女儿还没嫁人啊？女孩子事业做得再好，该找对象还是要找呀，眼光不能太高的。

她们还会有意无意地说起，我知道一个男孩子，条件不错的，要不要……

她不会插科打诨地转移话题，也不会搪塞说"有机会再说吧"。一个老实人，只会顺着对方的话往下说："你们的小孩倒是都结婚了，小孩也生了，我看你们平时也没少说媳妇女婿的坏话啊，你们也没多满意嘛。"

她一向和善，嘴也笨，和我吵架从来没赢过。但遇到这些事的时候，她是不惜得罪朋友们的。

在我年少时，她也是个年轻的母亲。面对重重磨难，她自顾不暇，也意识不到要保护我的心灵，任凭生活的残酷真相朝我铺天盖地地打过来。

我成年后依然敏感，性格过于倔强和强势，都与少年时代的经历有关。

她对此一直感觉愧疚。

终于，在这么多年后，虽然她的生命已经不再强壮，但她自觉还能够为我挡住一些糟心事、一些不那么友善的话，这让她觉得自己仍然是有价值的。

我表扬她开明，不是老古董，不像那些爱管闲事的阿姨。她开心得不得了，仿佛那真是什么了不起的事情。

我是在什么时候意识到我终将会在未来的某一天失去她的呢？

每当我想到这一点——还只是刚刚起了一丁点念头——我就会立刻遏制住它，让自己去做点其他什么事，不要再继续深想。

这看起来不够勇敢，也没有智慧，但这是我精神世界里一道迈不过去的坎，是我诚实的懦弱。

所有的生命，无论起点于何处，最终都将殊途同归。

这些，我都明白，我们所有人都明白，但这并不意味着我们能够从容和平静地对待那个时刻的到来。

那是连想象也无法到达的境地。

我一直担心她随着年纪增大，身体会出现一些毛病。又担心她轻信别人，吃一些乱七八糟的保健品。中老年人的朋友圈里危机四伏，我总是担心她会不会哪天不小心就上了什么当，踩了什么坑。

我对许多事情忧心忡忡，完全没有想到，先被命运伏击的人，是我自己。

再过多少年也会记得吧，那是九月的最后一个工作日。

我取了B超报告，把结果拍下来发给我的医生朋友，他用语音告诉我"你这个有很大可能性是癌"那一刻的情形。

下午五点多，整个社会已经松弛下来，所有人都进入了国庆假期的气氛。

医生们都下班了。如果我想做进一步的检查，只能等到假期结束。到时候我可以选择，是留在长沙治疗，还是回北京治疗。

站在医院寂静的走廊里，我脑中第一个念头就是：这件事，不可以让她知道。

那天晚上我向她提议："我们明天去看看你妈妈吧？"

她非常惊讶，认为我是心血来潮，戏弄她。

就这么决定了。我给马当打了一个电话，请他明天送我们过去。挂掉电话之后，我在阳台上站了很久。

她做了晚饭，而我吃得很少。平时我没少说她做的饭菜难吃，于是她也没有察觉任何异样。

对她来说，那是个寻常的夜晚。

而我在静默的深渊之中承受着没有人能够明白的折磨。

这是 2015 年的秋天。

在此之前，我和老太太已经很久没有见过面了。说起来，是因为我常年在北京，又忙。其实心底里都知道，亲疏这回事实在是装不出来。

她夹在中间一直很为难，既要在亲戚们说我坏话的时候维护我，转头又要劝我，毕竟是有血缘的，以前的事情你不要太记恨他们。

他们都以为，我的冷淡是因为我小时候不受重视，一直被他们贬低、被他们嘲笑，而我现在走狗屎运，混得还不错，所以故意疏远他们。

我没有对他们解释过。我对他们的不喜欢，并不是为我自己。

我怜悯的是，她一生中所有的悲哀，都是因父母而起。

她让我看到，原生家庭对于一个人的影响，真的可以持久到一生。

有些事情，她可以以女儿的立场去原谅，可以说服自己说这些人毕竟是亲人，但我不可以。

那次见面，我们不欢而散。

话没有好好说几句话，饭没有好好吃几口饭，老太太嘴一瘪，没有原因地，忽然就哭了起来，万般委屈的样子。我们每个人都尴尬极了，找不到台阶下。

我在很长的时间里一直没有说话，那场面让人感觉荒诞。我应该庆幸自己在很年轻时就读过了《局外人》，在经过了这么多年之后，我终于体会到了加缪在那篇小说里所表达的意味。

我没有说，我可能得了很严重的病。

我也没有说，谁知道这辈子还能见几次面。

我更不可能说，我不想让我妈这一生有太多的遗憾。

抽完一支烟后，我买单。

局外人，彻彻底底是局外人。

几天之后，我乘飞机回北京。离开家的时候她照常叮嘱我，到机场了给我发个微信哦，到北京了再给我发个微信哦。

我说，好啦，放心吧。

我没有说，妈妈，我又要去打一场艰难的仗了。

[5]

在北京生活以来，我听闻过好几个朋友的父亲因为心脑血管方面的疾病突然辞世的消息。

尽管他们在第一时间买了最早的航班，尽管他们一秒都没有耽误地往家赶，尽管飞机的速度已经那么快，却还是没能见上最后一面。

人会在什么时候察觉自己渺小无能？无非是在这样的时刻。

至亲要离去，你愿意拿自己的一切作为交换来留下他，可是你留不住。

我这几位朋友都很坚强，在遭遇这样的打击之后，没有过度消沉，依然竭力维持着正常的生活。但是，到了深夜，我无数次看到他们在分了组的朋友圈里写着词不达意的哀思。

痛苦都藏在不能示人的地方。那伤口日日夜夜隐隐作痛，永远不会痊愈。

我动过两次手术，从麻醉中慢慢苏醒过来，睁眼都觉得困难，但依然有强烈的意识：康复之后，一定要尽量多和她在一起。要多回家看她，或是让她来北京住一住。

我跟自己说，这一生诸多变数，无法预测，因此要特别珍惜所有能够和她共同度过的时间。

人就是这么奇怪，这么愚钝。似乎不付出惨重的代价，就无法真正成熟。穷尽我们所有的才智，你会问命运什么问题？

你如何能去试探它的底线好让自己知道，你还有多少时间和多少机会？

你不能。

我开始和她聊起一些过去的事情。关于她年轻的岁月、她的情感，关于我的父亲和他的家人。

隔着茫茫尘世，她是唯一能够解答我对于生之来处所有疑问的人。

这些交流，我们从前连边缘都不曾触碰。不是忌讳，而是因为在平常的琐碎生活里，根本想不到这些。在这过程中，我有时会悄悄开着手机的录音功能，记录下我们的对话。

这一切，她都不知道。

我想，很多很多年之后，这些声音一定会成为我失眠的夜里的慰藉。她会一直陪伴着我。

她和我讲起她的发小。

那个从小聪敏的女孩子，在恢复高考的那一年顺利考上了大学，之后又去国外留学深造，一路念到了博士后，婚姻也很美满。而她自己，却在人生同一阶段选择了去工厂，成为一个普普通通的女工，从此人生也一路潦草了下去。

如果这是电影，两组画面拼在一起，会是极其鲜明而残酷的对比。

她用闲话家常的语气说起这些陈年往事，语气平静，神色如常，像是谈论市场里的菜价。

我心中却有惊涛骇浪，仿佛在虚无之中看到了命运本尊。

"你心里有没有过一点嫉妒？"我问了这个问题。

我想，就算她大大方方说，当然嫉妒啦，那也不过是人之常情，符合我对人性的认知。可是她说，没有啊，从来没有过。

这才让我难以理解。为什么呢？是因为知道嫉妒也没有用吗？可是在最开始的时候，你们相差其实不大的。

"每个时代都有过得好的人和过得不好的人，没有哪一个时代能够成就所有人。"她用自己持续了一生的简单而朴素的价值观来回答我。那种坦率几近赤诚：没错，我这一生不够成功，甚至可以说是活得很失败，但是，那又怎么样呢？

这个世界难道已经冷漠到不允许有人失败吗？

失败的人，就不配得到快乐吗？

失败的人，也有自己的人生啊。

"我们那么多同学，也只有她一个人读了那么多书，只有她一个人出了国。"她说这些话的时候，你很难判定她究竟是擅长认命还是豁达，"其余大部分人，都各有各的难处。"末了，又说，"他们现在还说我命好呢，女儿很能干。"

在湖南话的语境里，"能干"算是对一个女生很不错的评价。

她觉得，她在自己的时代里不得志，可是她看到我在我的时代里实现了自我价值，这也是一种补偿。

我想了几天，问她："你想不想去日本和阿姨见个面？"

她的反应是一贯的随和模样："别给她添麻烦，别给你添麻烦，我怎么样都行。"

春末夏初，正是母亲节前夕，我们一起去了东京。

在机场排队过海关时，她站在我身后，小小声说："出国这么麻烦啊，我一个人肯定搞不定。"

每次同她一起出行，我总有一种奇妙的感受，无法与旁人言说。

我幼年时，她独自带着我在湖南几个城市辗转。坐绿皮火车，坐破破的长途汽车。在每一个车站，她一只手提行李，另一只手牵着小小的我，去买盒饭，买矿泉水。

有时，离发车还早，我们会坐在路边吃一碗带汤的兰花干，或是一小碗蒸甜酒，吃完之后她用卫生纸给我擦干净嘴和手，再一起走进空气污浊的候车室，找一个角落待着候车。

她一直很穷，从来没有带我出去玩过，甚至傻乎乎地认为自己这辈子都坐不起飞机，更别奢望出国了。

很多年以前，我第一次带她出去旅行，特意给她选了靠窗的座位。飞机起飞时，她的眼睛瞪得大大的，看着地面上越来越小的建筑物，露出孩童般惊讶和欣喜的表情。

在我们家，她不像母亲，我不像女儿，一切是颠倒过来的。

我迟迟没有结婚，没有生育小孩，而她年纪越大，我越觉得，她就像我的孩子。

我们一起去东京迪士尼海洋公园。

周围都是带着小朋友的父母或是与闺密同行的明艳少女，而她和我一起坐在广场上等着表演的花车，那个时刻，我有些恍惚，遥远的一切好像又回到了我的眼前。

我指着园内地图逐一给她讲解，这是米奇和米妮，就是我们所说的米老鼠，这是巴斯光年和土豆先生，他们是《玩具总动员》里的角色，不属于迪士尼这个系统，前几年迪士尼收购了皮克斯，才新增了这些娱乐项目。

其实，我知道，她记不住，也认不全。

她看了表演秀，和我一起坐了碰碰船，很高兴。觉得不够刺激，又拉着我一块儿去玩地心探险。

小火车急速下坠，我死死地抱住她一条手臂，完全无法动弹，连尖叫都发不出声音。她在旁边哈哈大笑，说："我以前不知道你这么胆小呢。"

她不知道我严重恐高。她也不知道这么多年，无论去哪个游乐场，我从来不玩失重和极速的项目，我永远是帮大家看包的那个人。

对我的朋友们来说，那是娱乐。对我来说，那是无法做到的事情。

我曾经认真地想过，到底要怎么对待自己这个弱点。

最后我的结论是：就算一辈子坐不了云霄飞车和跳楼机，玩不了跳伞和蹦极，对我来说，也算不得是什么遗憾。

可是在迪士尼，为什么我会强忍住惊恐，和她一起坐上小火车呢？

或许是因为我还有一点不舍，和一点希望——我希望在我们的人生中，这件事曾发生过。

它没能发生在我五六岁的时候，那就让它发生在我快要三十岁的时候，也很好。

在一个雨天，我们到达伊豆。

旅馆在海边。早餐和晚餐都由专人送进房间。乖巧的日本女孩，穿着素色的浴衣，扎一个可爱的发髻，不断地将新鲜的食物送进来，再将吃完的餐碟撤出去。

礼节太多，她起先感觉非常不好意思，有些无措，一直不能够松弛地享受服务。到后来，她忽然说："我以后肯定会经常想起她。"

"谁？"我一时没有反应过来，顿了顿，才知道她说的是负责我们房间服务的女孩。

"人就是这么容易产生感情，其实她说的话，我一句也没听懂，就是看她这么进进出出，这么辛苦，我就觉得，我以后肯定会经常想起她吧。"

她一直都是很感性的人。

我有时候会想，也许是因为我的血液里也流淌着这份感性，我才会成为一个写作的人吧。

白天，我们在海边散完步，又回到房间一起喝茶。

将茶杯递给她时，想起日语里有"一期一会"这样充满禅意的词，大意是指，这一生能像今天这样坐在一起喝茶的机会，也许只有这一次。

夜晚，我们一起泡露天温泉。

远处群山环绕，夜空如洗，能清楚地看见云彩和星光。

在温暖的水里，我静静地看着她。这是曾经孕育我的身体，这是老去的身体，这是世界上与我最亲近的人，在经过了那么多的对峙和互相伤害之后，我们终于找到了平衡。

这一年，我刚好三十岁。

在所有的神话传说里，我最喜欢的是哪吒。我曾无比羡慕他削骨还父，削肉还母，以刀锋刎颈，成为天地间一缕自由的孤魂。

在真正看懂这个故事的时候，我大哭了一场，仿佛自己也在那个故事中死去了一次。

没有人知道，我生命中最离经叛道的时期，恰恰是我最没有安全感的时期。

她在日子最难过的那些时候，曾经对我说过"如果不是因为你"之类的话，这些话曾刺痛我，使我负罪。

这么多年来，我一直想要偿还她。不仅是我自己那份，连带着其他人的，连带着命运所苛待她的那些，我通通都想弥补给她。

用她的话说，我早已经还清了，可以去做自由的人了。

可是人生，怎么可能只是简简单单的亏欠与偿还，怎么可能如此轻浮。

再一次在机场送别她，我乘轻轨回市区。

我独自站在车厢的某个角落里，从车窗仰望天空，一架又一架飞机起飞、降落。我的眼泪在茶色的墨镜镜片后面滚滚而落。

这一生经得起多少次这样的离别呢？

这痛彻心腑的，远比爱要沉重的情感。

这一生一世，无时无刻不在发生的告别。

People Hide in Cities

图书在版编目（CIP）数据

万人如海一身藏 / 独木舟著 . — 长沙：湖南文艺
出版社，2019.1
　ISBN 978-7-5404-8891-8

　Ⅰ . ① 万… Ⅱ . ① 独… Ⅲ . ① 随笔—作品集—中国—
当代 Ⅳ . ① I267.1
　中国版本图书馆 CIP 数据核字（2018）第 257058 号

上架建议：畅销·旅行随笔

WANREN RU HAI YISHEN CANG
万人如海一身藏

作　　者：独木舟
出 版 人：曾赛丰
责任编辑：薛　健　刘诗哲
监　　制：毛闽峰　李　娜
策划编辑：李　颖　雷清清
文案编辑：周子琦
营销编辑：吴　思　杨　帆　周怡文　刘　珣
封面设计：张丽娜
版式设计：潘雪琴
出版发行：湖南文艺出版社
　　　　　（长沙市雨花区东二环一段 508 号　邮编：410014）
网　　址：www.hnwy.net
印　　刷：北京中科印刷有限公司
经　　销：新华书店
开　　本：715mm×955mm　1/16
字　　数：242 千字
印　　张：22.5
版　　次：2019 年 1 月第 1 版
印　　次：2019 年 1 月第 1 次印刷
书　　号：ISBN 978-7-5404-8891-8
定　　价：48.00 元

若有质量问题，请致电质量监督电话：010-59096394
团购电话：010-59320018